MARCEL PROUST

A LA RECHERCHE DU
TEMPS PERDU

TOME V

SODOME
ET GOMORRHE

II

VINGT ET UNIÈME ÉDITION

PARIS
ÉDITIONS DE LA
NOUVELLE REVUE FRANÇAISE
RUE DE GRENELLE 1922

SODOME ET GOMORRHE

II

ÉDITIONS DE LA NOUVELLE REVUE
FRANÇAISE

ŒUVRES DE MARCEL PROUST

MARCEL PROUST

A LA RECHERCHE DU
TEMPS PERDU

TOME V

SODOME
ET GOMORRHE

II

**

VINGT ET UNIÈME ÉDITION

PARIS
ÉDITIONS DE LA
NOUVELLE REVUE FRANÇAISE
3, RUE DE GRENELLE. 1922

SODOME ET GOMORRHE II

CHAPITRE DEUXIÈME

(suite)

Ce ne fut pas ce soir-là encore d'ailleurs, que commença à prendre consistance ma cruelle méfiance. Non, pour le dire tout de suite et bien que le fait ait eu lieu seulement quelques semaines après, elle naquit d'une remarque de Cottard. Albertine et ses amies avaient voulu ce jour-là m'entraîner au casino d'Incarville et pour ma chance, je ne les y eusse pas rejointes (voulant aller faire une visite à Mme Verdurin qui m'avait invité plusieurs fois), si je n'eusse été arrêté à Incarville même, par une panne du tram qui allait demander un certain temps de réparation. Marchant de long en large en attendant qu'elle fût finie, je me trouvai tout à coup face à face avec le docteur Cottard venu à Incarville en consultation. J'hésitai presque à lui dire bonjour comme il n'avait répondu à aucune de mes lettres. Mais l'amabilité ne se manifeste pas chez tout le monde de la même façon. N'ayant pas été astreint par l'éducation aux mêmes règles fixes de savoir-vivre que les gens du monde, Cottard était plein de bonnes intentions qu'on ignorait, qu'on niait, jusqu'au jour où il avait l'occasion de

7

les manifester. Il s'excusa, avait bien reçu mes lettres, avait signalé ma présence aux Verdurin qui avaient grande envie de me voir et chez qui il me conseillait d'aller. Il voulait même m'y emmener le soir même, car il allait reprendre le petit chemin de fer d'intérêt local pour y aller dîner. Comme j'hésitais et qu'il avait encore un peu de temps pour son train, la panne devant être assez longue, je le fis entrer dans le petit casino, un de ceux qui m'avaient paru si triste le soir de ma première arrivée, maintenant plein du tumulte des jeunes filles qui, faute de cavaliers, dansaient ensemble. Andrée vint à moi en faisant des glissades, je comptais repartir dans un instant avec Cottard chez les Verdurin, quand je refusai définitivement son offre, pris d'un désir trop vif de rester avec Albertine. C'est que je venais de l'entendre rire. Et ce rire évoquait aussi les roses carnations, les parois parfumées contre lesquelles il semblait qu'il vînt de se frotter et dont, âcre, sensuel et révélateur comme une odeur de géranium, il semblait transporter avec lui quelques particules presque pondérables, irritantes et secrètes.

Une des jeunes filles que je ne connaissais pas se mit au piano, et Andrée demanda à Albertine de valser avec elle. Heureux dans ce petit casino de penser que j'allais rester avec ces jeunes filles, je fis remarquer à Cottard comme elles dansaient bien. Mais lui du point de vue spécial du médecin, et avec une mauvaise éducation qui ne tenait pas compte de ce que je connaissais ces jeunes filles à qui il avait pourtant dû me voir dire bonjour, me répondit : « Oui, mais les parents sont bien imprudents qui laissent leurs filles prendre de pa-

reilles habitudes. Je ne permettrais certainement
pas aux miennes de venir ici. Sont-elles jolies au
moins? Je ne distingue pas leurs traits. Tenez,
regardez, ajouta-t-il en me montrant Albertine et
Andrée qui valsaient lentement, serrées l'une contre
l'autre, j'ai oublié mon lorgnon et je ne vois pas
bien, mais elles sont certainement au comble de la
jouissance. On ne sait pas assez que c'est surtout
par les seins que les femmes l'éprouvent. Et voyez
les leurs se touchent complètement ». En effet,
le contact n'avait pas cessé entre ceux d'Andrée
et ceux d'Albertine. Je ne sais si elles entendirent
ou devinèrent la réflexion de Cottard, mais elles se
détachèrent légèrement l'une de l'autre tout en
continuant à valser. Andrée dit à ce moment un
mot à Albertine et celle-ci rit du même rire pénétrant et profond que j'avais entendu tout à l'heure.
Mais le trouble qu'il m'apporta cette fois ne me fut
plus que cruel ; Albertine avait l'air d'y montrer,
de faire constater à Andrée quelque frémissement
voluptueux et secret. Il sonnait comme les premiers
ou les derniers accords d'une fête inconnue. Je repar-
tis avec Cottard, distrait en causant avec lui, ne
pensant que par instants à la scène que je venais de
voir. Ce n'était pas que la conversation de Cottard
fût intéressante. Elle était même en ce moment
devenue aigre car nous venions d'apercevoir le
docteur du Boulbon qui ne nous vit pas. Il était
venu passer quelque temps de l'autre côté de la
baie de Balbec, où on le consultait beaucoup.
Or, quoique Cottard eût l'habitude de déclarer
qu'il ne faisait pas de médecine en vacances, il avait
espéré se faire sur cette côte, une clientèle de choix,
à quoi du Boulbon se trouvait mettre obstacle.

A LA RECHERCHE DU TEMPS PERDU

Certes le médecin de Balbec ne pouvait gêner Cottard. C'était seulement un médecin très consciencieux qui savait tout et à qui on ne pouvait pas parler de la moindre démangeaison, sans qu'il ne vous indiquât aussitôt, dans une formule complexe, la pommade, lotion ou liniment qui convenait. Comme disait Marie Gineste dans son joli langage il savait « charmer » les blessures et les plaies. Mais il n'avait pas d'illustration. Il avait bien causé un petit ennui à Cottard. Celui-ci, depuis qu'il voulait troquer sa chaire contre celle de thérapeutique, s'était fait une spécialité des intoxications. Les intoxications, périlleuse innovation de la médecine, servant à renouveler les étiquettes des pharmaciens dont tout produit est déclaré nullement toxique, au rebours des drogues similaires, et même désintoxiquant. C'est la réclame à la mode ; à peine s'il survit en bas en lettres illisibles, comme une faible trace d'une mode précédente, l'assurance que le produit a été soigneusement antiseptisé. Les intoxications servent aussi à rassurer le malade qui apprend avec joie que sa paralysie n'est qu'un malaise toxique. Or un grand-duc étant venu passer quelques jours à Balbec et ayant un œil extrêmement enflé avait fait venir Cottard lequel, en échange de quelques billets de cents francs (le professeur ne se dérangeait pas à moins) avait imputé comme cause à l'inflammation un état toxique et prescrit un régime désintoxiquant. L'œil ne désenflant pas, le grand duc se rabattit sur le médecin ordinaire de Balbec, lequel en cinq minutes retira un grain de poussière. Le lendemain il n'y paraissait plus. Un rival plus dangereux pourtant était une célébrité des maladies nerveuses. C'était un homme rouge, jovial, à la fois parce que la fréquentation de la déchéance nerveuse ne l'empêchait pas d'être très bien portant mais aussi pour rassurer ses malades par le gros rire de son bonjour et de son au revoir, quitte à aider de ses bras d'athlète à leur passer plus tard la camisole de force. Néanmoins dès qu'on causait avec lui dans le monde, fût-ce de politique ou de littérature il vous écoutait avec une bienveillance attentive, d'un air de dire : « De quoi s'agit-il ? » sans prononcer tout de suite comme s'il s'était agi d'une consultation. Mais enfin celui-là, quelque talent qu'il eût, était un spécialiste. Aussi toute la rage de Cottard était-elle reportée sur du Boulbon. Je quittai du reste bientôt, pour rentrer, le professeur ami des Verdurin, en lui promettant d'aller bientôt les voir.

Le mal que m'avait fait ses paroles concernant Albertine et Andrée était profond, mais les pires souffrances n'en furent pas senties par moi immédiatement, comme il arrive pour ces empoisonnements qui n'agissent qu'au bout d'un certain temps. Albertine, le soir où le lift était allé la chercher, ne vint pas, malgré les assurances de celui-ci. Certes les charmes d'une personne sont une cause moins fréquente d'amour, qu'une phrase du genre de celle-ci : « Non, ce soir je ne serai pas libre ». On ne fait guère attention à cette phrase si on est avec des amis ; on est gai toute la soirée, on ne s'occupe pas d'une certaine image ; pendant ce temps-là elle baigne dans le mélange nécessaire ; en rentrant on trouve le cliché qui est développé et parfaitement net. On s'aperçoit que la vie n'est plus la vie qu'on aurait quittée pour un rien la veille, parce que, si on continue à ne pas craindre la mort, on n'ose plus penser à la séparation.

Du reste à partir, non d'une heure du matin (heure que le liftier avait fixée), mais de trois heures, je n'eus plus comme autrefois la souffrance de sentir diminuer mes chances qu'elle apparût. La certitude qu'elle ne viendrait plus m'apporta un calme complet, une fraîcheur ; cette nuit était tout simplement une nuit comme tant d'autres où je ne la voyais pas, c'est de cette idée que je partais. Et dès lors la pensée que je la verrais le lendemain ou d'autres jours, se détachant sur ce néant accepté, devenait douce. Quelquefois dans ces soirées d'attente, l'angoisse est due à un médicament qu'on a pris. Faussement interprétée par celui qui souffre, il croit être anxieux à cause de celle qui ne vient pas. L'amour naît dans ce cas comme certaines maladies nerveuses de l'explication inexacte d'un malaise pénible. Explication qu'il n'est pas utile de rectifier du moins en ce qui concerne l'amour, sentiment qui (quelle qu'en soit la cause) est toujours erroné.

Le lendemain, quand Albertine m'écrivit qu'elle venait seulement de rentrer à Epreville, n'avait donc pas eu mon mot à temps, et viendrait, si je le permettais, me voir le soir, derrière les mots de sa lettre comme derrière ceux qu'elle m'avait dits une fois au téléphone, je crus sentir la présence de plaisirs, d'êtres, qu'elle m'avait préférés. Encore une fois je fus agité tout entier par la curiosité douloureuse de savoir ce qu'elle avait pu faire, par l'amour latent qu'on porte toujours en soi, je pus croire un moment qu'il allait m'attacher à Albertine, mais il se contenta de frémir sur place et ses dernières rumeurs s'éteignirent sans qu'il se fût mis en marche.

12

SODOME ET GOMORRHE

J'avais mal compris dans mon premier séjour à Balbec — et peut-être bien Andrée avait fait comme moi — le caractère d'Albertine. J'avais cru que c'était frivolité mais ne savais si toutes nos supplications ne réussiraient pas à la retenir et lui faire manquer une garden-party, une promenade à ânes, un pick-nick. Dans mon second séjour à Balbec, je soupçonnai que cette frivolité n'était qu'une apparence, la garden-party qu'un paravent, sinon une invention. Il se passait sous des formes diverses la chose suivante (j'entends la chose vue par moi, de mon côté du verre qui n'était nullement transparent et sans que je puisse savoir ce qu'il y avait de vrai de l'autre côté). Albertine me faisait les protestations de tendresse les plus passionnées. Elle regardait l'heure parce qu'elle devait aller faire une visite à une dame qui recevait paraît-il tous les jours à cinq heures à Infreville. Tourmenté d'un soupçon et me sentant d'ailleurs souffrant, je demandais à Albertine, je la suppliais de rester avec moi. C'était impossible (et même elle n'avait plus que cinq minutes à rester) parce que cela fâcherait cette dame peu hospitalière et susceptible, et, disait Albertine, assommante. « Mais on peut bien manquer une visite ». « Non, ma tante m'a appris qu'il fallait être polie avant tout ». « Mais je vous ai vu si souvent être impolie ». « Là ce n'est pas la même chose, cette dame m'en voudrait et me ferait des histoires avec ma tante. Je ne suis déjà pas si bien que cela avec elle. Elle tient à ce que je sois allée une fois la voir ». « Mais puisqu'elle reçoit tous les jours ». Là, Albertine sentant qu'elle s'était « coupée », modifiait la raison. « Bien entendu elle reçoit tous les jours. Mais aujourd'hui j'ai donné rendez-vous chez elle à des amies. Comme cela on s'ennuiera moins ». « Alors, Albertine, vous préférez la dame et vos amies à moi, puisque pour ne pas risquer de faire une visite un peu ennuyeuse, vous préférez de me laisser seul, malade et désolé? » « Cela me serait bien égal que la visite fût ennuyeuse. Mais c'est par dévouement pour elles. Je les ramènerai dans ma carriole. Sans cela elles n'auraient plus aucun moyen de transport ». Je faisais remarquer à Albertine qu'il y avait des trains jusqu'à 10 heures du soir, d'Infreville. « C'est vrai, mais vous savez, il est possible qu'on nous demande de rester à dîner. Elle est très hospitalière ». « Hé bien, vous refuserez ». « Je fâcherais encore ma tante ». « Du reste, vous pouvez dîner et prendre le train de 10 heures ». « C'est un peu juste ». « Alors je ne peux jamais aller dîner en ville et revenir par le train. Mais tenez, Albertine. Nous allons faire une chose bien simple, je sens que l'air me fera du bien ; puisque vous ne pouvez lâcher la dame, je vais vous accompagner jusqu'à Infreville. Ne craignez rien, je n'irai pas jusqu'à la tour Élisabeth (la villa de la dame), je ne verrai ni la dame ni vos amies ». Albertine avait l'air d'avoir reçu un coup terrible. Sa parole était entrecoupée. Elle dit que les bains de mer ne lui réussissaient pas. « Si ça vous ennuie que je vous accompagne? » « Mais comment pouvez-vous dire cela, vous savez bien que mon plus grand plaisir est de sortir avec vous ». Un brusque revirement s'était opéré. « Puisque nous allons nous promener ensemble, me dit-elle, pourquoi n'irions-nous pas de l'autre côté de Balbec, nous dînerions ensemble. Ce serait si gentil. Au fond, cette côte-là est bien plus jolie. Je commence à en avoir soupé d'Infreville et du reste, tous ces petits coins vert-épinard ». « Mais l'amie de votre tante sera fâchée si vous n'allez pas la voir ». « Hé bien, elle se défâchera ». « Non, il ne faut pas fâcher les gens ». « Mais elle ne s'en apercevra même pas, elle reçoit tous les jours ; que j'y aille demain, après-demain, dans huit jours, dans quinze jours, cela fera toujours l'affaire ». « Et vos amies? » « Oh ! elles m'ont assez souvent plaquée. C'est bien mon tour ». « Mais du côté que vous me proposez, il n'y a pas de train après neuf heures ». « Hé bien, la belle affaire ! neuf heures c'est parfait. Et puis il ne faut jamais se laisser arrêter par les questions du retour. On trouvera toujours une charrette, un vélo, à défaut on a ses jambes ». « On trouve toujours, Albertine, comme vous y allez ! Du côté d'Infreville où les petites stations de bois sont collées les unes à côté des autres, oui. Mais du côté de... ce n'est pas la même chose ». « Même de ce côté-là. Je vous promets de vous ramener sain et sauf ». Je sentais qu'Albertine renonçait pour moi à quelque chose d'arrangé qu'elle ne voulait pas me dire, et qu'il y avait quelqu'un qui serait malheureux comme je l'étais. Voyant que ce qu'elle avait voulu n'était pas possible, puisque je voulais l'accompagner, elle renonçait franchement. Elle savait que ce n'était pas irrémédiable. Car, comme toutes les femmes qui ont plusieurs choses dans leur existence, elle avait ce point d'appui qui ne faiblit jamais : le doute et la jalousie. Certes elle ne cherchait pas à les exciter, au contraire. Mais les amoureux sont si soupçonneux qu'ils flairent tout de suite le mensonge. De sorte qu'Albertine n'était pas mieux qu'une autre, savait par expérience (sans deviner le moins du monde qu'elle le devait à la jalousie), qu'elle était toujours sûre de retrouver les gens qu'elle avait plaqués un soir. La personne inconnue qu'elle lâchait pour moi souffrirait, l'en aimerait davantage, (Albertine ne savait pas que c'était pour cela) et pour ne pas continuer à souffrir reviendrait de soi-même vers elle, comme j'aurais fait. Mais je ne voulais ni faire de la peine, ni me fatiguer, ni entrer dans la voie terrible des investigations, de la surveillance multiforme, innombrable. « Non, Albertine, je ne veux pas gâter votre plaisir, allez chez votre dame d'Infreville, ou enfin chez la personne dont elle est le porte nom, cela m'est égal. La vraie raison pour laquelle je ne vais pas avec vous, c'est que vous ne le désirez pas, que la promenade que vous feriez avec moi n'est pas celle que vous vouliez faire, la preuve en est que vous vous êtes contredite plus de cinq fois sans vous en apercevoir ». La pauvre Albertine craignit que ses contradictions, qu'elle n'avait pas aperçues, eussent été plus graves. Ne sachant pas exactement les mensonges qu'elle avait fait : « C'est très possible que je me sois contredite. L'air de la mer m'ôte tout raisonnement. Je dis tout le temps les noms les uns pour les autres ». Et (ce qui me prouva qu'elle n'aurait pas eu besoin, maintenant, de beaucoup de douces affirmations pour que je la crusse) je ressentis la souffrance d'une blessure en entendant cet aveu de ce que je n'avais que faiblement supposé. « Hé bien, c'est entendu, je pars, dit-elle d'un ton tragique, non sans regarder l'heure afin de voir si elle n'était pas en retard pour l'autre, maintenant que je lui fournissais le prétexte de ne pas passer la soirée avec moi.

SODOME ET GOMORRHE

Vous êtes trop méchant. Je change tout pour passer une bonne soirée avec vous, et c'est vous qui ne voulez pas, et vous m'accusez de mensonge. Jamais je ne vous avais encore vu si cruel. La mer sera mon tombeau. Je ne vous reverrai jamais. (Mon cœur battit à ces mots bien que je fusse sûr qu'elle reviendrait le lendemain, ce qui arriva). Je me noierai, je me jetterai à l'eau ». « Comme Sapho ». « Encore une insulte de plus ; vous n'avez pas seulement des doutes sur ce que je dis mais sur ce que je fais ». « Mais mon petit je ne mettais aucune intention, je vous le jure, vous savez que Sapho s'est précipitée dans la mer ». « Si, si, vous n'avez aucune confiance en moi ». Elle vit qu'il était moins vingt à la pendule ; elle craignit de rater ce qu'elle avait à faire, et choisissant l'adieu le plus bref (dont elle s'excusa du reste en me venant voir le le lendemain, probablement ce lendemain-là l'autre personne n'était pas libre), elle s'enfuit au pas de course en criant : « Adieu pour jamais », d'un air désolé. Et peut-être était-elle désolée. Car sachant ce qu'elle faisait en ce moment mieux que moi, plus sévère et plus indulgente à la fois à elle-même, que je n'étais pour elle, peut-être avait-elle tout de même un doute que je ne voudrais plus la recevoir après la façon dont elle m'avait quitté. Or je crois qu'elle tenait à moi, au point que l'autre personne était plus jalouse que moi-même.

Quelques jours après, à Balbec, comme nous étions dans la salle de danse du casino entrèrent la sœur et la cousine de Bloch devenues l'une et l'autre fort jolies, mais que je ne saluais plus à cause de mes amies, parce que la plus jeune, la cousine, vivait au su de tout le monde, avec l'actrice dont elle avait fait la connaissance pendant mon premier séjour. Andrée, sur une allusion qu'on fit à mi-voix à cela, me dit : « Oh ! là-dessus je suis comme Albertine, il n'y a rien qui nous fasse horreur à toutes les deux comme cela ». Quant à Albertine, se mettant à causer avec moi sur le canapé où nous étions assis, elle avait tourné le dos aux deux jeunes filles de mauvais genre. Et pourtant j'avais remarqué qu'avant ce mouvement, au moment où étaient apparues Mlle Bloch et sa cousine, avait passé dans les yeux de mon amie cette attention brusque et profonde, qui donnait parfois au visage de l'espiègle jeune fille un air sérieux, même grave, et la laissait triste après. Mais Albertine avait aussitôt détourné vers moi ses regards restés pourtant singulièrement immobiles et rêveurs. Mlle Bloch et sa cousine ayant fini par s'en aller après avoir ri très fort et poussé des cris peu convenables, je demandai à Albertine si la petite blonde (celle qui était l'amie de l'actrice) n'était pas la même qui la veille avait eu le prix dans la course pour les voitures de fleurs. « Ah ! je ne sais pas, dit Albertine, est-ce qu'il y en a une qui est blonde? Je vous dirai qu'elles ne m'intéressent pas beaucoup, je ne les ai jamais regardées. Est-ce qu'il y en a une qui est blonde? » demanda-t-elle d'un air interrogateur et détaché à ses trois amies. S'appliquant à des personnes qu'Albertine rencontrait tous les jours sur la digue, cette ignorance me parut bien excessive pour ne pas être feinte. « Elles n'ont pas l'air de nous regarder beaucoup non plus, dis-je à Albertine, peut-être dans l'hypothèse, que je n'envisageais pourtant pas d'une façon consciente, où Albertine eût aimé les femmes, de lui ôter tout regret en lui montrant qu'elle n'avait pas attiré l'attention de celles-ci, et que d'une façon générale il n'est pas d'usage, même pour les plus vicieuses, de se soucier des jeunes filles qu'elles ne connaissent pas. — Elles ne nous ont pas regardées, me répondit étourdiment Albertine. Elles n'ont pas fait autre chose tout le temps. — Mais vous ne pouvez pas le savoir, lui dis-je, vous leur tourniez le dos. — Eh bien, et cela ? » me répondit-elle en me montrant encastrée dans le mur en face de nous, une grande glace que je n'avais pas remarquée, et sur laquelle je comprenais maintenant que mon amie, tout en me parlant, n'avait pas cessé de fixer ses beaux yeux remplis de préoccupation.

A partir du jour où Cottard fut entré avec moi dans le petit casino d'Incarville, sans partager l'opinion qu'il avait émise, Albertine ne me sembla plus la même ; sa vue me causait de la colère. Moi-même j'avais changé, tout autant qu'elle me semblait autre. J'avais cessé de lui vouloir du bien ; en sa présence, hors de sa présence quand cela pouvait lui être répété, je parlais d'elle de la façon la plus blessante. Il y avait des trêves cependant. Un jour j'apprenais qu'Albertine et Andrée avaient accepté toutes deux une invitation chez Elstir. Ne doutant pas que ce fut en considération de ce qu'elles pourraient pendant le retour s'amuser comme des pensionnaires à contrefaire les jeunes filles qui ont mauvais genre, et y trouver un plaisir inavoué de vierges qui me serrait le cœur, sans m'annoncer, pour les gêner et priver Albertine du plaisir sur lequel elle comptait, j'arrivais à l'improviste chez Elstir. Mais je n'y trouvais qu'Andrée. Albertine avait choisi un autre jour où sa tante devait y aller. Alors je me disais que Cottard avait dû se

tromper ; l'impression favorable que m'avait pro-
duite la présence d'Andrée sans son amie se prolon-
geait et entretenait en moi des dispositions plus
douces à l'égard d'Albertine. Mais elles ne duraient
pas plus longtemps que la fragile, bonne santé
de ces personnes délicates sujettes à des mieux
passagers, et qu'un rien suffit à faire retomber malades. Albertine incitait Andrée à des jeux qui,
sans aller bien loin, n'étaient peut-être pas tout à
fait innocents ; souffrant de ce soupçon, je finissais
par l'éloigner. A peine j'en étais guéri qu'il renaissait
sous une autre forme. Je venais de voir Andrée dans
un de ces mouvements gracieux qui lui étaient particuliers, poser câlinement sa tête sur l'épaule d'Albertine, l'embrasser dans le cou en fermant à demi les
yeux ; ou bien elles avaient échangé un coup d'œil ;
une parole avait échappé à quelqu'un qui les avait
vues seules ensemble et allant se baigner, petits
riens tels qu'il en flotte d'une façon habituelle dans
l'atmosphère ambiante où la plupart des gens
les absorbent toute la journée sans que leur santé
en souffre ou que leur humeur s'en altère mais qui
sont morbides et générateurs de souffrances nouvelles pour un être prédisposé. Parfois même sans
que j'eusse revu Albertine, sans que personne m'eut
parlé d'elle, je retrouvais dans ma mémoire une
pose d'Albertine auprès de Gisèle et qui m'avait
paru innocente alors ; elle suffisait maintenant
pour détruire le calme que j'avais pu retrouver,
je n'avais même plus besoin d'aller respirer au dehors
des germes dangereux, je m'étais, comme aurait
dit Cottard, intoxiqué moi-même. Je pensais alors
à tout ce que j'avais appris de l'amour de Swann
pour Odette, de la façon dont Swann avait été

joué toute sa vie. Au fond si je veux y penser,
l'hypothèse qui me fit peu à peu construire tout le
caractère d'Albertine et interpréter douloureuse-
ment chaque moment d'une vie que je ne pouvais
pas contrôler entière, ce fut le souvenir, l'idée fixe
du caractère de Mme Swann, tel qu'on m'avait
raconté qu'il était. Ces récits contribuèrent à faire
que dans l'avenir mon imagination faisait le jeu
de supposer qu'Albertine aurait pu, au lieu d'être
une jeune fille bonne, avoir la même immoralité,
la même faculté de tromperie qu'une ancienne grue,
et je pensais à toutes les souffrances qui m'auraient
attendu dans ce cas si j'avais jamais dû l'aimer.

Un jour, devant le Grand-Hôtel où nous étions
réunis sur la digue, je venais d'adresser à Albertine
les paroles les plus dures et les plus humiliantes
et Rosemonde disait : « Ah ! ce que vous êtes changé
tout de même pour elle, autrefois il n'y en avait
que pour elle, c'était elle qui tenait la corde, maintenant elle n'est plus bonne à donner à manger
aux chiens ». J'étais en train, pour faire ressortir
davantage encore mon attitude à l'égard d'Albertine, d'adresser toutes les amabilités possibles à
Andrée qui, si elle était atteinte du même vice,
me semblait plus excusable parce qu'elle était
souffrante et neurasthénique, quand nous vîmes
déboucher au petit trot de ses deux chevaux dans
la rue perpendiculaire à la digue à l'angle de laquelle
nous nous tenions, la calèche de Mme de Cambremer.
Le premier Président qui, à ce moment, s'avançait
vers nous, s'écarta d'un bond quand il reconnut
la voiture pour ne pas être vu dans notre société ;
puis, quand il pensa que les regards de la marquise
allaient pouvoir croiser les siens, s'inclina en lan-

çant un immense coup de chapeau. Mais la voiture,
au lieu de continuer comme il semblait probable,
par la rue de la Mer, disparut derrière l'entrée de
l'hôtel. Il y avait bien dix minutes de cela lorsque
le lift tout essoufflé vint me prévenir : « C'est la
marquise de Camembert qui vient n'ici pour voir
Monsieur. Je suis monté à la chambre, j'ai cherché
au salon de lecture, je ne pouvais pas trouver Monsieur. Heureusement que j'ai eu l'idée de regarder
sur la plage ». Il finissait à peine son récit que,
suivie de sa belle-fille et d'un monsieur très céré-
monieux, s'avança vers moi la marquise, arrivant
probablement d'une matinée ou d'un thé dans le
voisinage et toute voûtée sous le poids moins de la
vieillesse que de la foule d'objets de luxe dont elle
croyait plus aimable et plus digne de son rang
d'être recouverte afin de paraître le plus « habillé »
possible aux gens qu'elle venait voir. C'était en
somme, à l'hôtel, ce « débarquage » des Cambremer
que ma grand'mère redoutait si fort autrefois
quand elle voulait qu'on laissât ignorer à Legrandin
que nous irions peut-être à Balbec. Alors maman
riait des craintes inspirées par un événement qu'elle
jugeait impossible. Voici qu'enfin il se produisait
pourtant, mais par d'autres voies et sans que Legrandin y fut pour quelque chose. « Est-ce que je
peux rester si je ne vous dérange pas, me demanda
Albertine (dans les yeux de qui restaient, amenées
par les choses cruelles que je venais de lui dire,
quelques larmes que je remarquai sans paraître
les voir, mais non sans en être réjoui), j'aurais
quelque chose à vous dire ». Un chapeau à plumes
surmonté lui-même d'une épingle de saphir, était
posé n'importe comment sur la perruque de Mme de

Cambremer, comme un insigne dont l'exhibition est nécessaire, mais suffisante, la place indifférente, l'élégance conventionnelle, et l'immobilité inutile. Malgré la chaleur, la bonne dame avait revêtu un mantelet de jais, pareil à une dalmatique, par-dessus lequel pendait une étole d'hermine dont le port semblait en relation non avec la température et la saison, mais avec le caractère de la cérémonie. Et sur la poitrine de Mme de Cambremer un tortil de baronne relié à une chaînette pendait à la façon d'une croix pectorale. Le Monsieur était un célèbre avocat de Paris, de famille nobiliaire, qui était venu passer trois jours chez les Cambremer. C'était un de ces hommes à qui leur expérience professionnelle consommée, fait un peu mépriser leur profession et qui disent par exemple : « Je sais que je plaide bien, aussi cela ne m'amuse plus de plaider », ou : « Cela ne m'intéresse plus d'opérer ; je sais que j'opère bien ». Intelligents, *artistes* ils voient autour de leur maturité fortement rentée par le succès, briller cette « intelligence », cette nature d' « artiste » que leurs confrères leur reconnaissent et qui leur confère un à peu près de goût et de discernement. Ils se prennent de passion pour la peinture non d'un grand artiste, mais d'un artiste cependant très dis-tingué, et à l'achat des œuvres duquel ils emploient les gros revenus que leur procure leur carrière. Le Sidaner était l'artiste élu par l'ami des Cam-bremer, lequel était du reste très agréable. Il par-lait bien des livres mais non de ceux des vrais maîtres, de ceux qui se sont maîtrisés. Le seul défaut gênant qu'offrît cet amateur, était qu'il employait cer-taines expressions toutes faites d'une façon cons-tante, par exemple : « en majeure partie », ce qui

donnait à ce dont il voulait parler quelque chose
d'important et d'incomplet. Madame de Cambremer
avait profité, me dit-elle, d'une matinée que des
amis à elle avaient donnée ce jour-là à côté de Balbec, pour venir me voir, comme elle l'avait promis
à Robert de Saint-Loup. « Vous savez qu'il doit
bientôt venir passer quelques jours dans le pays.
Son oncle Charlus y est en villégiature chez sa
belle-sœur, la duchesse de Luxembourg et M. de
Saint-Loup profitera de l'occasion pour aller à la
fois dire bonjour à sa tante et revoir son ancien
régiment, où il est très aimé, très estimé. Nous rece-
vons souvent des officiers qui nous parlent tous de
lui avec des éloges infinis. Comme ce serait gentil
si vous nous faisiez le plaisir de venir tous les deux
à Féterne. » Je lui présentai Albertine et ses amies.
Mᵐᵉ de Cambremer nous nomma à sa belle-fille.
Celle-ci, qui glaciale avec les petits nobliaux que le
voisinage de Féterne la forçaient à fréquenter,
si pleine de réserve de crainte de se compromettre,
me tendit au contraire la main avec un sourire
rayonnant, mise comme elle était en sûreté et en
joie devant un ami de Robert de Saint-Loup et
que celui-ci, gardant plus de finesse mondaine
qu'il ne voulait le laisser voir, lui avait dit très lié
avec les Guermantes. Telle, au rebours de sa belle-
mère, Mᵐᵉ de Cambremer avait-elle deux politesses
infiniment différentes. C'est tout au plus la première, sèche, insupportable, qu'elle m'eut concédée
si je l'avais connue par son frère Legrandin. Mais
pour un ami des Guermantes elle n'avait pas assez
de sourires. La pièce la plus commode de l'hôtel
pour recevoir était le salon de lecture, ce lieu jadis
si terrible où maintenant j'entrais dix fois par jour,

ressortant librement, en maître, comme ces fous peu atteints et depuis si longtemps pensionnaires d'un asile que le médecin leur en a confié la clef. Aussi offris-je à Mme de Cambremer de l'y conduire. Et comme ce salon ne m'inspirait plus de timidité et ne m'offrait plus de charme parce que le visage des choses change pour nous comme celui des personnes, c'est sans trouble que je lui fis cette proposition. Mais elle la refusa, préférant rester dehors, et nous nous assîmes en plein air, sur la terrasse de l'hôtel. J'y trouvai et recueillis un volume de Madame de Sévigné que maman n'avait pas eu le temps d'emporter dans sa fuite précipitée, quand elle avait appris qu'il arrivait des visites pour moi. Autant que ma grand'mère elle redoutait ces invasions d'étrangers et par peur de ne plus pouvoir s'échapper si elle se laissait cerner, elle se sauvait avec une rapidité qui nous faisait toujours, à mon père et à moi, nous moquer d'elle. Mme de Cambremer tenait à la main, avec la crosse d'une ombrelle, plusieurs sacs brodés, un vide-poche, une bourse en or d'où pendaient des fils de grenats et un mouchoir en dentelle. Il me semblait qu'il lui eût été plus commode de les poser sur une chaise ; mais je sentais qu'il eût été inconvenant et inutile de lui demander d'abandonner les ornements de sa tournée pastorale et de son sacerdoce mondain. Nous regardions la mer calme où des mouettes éparses flottaient comme des corolles blanches. A cause du niveau de simple « médium » où nous abaisse la conversation mondaine et aussi notre désir de plaire non à l'aide de nos qualités ignorées de nous-mêmes, mais de ce que nous croyons devoir être prisé par ceux qui sont avec nous, je me mis ins-

tinctivement à parler à Mme de Cambremer née
Legrandin, de la façon qu'eut pu faire son frère.
« Elles ont, dis-je, en parlant des mouettes, une
immobilité et une blancheur de nymphéas ». Et en
effet elles avaient l'air d'offrir un but inerte aux
petits flots qui les ballottaient au point que ceux-ci,
par contraste, semblaient dans leur poursuite, ani-
més d'une intention, prendre de la vie. La marquise
douairière ne se lassait pas de célébrer la superbe
vue de la mer que nous avions à Balbec, et m'en-
viait elle, qui de la Raspelière (qu'elle n'habitait
du reste pas cette année) ne voyait les flots que de
si loin. Elle avait deux singulières habitudes qui
tenaient à la fois à son amour exalté pour les arts
(surtout pour la musique), et à son insuffisance
dentaire. Chaque fois qu'elle parlait esthétique
ses glandes salivaires — comme celles de certains
animaux au moment du rut, entraient dans une
phase d'hypersécrétion telle que la bouche édentée
de la vieille dame laissait passer au coin des lèvres
légèrement moustachues, quelques gouttes dont
ce n'était pas la place. Aussitôt elle les ravalait
avec un grand soupir, comme quelqu'un qui reprend
sa respiration. Enfin s'il s'agissait d'une trop grande
beauté musicale, dans son enthousiasme elle levait
les bras et proférait quelques jugements sommaires,
énergiquement mastiqués et au besoin venant du
nez. Or je n'avais jamais songé que la vulgaire plage
de Balbec put offrir en effet une « vue de mer »
et les simples paroles de Mme de Cambremer changeaient mes idées à cet égard. En revanche, et je le
lui dis, j'avais toujours entendu célébrer le coup
d'œil unique de la Raspelière, située au faîte de
la colline et où, dans un grand salon à deux chemi-

nées, toute une rangée de fenêtres regarde au bout
des jardins entre les feuillages, la mer jusqu'au
delà de Balbec, et l'autre rangée, la vallée. « Comme
vous êtes aimable et comme c'est bien dit : la mer
entre les feuillages. C'est ravissant, on dirait...
un éventail ». Et je sentis à une respiration profonde
destinée à rattraper la salive et à assécher la moustache, que le compliment était sincère. Mais la marquise née Legrandin resta froide pour témoigner
de son dédain non pas pour mes paroles mais pour
celles de sa belle-mère. D'ailleurs elle ne méprisait
pas seulement l'intelligence de celle-ci, mais déplo-
rait son amabilité, craignant toujours que les
gens n'eussent pas une idée suffisante des Cambremer. « Et comme le nom est joli, dis-je. On aimerait
savoir l'origine de tous ces noms-là ». « Pour celui-là
je peux vous le dire, me répondit avec douceur la
vieille dame. C'est une demeure de famille, de ma
grand'mère Arrachepel, ce n'est pas une famille
illustre, mais c'est une bonne et très ancienne famille de province. — Comment, pas illustre, interrompit sèchement sa belle-fille. Tout un vitrail
de la cathédrale de Bayeux est rempli par ses armes,
et la principale église d'Avranches contient leurs
monuments funéraires. Si ces vieux noms vous
amusent, ajouta-t-elle, vous venez un an trop
tard. Nous avions fait nommer à la cure de Crique-
tot, malgré toutes les difficultés qu'il y a à changer
de diocèse, le doyen d'un pays où j'ai personnellement des terres, fort loin d'ici, à Combray, où le
bon prêtre se sentait devenir neurasthénique. Malheureusement l'air de la mer n'a pas réussi à son
grand âge ; sa neurasthénie s'est augmentée et il
est retourné à Combray. Mais il s'est amusé pendant

27

qu'il était notre voisin, à aller consulter toutes les vieilles chartes, et il a fait une petite brochure assez curieuse sur les noms de la région. Cela l'a d'ailleurs mis en goût, car il paraît qu'il occupe ses dernières années à écrire un grand ouvrage sur Combray et ses environs. Je vais vous envoyer sa brochure sur les environs de Féterne. C'est un vrai travail de Bénédictin. Vous y lirez des choses très intéressantes sur notre vieille Raspelière dont ma belle-mère parle beaucoup trop modestement. — En tous cas, cette année, répondit Mᵐᵉ de Cambremer douairière, la Raspelière n'est plus nôtre et ne m'appartient pas. Mais on sent que vous avez une nature de peintre ; vous devriez dessiner et j'aimerais tant vous montrer Féterne qui est bien mieux que la Raspelière ». Car depuis que les Cambremer avaient loué cette dernière demeure aux Verdurin, sa position dominante avait brusquement cessé de leur apparaître ce qu'elle avait été pour eux pendant tant d'années, c'est-à-dire donnant l'avantage unique dans le pays d'avoir vue à la fois sur la mer et sur la vallée, et en revanche leur avait présenté tout à coup — et après coup — l'inconvénient qu'il fallait toujours monter et descendre pour y arriver et en sortir. Bref on eut cru que si Mᵐᵉ de Cambremer l'avait louée, c'était moins pour accroître ses revenus que pour reposer ses chevaux. Et elle se disait ravie de pouvoir enfin posséder tout le temps la mer de si près, à Féterne, elle qui pendant si longtemps, oubliant les deux mois qu'elle y passait, ne l'avait vue que d'en haut et comme dans un panorama. « Je la découvre à mon âge, disait-elle, et comme j'en jouis ! Ça me fait un bien. Je louerais la Raspelière pour rien afin d'être contrainte d'habiter Féterne ».

SODOME ET GOMORRHE

« Pour revenir à des sujets plus intéressants, reprit la sœur de Legrandin qui disait : « Ma mère » à la vieille marquise, mais avec les années avait pris des façons insolentes avec elle, vous parliez de nymphéas : je pense que vous connaissez ceux que Claude Monet a peints. Quel génie ! Cela m'intéresse d'autant plus qu'auprès de Combray, cet endroit où je vous ai dit que j'avais des terres... » Mais elle préféra ne pas trop parler de Combray. « Ah ! c'est sûrement la série dont nous a parlé Elstir, le plus grand des peintres contemporains », s'écria Albertine qui n'avait rien dit jusque-là. « Ah ! on voit que Mademoiselle aime les arts », s'écria Mme de Cambremer qui, en poussant une respiration profonde, résorba un jet de salive. « Vous me permettrez de lui préférer Le Sidaner, Mademoiselle », dit l'avocat en souriant d'un air connaisseur. Et, comme il avait goûté, ou vu goûter, autrefois certaines « audaces » d'Elstir, il ajouta : « Elstir était doué, il a même fait presque partie de l'avant-garde, mais je ne sais pas pourquoi il a cessé de suivre, il a gâché sa vie ». Madame de Cambremer donna raison à l'avocat, en ce qui concernait Elstir mais, au grand chagrin de son invité, égala Monet à Le Sidaner. On ne peut pas dire qu'elle fut bête ; elle débordait d'une intelligence que je sentais m'être entièrement inutile. Justement le soleil s'abaissant, les mouettes étaient maintenant jaunes, comme les nymphéas dans une autre toile de cette même série de Monet. Je dis que je la connaissais et (continuant à imiter le langage du frère dont je n'avais pas encore osé citer le nom) j'ajoutai qu'il était malheureux qu'elle n'eût pas eu plutôt l'idée de venir la veille, car à la même heure, c'est une

lumière du Poussin qu'elle eût pu admirer. Devant
un hobereau normand, inconnu des Guermantes
et qui lui eût dit qu'elle eût dû venir la veille,
Mme de Cambremer-Legrandin se fut sans doute
redressée d'un air offensé. Mais j'aurais pu être bien
plus familier encore qu'elle n'eût été que douceur
moelleuse et florissante ; je pouvais dans la chaleur
de cette belle fin d'après-midi butiner à mon gré
dans le gros gâteau de miel que Mme de Cambremer
était si rarement et qui remplaça les petits fours
que je n'eus pas l'idée d'offrir. Mais le nom de
Poussin, sans altérer l'aménité de la femme du
monde, souleva les protestations de la dilettante.
En entendant ce nom, à six reprises que ne séparait
presque aucun intervalle ce petit claquement de
la langue contre les lèvres qui sert à signifier à un
enfant qui est en train de faire une bêtise, à la fois
un blâme d'avoir commencé et l'interdiction de
poursuivre. « Au nom du ciel, après un peintre
comme Monet, qui est tout bonnement un génie,
n'allez pas nommer un vieux poncif sans talent
comme Poussin. Je vous dirai tout nûment que je
le trouve le plus barbifiant des raseurs. Qu'est-ce
que vous voulez, je ne peux pourtant pas appeler
cela de la peinture. Monet, Degas, Manet, oui,
voilà des peintres ! C'est très curieux, ajouta-t-elle,
en fixant un regard scrutateur et ravi sur un point
vague de l'espace où elle apercevait sa propre pensée, c'est très curieux, autrefois je préférais Manet.
Maintenant, j'admire toujours Manet, c'est entendu,
mais je crois que je lui préfère peut-être encore
Monet. Ah ! les cathédrales ! » Elle mettait autant
de scrupules que de complaisance à me renseigner
sur l'évolution qu'avait suivi son goût. Et on sentait

que les phases par lesquelles avait passé ce goût
n'étaient pas, selon elle, moins importantes que les
différentes manières de Monet lui-même. Je n'avais
pas du reste à être flatté qu'elle me fit confidence
de ses admirations, car même devant la provinciale
la plus bornée, elle ne pouvait pas rester cinq minutes sans éprouver le besoin de les confesser.
Quand une dame noble d'Avranches, laquelle n'eût
pas été capable de distinguer Mozart de Wagner,
disait devant Mme de Cambremer : « Nous n'avons
pas eu de nouveauté intéressante pendant notre
séjour à Paris, nous avons été une fois à l'Opéra-
Comique, on donnait *Pelléas et Mélisande*, c'est
affreux », Mme de Cambremer non seulement bouil-
lait mais éprouvait le besoin de s'écrier : « Mais au
contraire, c'est un petit chef-d'œuvre », et de « dis-
cuter ». C'était peut-être une habitude de Combray
prise auprès des sœurs de ma grand'mère qui appelaient cela : « Combattre pour la bonne cause »,
et qui aimaient les dîners où elles savaient toutes
les semaines qu'elles auraient à défendre leurs
dieux contre des philistins. Telle Mme de Cambremer
aimait à se « fouetter le sang » en se « chamaillant »
sur l'art, comme d'autres sur la politique. Elle
prenait le parti de Debussy comme elle aurait fait
celui d'une de ses amies dont on eût incriminé la
conduite. Elle devait pourtant bien comprendre
qu'en disant : « Mais non, c'est un petit chef-d'œuvre »,
elle ne pouvait pas improviser chez la personne
qu'elle remettait à sa place, toute la progression
de culture artistique au terme de laquelle elles
fussent tombées d'accord sans avoir besoin de dis-
cuter. « Il faudra que je demande à Le Sidaner
ce qu'il pense de Poussin, me dit l'avocat. C'est

31

un renfermé, un silencieux, mais je saurai bien lui tirer les vers du nez ».

« Du reste, continua Mme de Cambremer, j'ai horreur des couchers de soleil, c'est romantique, c'est opéra. C'est pour cela que je déteste la maison de ma belle-mère, avec ses plantes du Midi. Vous verrez, ça a l'air d'un parc de Monte-Carlo. C'est pour cela que j'aime mieux votre rive. C'est plus triste, plus sincère ; il y a un petit chemin d'où on ne voit pas la mer. Les jours de pluie, il n'y a que de la boue, c'est tout un monde. C'est comme à Venise, je déteste le grand canal et je ne connais rien de touchant comme les petites ruelles. Du reste c'est une question d'ambiance. — Mais, lui dis-je, sentant que la seule manière de réhabiliter Poussin aux yeux de Mme de Cambremer c'était d'apprendre à celle-ci qu'il était redevenu à la mode, M. Degas assure qu'il ne connaît rien de plus beau que les Poussin de Chantilly ». « Ouais ? Je ne connais pas ceux de Chantilly, me dit Mme de Cambremer qui ne voulait pas être d'un autre avis que Degas, mais je peux parler de ceux du Louvre qui sont des horreurs ». « Il les admire aussi énormément ». « Il faudra que je les revoie. Tout cela est un peu ancien dans ma tête », répondit-elle après un instant de silence et comme si le jugement favorable qu'elle allait certainement bientôt porter sur Poussin devait dépendre, non de la nouvelle que je venais de lui communiquer, mais de l'examen supplémentaire et cette fois définitif qu'elle comptait faire subir aux Poussin du Louvre pour avoir la faculté de se déjuger. Me contentant de ce qui était un commencement de rétractation puisque si elle n'admirait pas encore les Poussin, elle s'ajournait pour une seconde délibération, pour ne pas la laisser plus longtemps à la torture, je dis à sa belle-mère combien on m'avait parlé des fleurs admirables de Féterne. Modestement elle parla du petit jardin de curé qu'elle avait derrière et où le matin, en poussant une porte, elle allait en robe de chambre donner à manger à ses paons, chercher les œufs pondus, et cueillir des zinias ou des roses qui, sur le chemin de table, faisant aux œufs à la crème ou aux fritures une bordure de fleurs, lui rappelaient ses allées. « C'est vrai que nous avons beaucoup de roses, me dit-elle, notre roseraie est presque un peu trop près de la maison d'habitation, il y a des jours où cela me fait mal à la tête. C'est plus agréable de la terrasse de la Raspelière où le vent apporte l'odeur des roses, mais déjà moins entêtante ». Je me tournai vers la belle-fille : « C'est tout à fait Pelléas, lui dis-je, pour contenter son goût de modernisme, cette odeur de roses montant jusqu'aux terrasses. Elle est si forte dans la partition que, comme j'ai le hay-fiever et la rose-fiever, elle me faisait éternuer chaque fois que j'entendais cette scène. »

« Quel chef d'œuvre que *Pelléas*, s'écria Mᵐᵉ de Cambremer, j'en suis férue » ; et s'approchant de moi avec les gestes d'une femme sauvage qui aurait voulu me faire des agaceries, s'aidant des doigts pour piquer les notes imaginaires, elle se mit à fredonner quelque chose que je supposai être pour elle les adieux de Pelléas et continua avec une véhémente insistance comme s'il avait été d'importance que Mᵐᵉ de Cambremer me rappelât en ce moment cette scène, ou peut-être plutôt me montrât qu'elle se la rappelait. « Je crois que c'est encore plus beau que *Parsifal*, ajouta-t-elle, parce que dans *Parsifal* il s'ajoute aux plus grandes beautés un certain halo de phrases mélodiques, donc caduques puisque mélodiques ». « Je sais que vous êtes une grande musicienne, Madame, dis-je à la douairière. J'aimerais beaucoup vous entendre ». Mme de Cambremer-Legrandin regarda la mer pour ne pas prendre part à la conversation. Considérant que ce qu'aimait sa belle-mère n'était pas de la musique, elle considérait le talent, prétendu selon elle, et des plus remarquables en réalité, qu'on lui reconnaissait, comme une virtuosité sans intérêt. Il est vrai que la seule élève encore vivante de Chopin déclarait avec raison que la manière de jouer, le « sentiment », du Maître, ne s'était transmis, à travers elle, qu'à Mme de Cambremer, mais jouer comme Chopin était loin d'être une référence pour la sœur de Legrandin laquelle ne méprisait personne autant que le musicien polonais. « Oh ! elles s'envolent », s'écria Albertine en me montrant les mouettes qui, se débarrassant pour un instant de leur incognito de fleurs, montaient toutes ensemble vers le soleil. « Leurs ailes de géants les empêchent de marcher », dit Mme de Cambremer, confondant les mouettes avec les albatros. « Je les aime beaucoup, j'en voyais à Amsterdam, dit Albertine. Elles sentent la mer, elles viennent la humer même à travers les pierres des rues ». « Ah ! vous avez été en Hollande, vous connaissez les Ver Meer ? » demanda impérieusement Mme de Cambremer et du ton dont elle aurait dit : « Vous connaissez les Guermantes », car le snobisme en changeant d'objet ne change pas d'accent. Albertine répondit non, elle croyait que c'étaient des gens vivants. Mais il n'y parut pas. « Je serais très heureuse de vous faire de la musique, me dit Mme de Cambremer. Mais vous savez je ne joue que des choses qui n'intéressent plus votre génération. J'ai été élevée dans le culte de Chopin », dit-elle à voix basse car elle redoutait sa belle-fille, et savait que celle-ci considérant que Chopin n'était pas de la musique, le bien jouer ou le mal jouer étaient des expressions dénuées de sens. Elle reconnaissait que sa belle-mère avait du mécanisme, perlait les traits. « Jamais on ne me fera dire qu'elle est musicienne », concluait Mme de Cambremer-Legrandin. Parce qu'elle se croyait « avancée » et (en art seulement) « jamais assez à gauche », disait-elle, se représentait non seulement que la musique progresse, mais sur une seule ligne, et que Debussy était en quelque sorte un sur-Wagner encore un peu plus avancé que Wagner. Elle ne se rendait pas compte que si Debussy n'était pas aussi indépendant de Wagner qu'elle-même devait le croire dans quelques années, parce qu'on se sert tout de même des armes conquises pour achever de s'affranchir de celui qu'on a momentanément vaincu, il cherchait cependant, après la satiété qu'on commençait à avoir des œuvres trop complètes où tout est exprimé, à contenter un besoin contraire. Des théories, bien entendu, étayaient momentanément cette réaction, pareilles à celles qui, en politique, viennent à l'appui des lois contre les congrégations, des guerres en Orient (enseignement contre nature, péril jaune, etc., etc.). On disait qu'à une époque de hâte convenait un art rapide, absolument comme on aurait dit que la guerre future ne pouvait pas durer plus de quinze jours, ou qu'avec les chemins de fer seraient délaissés les petits coins chers aux diligences et que l'auto pour-

tant devait remettre en honneur. On recommandait
de ne pas fatiguer l'attention de l'auditeur, comme
si nous ne disposions pas d'attentions différentes
dont il dépend précisément de l'artiste d'éveiller
les plus hautes. Car ceux qui baillent de fatigue
après dix lignes d'un article médiocre avaient
refait tous les ans le voyage de Bayreuth pour entendre la *Tétralogie*. D'ailleurs le jour devait venir
où, pour un temps, Debussy serait déclaré aussi
fragile que Massenet, et les tressautements de
Mélisande abaissés au rang de ceux de *Manon*.
Car les théories et les écoles, comme les microbes
et les globules s'entre-dévorent et assurent par leur
lutte, la continuité de la vie. Mais ce temps n'était
pas encore venu.

Comme à la Bourse quand un mouvement de
hausse se produit, tout un compartiment de valeurs
en profitant, un certain nombre d'auteurs dédai-
gnés bénéficiaient de la réaction, soit parce qu'ils
ne méritaient pas ce dédain, soit simplement —
ce qui permettait de dire une nouveauté en les
prônant — parce qu'ils l'avaient encouru. Et on
allait même chercher dans un passé isolé, quelques
talents indépendants sur la réputation de qui ne
semblait pas devoir influer le mouvement actuel,
mais dont un des maîtres nouveaux passait pour
citer le nom avec faveur. Souvent c'était parce
qu'un maître, quel qu'il soit, si exclusive que doive
être son école, juge d'après son sentiment original,
rend justice au talent partout où il se trouve, et
même moins qu'au talent, à quelque agréable inspiration qu'il a goûtée autrefois, qui se rattache
à un moment aimé de son adolescence. D'autres
fois parce que certains artistes d'une autre époque

ont dans un simple morceau réalisé quelque chose qui ressemble à ce que le maître peu à peu s'est rendu compte que lui-même avait voulu faire. Alors il voit en cet ancien comme un précurseur ; il aime chez lui sous une tout autre forme, un effort momentanément, partiellement fraternel. Il y a des morceaux de Turner dans l'œuvre de Poussin, une phrase de Flaubert dans Montesquieu. Et quelquefois aussi ce bruit de la prédilection du Maître était le résultat d'une erreur, née on ne sait où et colportée dans l'école. Mais le nom cité bénéficiait alors de la firme sous la protection de laquelle il était entré juste à temps, car s'il y a quelque liberté, un goût vrai, dans le choix du maître, les écoles, elles, ne se dirigent plus que suivant la théorie. C'est ainsi que l'esprit, suivant son cours habituel qui s'avance par digression, en obliquant une fois dans un sens, la fois suivante dans le sens contraire, avait ramené la lumière d'en haut sur un certain nombre d'œuvres auxquelles le besoin de justice, ou de renouvellement, ou le goût de Debussy, ou son caprice, ou quelque propos qu'il n'avait peut-être pas tenu avait ajouté celles de Chopin. Prônées par les juges en qui on avait toute confiance, bénéficiant de l'admiration qu'excitait *Pelléas* elles avaient retrouvé un éclat nouveau, et ceux mêmes qui ne les avaient pas réentendues, étaient si désireux de les aimer qu'ils le faisaient malgré eux quoique avec l'illusion de la liberté. Mais Mme de Cambremer-Legrandin restait une partie de l'année en province. Même à Paris, malade, elle vivait beaucoup dans sa chambre. Il est vrai que l'inconvénient pouvait surtout s'en faire sentir dans le choix des expressions que Mme de Cambremer croyait à la mode et qui eussent convenu plutôt au langage écrit, nuance qu'elle ne discernait pas, car elle les tenait plus de la lecture que de la conversation. Celle-ci n'est pas aussi nécessaire pour la connaissance exacte des opinions, que des expressions nouvelles. Pourtant ce rajeunissement des « nocturnes » n'avait pas encore été annoncé par la critique. La nouvelle s'en était transmise seulement par des causeries de « jeunes ». Il restait ignoré de Mme de Cambremer-Legrandin. Je me fis un plaisir de lui apprendre, mais en m'adressant pour cela à sa belle-mère, comme quand au billard pour atteindre une boule, on joue par la bande, que Chopin bien loin d'être démodé était le musicien préféré de Debussy. « Tiens, c'est amusant », me dit en souriant finement la belle-fille comme si ce n'avait été là qu'un paradoxe lancé par l'auteur de *Pelléas*. Néanmoins il était bien certain maintenant qu'elle n'écouterait plus Chopin qu'avec respect et même avec plaisir. Aussi mes paroles qui venaient de sonner l'heure de la délivrance pour la douairière mirent-elles dans sa figure une expression de gratitude pour moi, et surtout de joie. Ses yeux brillèrent comme ceux de Latude dans la pièce appelée *Latude ou Trente-cinq ans de captivité* et sa poitrine huma l'air de la mer avec cette dilatation que Beethoven a si bien marquée dans *Fidelio* quand ses prisonniers respirent enfin « cet air qui vivifie ». Quant à la douairière, je crus qu'elle allait poser sur ma joue ses lèvres moustachues. « Comment, vous aimez Chopin ? Il aime Chopin, il aime Chopin », s'écria-t-elle dans un nasonnement passionné ; elle aurait dit « comment vous connaissez aussi Mme de Franquetot ? » avec cette différence que mes relations avec Mme de Franquetot lui eussent été profondément indifférentes, tandis que ma connaissance de Chopin la jeta dans une sorte de délire artistique. L'hypersécrétion salivaire ne suffit plus. N'ayant même pas essayé de comprendre le rôle de Debussy dans la réinvention de Chopin, elle sentit seulement que mon jugement était favorable. L'enthousiasme musical la saisit. « Elodie ! Elodie ! il aime Chopin ? » ses seins se soulevèrent et elle battit l'air de ses bras. « Ah ! j'avais bien senti que vous étiez musicien, s'écriat-elle. Je comprends, hhartiste comme vous êtes, que vous aimiez cela. C'est si beau ! » Et sa voix était aussi caillouteuse que si pour m'exprimer son ardeur pour Chopin, elle eut, imitant Démosthène, rempli sa bouche avec tous les galets de la plage. Enfin le reflux vint, atteignant jusqu'à la voilette qu'elle n'eut pas le temps de mettre à l'abri et qui fut transpercée, enfin la Marquise essuya avec son mouchoir brodé la bave d'écume dont le souvenir de Chopin venait de tremper ses moustaches.

« Mon Dieu, me dit Mme de Cambremer-Legrandin, je crois que ma belle-mère s'attarde un peu trop, elle oublie que nous avons à dîner mon oncle de Ch'nouville ». Et puis Cancan n'aime pas attendre. » Cancan me resta incompréhensible et je pensai qu'il s'agissait peut-être d'un chien. Mais pour les cousins de Ch'nouville, voilà. Avec l'âge s'était amorti chez la jeune marquise le plaisir qu'elle avait à prononcer leur nom de cette manière. Et cependant c'était pour le goûter qu'elle avait jadis décidé son mariage. Dans d'autres groupes mondains, quand on parlait des Chenouville, l'habitude était (du moins chaque fois que la particule était précédée d'un nom finissant par une voyelle, car dans le cas contraire on était bien obligé de prendre appui sur le *de*, la langue se refusant à prononcer Madam' d'Ch'nonceaux) que ce fût l'*e* muet de la particule qu'on sacrifiât. On disait : « Monsieur d'Chenou-ville ». Chez les Cambremer la tradition était in-verse, mais aussi impérieuse. C'était l'*e* muet de Chenouville que dans tous les cas on supprimait. Que le nom fût précédé de mon cousin ou de ma cousine, c'était toujours de « Ch'nouville » et ja-mais de Chenouville. (Pour le père de ces Chenou-ville on disait notre oncle, car on n'était pas assez gratin à Féterne pour prononcer notre « onk », comme eussent fait les Guermantes dont le baragouin voulu, supprimant les consonnes et nationalisant les noms étrangers, était aussi difficile à comprendre que le vieux français ou un moderne patois). Toute personne qui entrait dans la famille recevait aussi-tôt sur ce point des Ch'nouville un avertissement dont Mlle Legrandin-Cambremer n'avait pas eu besoin. Un jour en visite entendant une jeune fille dire : « ma tante d'Uzai », « mon onk de Rouan », elle n'avait pas reconnu immédiatement les noms illustres qu'elle avait l'habitude de prononcer : Uzès et Rohan, elle avait eu l'étonnement, l'embarras, et la honte de quelqu'un qui a devant lui à table un instrument nouvellement inventé dont il ne sait pas l'usage et dont il n'ose pas commencer à manger. Mais la nuit suivante et le lendemain elle avait répété avec ravissement : « ma tante Uzai » avec cette suppression de l's finale, suppression qui l'avait stupéfaite la veille, mais qu'il lui semblait mainte-nant si vulgaire de ne pas connaître qu'une de ses amies lui ayant parlé d'un buste de la duchesse d'Uzès, Mlle Legrandin lui avait répondu avec mauvaise humeur, et d'un ton hautain : « Vous pourriez au moins prononcer comme il faut : Mame d'Uzai ». Dès lors elle avait compris qu'en vertu de la transmutation des matières consistantes en éléments de plus en plus subtils, la fortune considérable et si honorablement acquise qu'elle tenait de son père, l'éducation complète qu'elle avait reçue, son assiduité à la Sorbonne, tant aux cours de Caro qu'à ceux de Brunetière, et aux concerts Lamoureux, tout cela devait se volatiliser, trouver sa sublimation dernière dans le plaisir de dire un jour : « ma tante d'Uzai ». Il n'excluait pas de son esprit qu'elle continuerait à fréquenter au moins dans les premiers temps qui suivraient son mariage, non pas certaines amies qu'elle aimait et qu'elle était résignée à sacrifier, mais certaines autres qu'elle n'aimait pas et à qui elle voulait pouvoir dire (puisqu'elle se marierait pour cela) : « Je vais vous présenter à ma tante d'Uzai », et quand elle vit que cette alliance était trop difficile : « Je vais vous présenter à ma tante de Ch'nouville » et « Je vous ferai dîner avec les Uzai ». Son mariage avec M. de Cambremer avait procuré à Mlle Legrandin l'occasion de dire la première de ces phrases mais non la seconde, le monde que fréquentait ses beaux-parents n'étant pas celui qu'elle avait cru et duquel elle continuait à rêver. Aussi après m'avoir dit de Saint-Loup (en adoptant pour cela une expression de Robert, car si pour causer j'employais avec elle ces expressions de Legrandin, par une suggestion inverse elle me répondait dans le dialecte de Robert qu'elle ne savait pas emprunté à Rachel), en rapprochant le pouce de l'index et en fermant à demi les yeux comme si elle regardait quelque chose d'infiniment délicat qu'elle était parvenu à capter : « Il a une jolie qualité d'esprit » ; elle fit son éloge avec tant de chaleur qu'on aurait pu croire qu'elle était amoureuse de lui (on avait d'ailleurs prétendu qu'autrefois, quand il était à Doncières, Robert avait été son amant), en réalité simplement pour que je lui répétasse, et aboutir à : « Vous êtes très lié avec la duchesse de Guermantes. Je suis souffrante, je ne sors guère, et je sais qu'elle reste confinée dans un cercle d'amis choisis, ce que je trouve très bien, aussi je la connais très peu, mais je sais que c'est une femme absolument supérieure ». Sachant que Mme de Cambremer la connaissait à peine, et pour me faire aussi petit qu'elle, je glissai sur ce sujet et répondis à la marquise que j'avais connu surtout son frère, M. Legrandin. A ce nom, elle prit le même air évasif que j'avais eu pour Mme de Guermantes, mais en y joignant une expression de mécontentement car elle pensa que j'avais dit cela pour humilier non pas moi, mais elle. Était-elle rongée par le désespoir d'être née Legrandin ? C'est du moins ce que prétendaient les sœurs et belles-sœurs de son mari, dames nobles de province qui ne connaissaient personne et ne savaient rien, jalousaient l'intelligence de Mme de Cambremer, son instruction, sa fortune, les agréments physiques qu'elle avait eus avant de tomber malade. « Elle ne pense pas à autre chose, c'est cela qui la tue », disaient ces méchantes dès qu'elles parlaient de Mme de Cambremer à n'importe qui, mais de préférence à un roturier, soit, s'il était fat et stupide, pour donner plus de valeur par cette affirmation de ce qu'a de honteux la roture, l'amabilité qu'elles marquaient pour lui,

soit, s'il était timide et fin et s'appliquait le propos
à soi-même, pour avoir le plaisir, tout en le rece-
vant bien, de lui faire indirectement une insolence.
Mais si ces dames croyaient dire vrai pour leur belle-
sœur, elles se trompaient. Celle-ci souffrait d'autant
moins d'être née Legrandin qu'elle en avait perdu
le souvenir. Elle fut froissée que je le lui rendisse
et se tut comme si elle n'avait pas compris, ne
jugeant pas nécessaire d'apporter une précision,
ni même une confirmation aux miens.

« Nos parents ne sont pas la principale cause de
l'écourtement de notre visite, me dit Mme de Cambremer douairière qui était probablement plus
blasée que sa belle-fille sur le plaisir qu'il y a à dire :
« Ch'nouville ». Mais pour ne pas vous fatiguer de
trop de monde, Monsieur, dit-elle en montrant
l'avocat, n'a pas osé faire venir jusqu'ici sa femme
et son fils. Ils se promènent sur la plage en nous
attendant et doivent commencer à s'ennuyer ».
Je me les fis désigner exactement et courus les chercher. La femme avait une figure ronde comme certaines fleurs de la famille des renonculacées, et au
coin de l'œil un assez large signe végétal. Et les
générations des hommes gardant leurs caractères
comme une famille de plantes, de même que sur
la figure flétrie de la mère, le même signe, qui eût pu
aider au classement d'une variété, se gonflait sous
l'œil du fils. Mon empressement auprès de sa
femme et de son fils toucha l'avocat. Il montra
de l'intérêt au sujet de mon séjour à Balbec.
« Vous devez vous trouver un peu dépaysé, car il
y a ici, en majeure partie, des étrangers ». Et il
me regardait tout en me parlant, car n'aimant pas
les étrangers, bien que beaucoup fussent de ses

clients, il voulait s'assurer que je n'étais pas
hostile à sa xénophobie, auquel cas il eût battu
en retraite en disant : « Naturellement, Mme X...
peut être une femme charmante. C'est une question de principes ». Comme je n'avais à cette
époque aucune opinion sur les étrangers, je ne
témoignai pas de désapprobation, il se sentit en
terrain sûr. Il alla jusqu'à me demander de venir
un jour chez lui, à Paris, voir sa collection, de Le
Sidaner, et d'entraîner avec moi les Cambremer,
avec lesquels il me croyait évidemment intime.
« Je vous inviterai avec Le Sidaner, me dit-il,
persuadé que je ne vivrais plus que dans l'attente
de ce jour béni. Vous verrez quel homme exquis.
Et ses tableaux vous enchanteront. Bien entendu
je ne puis pas rivaliser avec les grands collection-
neurs, mais je crois que c'est moi qui en ai le plus
grand nombre de ses toiles préférées. Cela vous inté-
ressera d'autant plus venant de Balbec que ce sont
des marines, du moins en majeure partie. » La femme
et le fils, pourvus du caractère végétal, écoutaient
avec recueillement. On sentait qu'à Paris leur hôtel
était une sorte de temple du Le Sidaner. Ces sortes
de temples ne sont pas inutiles. Quand le dieu a des
doutes sur lui-même, il bouche aisément les fis-
sures de son opinion sur lui-même par les témoignages irrécusables d'êtres qui ont voué leur vie
à son œuvre.

Sur un signe de sa belle-fille, Mme de Cambremer
allait se lever et me disait : « Puisque vous ne voulez
pas vous installer à Féterne, ne voulez-vous pas au
moins venir déjeuner, un jour de la semaine, demain
par exemple ? » Et dans sa bienveillance, pour me
décider elle ajouta : « vous *retrouverez* le Comte de

SODOME ET GOMORRHE

Crisenoy » que je n'avais nullement perdu, pour la raison que je ne le connaissais pas. Elle commençait à faire luire à mes yeux d'autres tentations encore, mais elle s'arrêta net. Le premier Président qui, en rentrant, avait appris qu'elle était à l'hôtel, l'avait sournoisement cherchée partout, attendue ensuite et feignant de la rencontrer par hasard, vint lui présenter ses hommages. Je compris que Mme de Cambremer ne tenait pas à étendre à lui l'invitation à déjeuner qu'elle venait de m'adresser. Il la connaissait pourtant depuis bien plus longtemps que moi, étant depuis des années un de ces habitués des matinées de Féterne que j'enviais tant durant mon premier séjour à Balbec. Mais l'ancienneté ne fait pas tout pour les gens du monde. Et ils réservent plus volontiers les déjeuners aux relations nouvelles qui piquent encore leur curiosité, surtout quand elles arrivent précédées d'une prestigieuse et chaude recommandation comme celle de Saint-Loup. Mme de Cambremer supputa que le premier Président n'avait pas entendu ce qu'elle m'avait dit, mais pour calmer les remords qu'elle éprouvait, elle lui tint les plus aimables propos. Dans l'ensoleillement qui noyait à l'horizon la côte dorée, habituellement invisible, de Rivebelle, nous discernâmes, à peine séparées du lumineux azur, sortant des eaux, roses, argentines, imperceptibles, les petites cloches de l'*angelus* qui sonnaient aux environs de Féterne. « Ceci est encore assez Pelléas, fis-je remarquer à Mme de Cambremer-Legrandin. Vous savez la scène que je veux dire. » « Je crois bien que je sais »; mais « je ne sais pas du tout » était proclamé par sa voix et son visage qui ne se moulaient à aucun souvenir et par son sourire sans

appui, en l'air. La douairière ne revenait pas de ce
que les cloches portassent jusqu'ici et se leva en
pensant à l'heure : « Mais en effet, dis-je, d'habitude,
de Balbec, on ne voit pas cette côte, et on ne l'entend pas non plus. Il faut que le temps ait changé
et ait doublement élargi l'horizon. A moins qu'elles
ne viennent vous chercher puisque je vois qu'elles
vous font partir ; elles sont pour vous la cloche du
dîner ». Le premier Président, peu sensible aux cloches
regardait furtivement la digue qu'il se désolait
de voir ce soir aussi dépeuplée. « Vous êtes un vrai
poète, me dit Mme de Cambremer. On vous sent si
vibrant, si artiste, venez, je vous jouerai du Chopin », ajouta-t-elle en levant les bras d'un air extasié
et en prononçant les mots d'une voix rauque qui
avait l'air de déplacer des galets. Puis vint la déglu-
tition de la salive, et la vieille dame essuya instinctivement la légère brosse, dite à l'américaine, de sa
moustache avec son mouchoir. Le premier Président me rendit sans le vouloir un très grand service
en empoignant la marquise par le bras pour la conduire à sa voiture, une certaine dose de vulgarité,
de hardiesse et de goût pour l'ostentation dictant une
conduite que d'autres hésiteraient à assurer, et qui
est loin de déplaire dans le monde. Il en avait d'ailleurs, depuis tant d'années, bien plus l'habitude
que moi. Tout en le bénissant je n'osai l'imiter et
marchai à côté de Mme de Cambremer-Legrandin
laquelle voulut voir le livre que je tenais à la main.
Le nom de Madame de Sévigné lui fit faire la moue ;
et usant d'un mot qu'elle avait lu dans certains
journaux, mais qui parlé et mis au féminin, et appliqué à un écrivain du XVIIe siècle faisait un effet
bizarre, elle me demanda : « La trouvez-vous vrai-

ment talentueuse ? » Le marquise donna au valet
de pied l'adresse d'un pâtissier où elle avait à s'en
aller avant de repartir sur la route, rose de la poussière
du soir, où bleuissaient en forme de croupes les
falaises échelonnées. Elle demanda à son vieux
cocher si un de ses chevaux qui était frileux avait eu
assez chaud, si le sabot de l'autre ne lui faisait pas
mal. « Je vous écrirai pour ce que nous devons convenir, me dit-elle à mi-voix. J'ai vu que vous causiez
littérature avec ma belle-fille, elle est adorable »,
ajouta-t-elle, bien qu'elle ne le pensât pas, mais
elle avait pris l'habitude — gardée par bonté —
de le dire pour que son fils n'eût pas l'air d'avoir fait
un mariage d'argent. « Et puis, ajouta-t-elle dans un
dernier mâchonnement enthousiaste, elle est si
hartthhisstte ! » Puis elle monta en voiture, balançant la tête, levant la crosse de son ombrelle, et repartit par les rues de Balbec, surchargée des ornements de son sacerdoce, comme un vieil évêque en
tournée de confirmation.

« Elle vous a invité à déjeuner », me dit sévèrement
le premier Président quand la voiture se fut éloi-
gnée et que je rentrai avec mes amies. Nous sommes
en froid. Elle trouve que je la néglige. Dame, je suis
facile à vivre. Qu'on ait besoin de moi, je suis toujours là pour répondre : « Présent ». Mais ils ont
voulu jeter le grappin sur moi. Ah ! alors, cela
ajouta-t-il d'un air fin et en levant le doigt comme
quelqu'un qui distingue et argumente, je ne permets
pas ça. C'est attenter à la liberté de mes vacances.
J'ai été obligé de dire : « Halte-là ». Vous paraissez
fort bien avec elle. Quand vous aurez mon âge
vous verrez que c'est bien peu de chose, le monde,
et vous regretterez d'avoir attaché tant d'impor-

tance à ces riens. Allons, je vais faire un tour avant
dîner. Adieu les enfants », cria-t-il à la cantonade,
comme s'il était déjà éloigné de cinquante pas.

Quand j'eus dit au revoir à Rosemonde et à Gisèle,
elles virent avec étonnement Albertine arrêtée
qui ne les suivait pas. « Hé bien, Albertine, qu'est-ce
que tu fais, tu sais l'heure ? — Rentrez, leur répondit-elle avec autorité. J'ai à causer avec lui »,
ajouta-t-elle en me montrant d'un air soumis.
Rosemonde et Gisèle me regardaient, pénétrées
pour moi d'un respect nouveau. Je jouissais de
sentir que, pour un moment du moins, aux yeux
mêmes de Rosemonde et de Gisèle, j'étais pour
Albertine quelque chose de plus important que
l'heure de rentrer, que ses amies, et pouvais même
avoir avec elle de graves secrets auxquels il était
impossible qu'on les mêlât. « Est-ce que nous ne te
verrons pas ce soir ? — Je ne sais pas, ça dépendra
de celui-ci. En tous cas à demain ». « Montons dans
ma chambre », lui dis-je, quand ses amies se furent
éloignées. Nous prîmes l'ascenseur ; elle garda le
silence devant le lift. L'habitude d'être obligé de
recourir à l'observation personnelle et à la déduc-
tion pour connaître les petites affaires des maîtres,
ces gens étranges qui causent entre eux et ne
leur parlent pas, développe chez les « employés »
(comme le lift appelle les domestiques), un plus
grand pouvoir de divination que chez les « patrons ».
Les organes s'atrophient ou deviennent plus forts
ou plus subtils selon que le besoin qu'on a d'eux
croît ou diminue. Depuis qu'il existe des chemins
de fer, la nécessité de ne pas manquer le train nous
a appris à tenir compte des minutes alors que chez
les anciens Romains dont l'astronomie n'était pas

seulement plus sommaire mais aussi la vie moins
pressée, la notion non pas de minutes mais même
d'heures fixes existait à peine. Aussi le lift avait-il
compris et comptait-il raconter à ses camarades
que nous étions préoccupés Albertine et moi. Mais
il nous parlait sans arrêter parce qu'il n'avait pas
de tact. Cependant je voyais se peindre sur son
visage, substitué à l'impression habituelle d'amitié
et de joie de me faire monter dans son ascenseur,
un air d'abattement et d'inquiétude extraordinaires.
Comme j'en ignorais la cause, pour tâcher de l'en
distraire, et quoique plus préoccupé d'Albertine,
je lui dis que la dame qui venait de partir s'appelait
la marquise de Cambremer et non de Camembert.
A l'étage devant lequel nous posions alors, j'aperçus
portant un traversin une femme de chambre affreuse
qui me salua avec respect, espérant un pourboire
au départ. J'aurais voulu savoir si c'était celle que
j'avais tant désirée le soir de ma première arrivée
à Balbec, mais je ne pus jamais arriver à une certitude. Le lift me jura avec la sincérité de la plupart
des faux témoins mais sans quitter son air désespéré,
que c'était bien sous le nom de Camembert que la
marquise lui avait demandé de l'annoncer. Et à
vrai dire il était bien naturel qu'il eut entendu un
nom qu'il connaissait déjà. Puis ayant sur la noblesse et la nature des noms avec lesquels se font les
titres, les notions fort vagues qui sont celles de beaucoup de gens qui ne sont pas liftiers, le nom de Camembert lui avait paru d'autant plus vraisemblable
que ce fromage étant universellement connu, il ne
fallait point s'étonner qu'on eut tiré un marquisat
d'une renommée aussi glorieuse, à moins que ce ne
fut celle du marquisat qui eut donné sa célébrité

au fromage. Néanmoins comme il voyait que je ne
voulais pas avoir l'air de m'être trompé et qu'il
savait que les maîtres aiment à voir obéis leurs
caprices les plus futiles et acceptés leurs mensonges
les plus évidents, il me promit en bon domestique
de dire désormais Cambremer. Il est vrai qu'aucun
boutiquier de la ville ni aucun paysan des environs
où le nom et la personne des Cambremer étaient
parfaitement connus, n'auraient jamais pu commettre l'erreur du lift. Mais le personnel du « grand
hôtel de Balbec » n'était nullement du pays. Il venait de droite ligne, avec tout le matériel de Biarritz,
Nice et Monte-Carlo, une partie ayant été dirigée
sur Deauville, une autre sur Dinard et la troisième
réservée à Balbec.

Mais la douleur anxieuse du lift ne fit que grandir.
Pour qu'il oubliât ainsi de me témoigner son dévouement par ses habituels sourires, il fallait qu'il
lui fut arrivé quelque malheur. Peut-être avait-il
été « envoyé ». Je me promis dans ce cas de tâcher
d'obtenir qu'il restât, le directeur m'ayant promis
de ratifier tout ce que je déciderais concernant
son personnel. « Vous pouvez toujours faire ce que
vous voulez, je rectifie d'avance ». Tout à coup,
comme je venais de quitter l'ascenseur, je compris
la détresse, l'air atterré du lift. A cause de la présence d'Albertine je ne lui avais pas donné les cent
sous que j'avais l'habitude de lui remettre en montant. Et cet imbécile, au lieu de comprendre que je
ne voulais pas faire devant des tiers étalage de pour-
boires, avait commencé à trembler, supposant que
c'était fini une fois pour toutes, que je ne lui donne-
rais plus jamais rien. Il s'imaginait que j'étais
tombé dans la « dèche » (comme eut dit le duc de

Guermantes) et sa supposition ne lui inspirait aucune pitié pour moi, mais une terrible déception
égoïste. Je me dis que j'étais moins déraisonnable
que ne trouvait ma mère quand je n'osais pas ne
pas donner un jour la somme exagérée mais fiévreu-
sement attendue que j'avais donnée la veille. Mais
aussi la signification donnée jusque-là par moi,
et sans aucun doute, à l'air habituel de joie où je
n'hésitais pas à voir un signe d'attachement, me
parut d'un sens moins assuré. En voyant le liftier
prêt, dans son désespoir, à se jeter des cinq étages,
je me demandais si nos conditions sociales se trouvant respectivement changées, du fait par exemple
d'une révolution, au lieu de manœuvrer gentiment
pour moi l'ascenseur, le lift, devenu bourgeois, ne
m'en eût pas précipité et s'il n'y a pas dans certaines
classes du peuple plus de duplicité que dans le monde
où, sans doute, l'on réserve pour notre absence les
propos désobligeants mais où l'attitude à notre
égard ne serait pas insultante si nous étions malheureux.

On ne peut pourtant pas dire qu'à l'hôtel de Balbec,
le lift fut le plus intéressé. A ce point de vue le personnel se divisait en deux catégories ; d'une part
ceux qui faisaient des différences entre les clients,
plus sensibles au pourboire raisonnable d'un vieux
noble (d'ailleurs en mesure de leur éviter 28 jours
en les recommandant au général de Beautreillis)
qu'aux largesses inconsidérées d'un rasta qui déce-
lait par là même un manque d'usage que, seulement
devant lui on appelait de la bonté. D'autre part
ceux pour qui noblesse, intelligence, célébrité, situation, manières, était inexistant, recouvert par un
chiffre. Il n'y avait pour ceux là qu'une hiérarchie,

l'argent qu'on a, ou plutôt celui qu'on donne.
Peut-être Aimé lui-même, bien que prétendant, à
cause du grand nombre d'hôtels où il avait servi,
à un grand savoir mondain, appartenait-il à cette
catégorie-là. Tout au plus donnait-il un tour social
et de connaissance des familles à ce genre d'appré-
ciation, en disant de la princesse de Luxembourg
par exemple : « Il y a beaucoup d'argent là-dedans ? »
(le point d'interrogation étant afin de se renseigner,
ou de contrôler définitivement les renseignements
qu'il avait pris, avant de procurer à un client un
« chef » pour Paris, ou de lui assurer une table
à gauche, à l'entrée, avec vue sur la mer, à Balbec.
Malgré cela, sans être dépourvu d'intérêt, il ne l'eut
pas exhibé avec le sot désespoir du lift. Au reste,
la naïveté de celui-ci simplifiait peut-être les choses.
C'est la commodité d'un grand hôtel, d'une maison
comme était autrefois celle de Rachel ; c'est que,
sans intermédiaires, sur la face jusque-là glacée
d'un employé ou d'une femme, la vue d'un billet
de cent francs, à plus forte raison de mille, même
donné pour cette fois-là à un autre amène un sourire
et des offres. Au contraire dans la politique, dans les
relations d'amant à maîtresse, il y a trop de choses
placées entre l'argent et la docilité. Tant de choses
que ceux-là mêmes chez qui l'argent éveille finalement le sourire, sont souvent incapables de suivre
le processus interne qui les relie, se croient, sont
plus délicats. Et puis cela décante la conversation
polie des « Je sais ce qui me reste à faire, demain
on me trouvera à la Morgue ». Aussi rencontre-t-on
dans la société polie peu de romanciers, de poètes,
de tous ces êtres sublimes qui parlent justement
de ce qu'il ne faut pas dire.

SODOME ET GOMORRHE

Aussitôt seuls et engagés dans le corridor, Albertine me dit : « Qu'est-ce que vous avez contre moi ? » Ma dureté avec elle m'avait-elle été pénible à moi-même ? N'était-elle de ma part qu'une ruse inconsciente se proposant d'amener vis-à-vis de moi mon amie à cette attitude de crainte et de prière qui me permettrait de l'interroger, et peut-être d'apprendre laquelle des deux hypothèses je formais depuis longtemps sur elle était la vraie. Toujours est-il que quand j'entendis sa question, je me sentis soudain heureux comme quelqu'un qui touche à un but longtemps désiré. Avant de lui répondre je la conduisis jusqu'à ma porte. Celle-ci en s'ouvrant fit refluer la lumière rose qui remplissait la chambre et changeait la mousseline blanche des rideaux tendus sur le soir, ce lampas aurore. J'allai jusqu'à la fenêtre ; les mouettes étaient posées de nouveau sur les flots ; mais maintenant elles étaient roses. Je le fis remarquer à Albertine : « Ne détournez pas la conversation, me dit-elle, soyez franc comme moi ». Je mentis. Je lui déclarai qu'il lui fallait écouter un aveu préalable, celui d'une grande passion que j'avais depuis quelque temps pour Andrée, et je le lui fis avec une simplicité et une franchise dignes du théâtre mais qu'on n'a guère dans la vie que pour les amours qu'on ne ressent pas. Reprenant le mensonge dont j'avais usé avec Gilberte avant mon premier séjour, à Balbec mais le variant, j'allai, pour me faire mieux croire d'elle quand je lui disais maintenant que je ne l'aimais pas, jusqu'à laisser échapper qu'autrefois j'avais été sur le point d'être amoureux d'elle, mais que trop de temps avait passé, qu'elle n'était plus pour moi qu'une bonne camarade et que l'eussé-je voulu, il ne m'eût plus

été possible d'éprouver de nouveau à son égard
des sentiments plus ardents. D'ailleurs en appuyant
ainsi devant Albertine sur ces protestations de froideur pour elle, je ne faisais, — à cause d'une circonstance et en vue d'un but particuliers — que
rendre plus sensible, marquer avec plus de force,
ce rythme binaire qu'adopte l'amour chez tous ceux
qui doutent trop d'eux-mêmes pour croire qu'une
femme puisse jamais les aimer, et aussi qu'eux-
mêmes puissent l'aimer véritablement. Ils se connaissent assez pour savoir qu'auprès des plus différentes, ils éprouvaient les mêmes espoirs, les mêmes
angoisses, inventaient les mêmes romans, pronon-
çaient les mêmes paroles, pour s'être rendu ainsi
compte que leurs sentiments, leurs actions, ne sont
pas en rapport étroit et nécessaire avec la femme
aimée, mais passent à côté d'elle, l'éclaboussent,
la circonviennent comme le flux qui se jette le long
des rochers, et le sentiment de leur propre instabilité augmente encore chez eux la défiance que cette
femme, dont ils voudraient tant être aimés, ne les
aime pas. Pourquoi le hasard aurait-il fait, puisqu'elle n'est qu'un simple accident placé devant le
jaillissement de nos désirs, que nous fussions nous-
mêmes le but de ceux qu'elle a? Aussi, tout en ayant
besoin d'épancher vers elle tous ces sentiments, si
différents des sentiments simplement humains que
notre prochain nous inspire, ces sentiments si spé-
ciaux que sont les sentiments amoureux, après
avoir fait un pas en avant, en avouant à celle que
nous aimons notre tendresse pour elle, nos espoirs,
aussitôt craignant de lui déplaire, confus aussi de
sentir que le langage que nous lui avons tenu n'a
pas été formé expressément pour elle, qu'il nous a

servi, nous servira pour d'autres, que si elle ne nous aime pas elle ne peut pas nous comprendre et que nous avons parlé alors avec le manque de goût, l'impudeur du pédant adressant à des ignorants des phrases subtiles qui ne sont pas pour eux, cette crainte, cette honte, amènent le contre-rythme, le reflux, le besoin, fut-ce en reculant d'abord, en retirant vivement la sympathie précédemment confessée, de reprendre l'offensive, et de ressaisir l'estime, la domination ; le rythme double est perceptible dans les diverses périodes d'un même amour, dans toutes les périodes correspondantes d'amours similaires, chez tous les êtres qui s'analysent mieux qu'ils ne se prisent haut. S'il était pourtant un peu plus vigoureusement accentué qu'il n'est d'habitude dans ce discours que j'étais en train de faire à Albertine, c'était simplement pour me permettre de passer plus vite et plus énergiquement au rythme opposé que scanderait ma tendresse.

Comme si Albertine avait dû avoir de la peine à croire ce que je lui disais de mon impossibilité de l'aimer de nouveau, à cause du trop long intervalle, j'étayais ce que j'appelais une bizarrerie de mon caractère, d'exemples tirés de personnes avec qui j'avais, par leur faute ou la mienne, laissé passer l'heure de les aimer, sans pouvoir, quelque désir que j'en eusse, la retrouver après. J'avais ainsi l'air à la fois de m'excuser auprès d'elle, comme d'une impolitesse, de cette incapacité de recommencer à l'aimer, et de chercher à lui en faire comprendre les raisons psychologiques comme si elles m'eussent été particulières. Mais en m'expliquant de la sorte, en m'étendant sur le cas de Gilberte, vis-à-vis de laquelle en effet avait été rigoureusement vrai

ce qui le devenait si peu appliqué à Albertine, je ne
faisais que rendre mes assertions aussi plausibles
que je feignais de croire qu'elles le fussent peu.
Sentant qu'Albertine appréciait ce qu'elle croyait
mon « franc parler » et reconnaissait dans mes dé-
ductions la clarté de l'évidence, je m'excusai du
premier lui disant que je savais bien qu'on déplaisait toujours en disant la vérité et que celle-ci
d'ailleurs devait lui paraître incompréhensible. Elle
me remercia au contraire de ma sincérité et ajouta
qu'au surplus elle comprenait à merveille un état
d'esprit si fréquent et si naturel.

Cet aveu à Albertine d'un sentiment imaginaire
pour Andrée, et pour elle-même d'une indifférence
que, pour paraître tout à fait sincère et sans exagération, je lui assurai incidemment, comme par un
scrupule de politesse, ne pas devoir être prise trop
à la lettre, je pus enfin, sans crainte qu'Albertine
y soupçonnât de l'amour lui parler avec une douceur
que je me refusais depuis si longtemps et qui me
parut délicieuse. Je caressais presque ma confi-
dente ; en lui parlant de son amie que j'aimais,
les larmes me venaient aux yeux. Mais venant
au fait je lui dis enfin qu'elle savait ce qu'était
l'amour, ses susceptibilités, ses souffrances, et que
peut-être, en amie déjà ancienne pour moi, elle
aurait à cœur de faire cesser les grands chagrins
qu'elle me causait non directement puisque ce
n'était pas elle que j'aimais, si j'osais le redire sans
la froisser, mais indirectement en m'atteignant
dans mon amour pour Andrée. Je m'interrompis
pour regarder et montrer à Albertine un grand oiseau
solitaire et hâtif qui loin devant nous, fouettant
l'air du battement régulier de ses ailes, passait à

toute vitesse au-dessus de la plage tachée çà et là
de reflets pareils à des petits morceaux de papier
rouge déchirés et la traversait dans toute sa longueur, sans ralentir son allure, sans détourner son
attention, sans dévier de son chemin, comme un
émissaire qui va porter bien loin un message urgent
et capital. « Lui du moins va droit au but ! » me dit
Albertine d'un air de reproche. « Vous me dites cela
parce que vous ne savez pas ce que j'aurais voulu
vous dire. Mais c'est tellement difficile que j'aime
mieux y renoncer ; je suis certain que je vous fâcherais ; alors cela n'aboutira qu'à ceci : je ne serai
en rien plus heureux avec celle que j'aime d'amour
et j'aurai perdu une bonne camarade ». « Mais
puisque je vous jure que je ne me fâcherai pas ».
Elle avait l'air si doux, si tristement docile et d'attendre de moi son bonheur, que j'avais peine à me
contenir et à ne pas embrasser presque avec le
même genre de plaisir que j'aurais eu à embrasser
ma mère, — ce visage nouveau qui n'offrait plus
la mine éveillée et rougissante d'une chatte mutine
et perverse au petit nez rose et levé, mais semblait
dans la plénitude de sa tristesse accablée, fondu
à larges coulées aplaties et retombantes, dans de la
bonté. Faisant abstraction de mon amour comme
d'une folie chronique sans rapport avec elle, me
mettant à sa place, je m'attendrissais devant cette
brave fille habituée à ce qu'on eût pour elle des procédés aimables et loyaux, et que le bon camarade
qu'elle avait pu croire que j'étais pour elle, poursui-
vait depuis des semaines, de persécutions qui étaient
enfin arrivées à leur point culminant. C'est parce
que je me plaçais à un point de vue purement
humain, extérieur à nous deux et d'où mon amour

jaloux s'évanouissait que j'éprouvais pour Albertine cette pitié profonde, qui l'eut moins été si je ne
l'avais pas aimée. Du reste, dans cette oscillation
rythmée qui va de la déclaration à la brouille (le
plus sûr moyen, le plus efficacement dangereux pour
former par mouvements opposés et successifs un
nœud qui ne se défasse pas et nous attache solide-
ment à une personne, au sein du mouvement de
retrait qui constitue l'un des deux éléments du
rythme, à quoi bon distinguer encore le reflux de
la pitié humaine, qui, opposés à l'amour, quoique
ayant peut-être inconsciemment la même cause,
produit en tous cas les mêmes effets ? En se rappelant plus tard le total de tout ce qu'on a fait pour
une femme, on se rend compte souvent que les actes
inspirés par le désir de montrer qu'on aime, de se
faire aimer, de gagner des faveurs, ne tiennent guère
plus de place que ceux dûs au besoin humain de
réparer les torts envers l'être qu'on aime, par simple
devoir moral, comme si on ne l'aimait pas. « Mais
enfin qu'est-ce que j'ai pu faire ? » me demanda
Albertine. On frappa ; c'était le lift ; la tante d'Albertine qui passait devant l'hôtel en voiture, s'était
arrêtée à tout hasard pour voir si elle n'y était pas
et la ramener. Albertine fit répondre qu'elle ne
pouvait pas descendre, qu'on dînât sans l'attendre,
qu'elle ne savait pas à quelle heure elle rentrerait.
« Mais votre tante sera fâchée ? — Pensez-vous !
Elle comprendra très bien ». Ainsi donc, en ce
moment du moins tel qu'il n'en reviendrait peut-être
pas — un entretien avec moi se trouvait, par suite
des circonstances, être aux yeux d'Albertine une
chose d'une importance si évidente qu'on dût le
faire passer avant tout, et à laquelle, se reportant

sans doute instinctivement à une jurisprudence familiale, énumérant telles conjonctures où quand la carrière de M. Bontemps était en jeu on n'avait pas regardé à un voyage — mon amie ne doutait pas que sa tante trouvât tout naturel de voir sacrifier l'heure du dîner. Cette heure lointaine qu'elle passait sans moi, chez les siens, Albertine l'ayant fait glisser jusqu'à moi me la donnait ; j'en pouvais user à ma guise. Je finis par oser lui dire ce qu'on m'avait raconté de son genre de vie, et que malgré le profond dégoût que m'inspiraient les femmes atteintes du même vice, je ne m'en étais pas soucié jusqu'à ce qu'on m'eut nommé sa complice et qu'elle pouvait comprendre facilement, au point où j'aimais Andrée, quelle douleur j'en avais ressentie. Il eut peut-être été plus habile de dire qu'on m'avait cité aussi d'autres femmes mais qui m'étaient indifférentes. Mais la brusque et terrible révélation que m'avait faite Cottard, était entrée en moi me déchirer, telle quelle, toute entière, mais sans plus. Et de même qu'auparavant je n'aurais jamais eu de moi-même l'idée qu'Albertine aimait Andrée, ou du moins put avoir des jeux caressants avec elle, si Cottard ne m'avait pas fait remarquer leur pose en valsant, de même je n'avais pas su passer de cette idée à celle, pour moi tellement différente, qu'Albertine pût avoir avec d'autres femmes qu'Andrée des relations dont l'affection n'eut même pas été l'excuse. Albertine avant même de me jurer que ce n'était pas vrai, manifesta comme toute personne à qui on vient d'apprendre qu'on a ainsi parlé d'elle, de la colère, du chagrin et à l'endroit du calomniateur inconnu, la curiosité rageuse de savoir qui il était et le désir d'être confrontée avec lui pour pouvoir le confondre. Mais elle m'assura qu'à moi du moins, elle n'en voulait pas. « Si cela avait été vrai, je vous l'aurais avoué. Mais Andrée et moi nous avons aussi horreur l'une que l'autre de ces choses-là. Nous ne sommes pas arrivées à notre âge sans voir des femmes aux cheveux courts, qui ont des manières d'homme et le genre que vous dites et rien ne nous révolte autant ». Albertine ne me donnait que sa parole, une parole péremptoire et non appuyée de preuves. Mais c'est justement ce qui pouvait le mieux me calmer, la jalousie appartenant à cette famille de doutes maladifs que lave bien plus l'énergie d'une affirmation que sa vraisemblance. C'est d'ailleurs le propre de l'amour de nous rendre à la fois plus défiants et plus crédules, de nous faire soupçonner, plus vite que nous n'aurions fait une autre, celle que nous aimons, et d'ajouter foi plus aisément à ses dénégations. Il faut aimer pour prendre souci qu'il n'y ait pas que des honnêtes femmes, autant dire pour s'en aviser, et il faut aimer aussi pour souhaiter, c'est-à-dire pour s'assurer qu'il y en a. Il est humain de chercher la douleur et aussitôt à s'en délivrer. Les propositions qui sont capables d'y réussir nous semblent facilement vraies, on ne chicane pas beaucoup sur un calmant qui agit. Et puis, si multiple que soit l'être que nous aimons, il peut en tous cas nous présenter deux personnalités essentielles selon qu'il nous apparaît comme nôtre, ou comme tournant ses désirs ailleurs que vers nous. La première de ces personnalités possède la puissance particulière qui nous empêche de croire à la réalité de la seconde, le secret spécifique pour apaiser les souffrances que cette dernière a causées. L'être aimé est successivement le mal et le remède qui suspend et aggrave le mal. Sans doute j'avais été depuis longtemps, par la puissance qu'exerçait sur mon imagination et ma faculté d'être ému, l'exemple de Swann, préparé à croire vrai ce que je craignais au lieu de ce que j'aurais souhaité. Aussi la douceur apportée par les affirmations d'Albertine faillit-elle en être compromise un moment parce que je me rappelai l'histoire d'Odette. Mais je me dis que s'il était juste de faire sa part au pire, non seulement quand, pour comprendre les souffrances de Swann j'avais essayé de me mettre à la place de celui-ci, mais maintenant qu'il s'agissait de moi-même en cherchant la vérité comme s'il se fût agi d'un autre, il ne fallait cependant pas que par cruauté pour moi-même, soldat qui choisit le poste non pas où il peut être le plus utile, mais où il est le plus exposé, j'aboutisse à l'erreur de tenir une supposition pour plus vraie que les autres, à cause de cela seul qu'elle était la plus douloureuse. N'y avait-il pas un abîme entre Albertine, jeune fille d'assez bonne famille bourgeoise, et Odette, cocotte vendue par sa mère dès son enfance ? La parole de l'une ne pouvait être mise en comparaison avec celle de l'autre. D'ailleurs Albertine n'avait en rien à me mentir le même intérêt qu'Odette à Swann. Et encore à celui-ci Odette avait avoué ce qu'Albertine venait de nier. J'aurais donc commis une faute de raisonnement aussi grave — quoique inverse — que celle qui m'eut incliné vers une hypothèse parce que celle-ci m'eut fait moins souffrir que les autres, en ne tenant pas compte de ces différences de fait dans les situations, et en reconstituant la vie réelle de mon amie uniquement d'après ce que j'avais appris de celle d'Odette. J'avais devant moi une nouvelle Albertine, déjà entrevue plusieurs fois il est vrai vers la fin de mon premier séjour à Balbec, franche, bonne, une Albertine qui venait, par affection pour moi, de me pardonner mes soupçons et de tâcher à les dissiper. Elle me fit asseoir à côté d'elle sur mon lit. Je la remerciai de ce qu'elle m'avait dit, je l'assurai que notre réconciliation était faite et que je ne serais plus jamais dur avec elle. Je dis à Albertine qu'elle devrait tout de même rentrer dîner. Elle me demanda si je n'étais pas bien comme cela. Et attirant ma tête pour une caresse qu'elle ne m'avait encore jamais faite et que je devais peut-être à notre brouille finie, elle passa légèrement sa langue sur mes lèvres qu'elle essayait d'entr'ouvrir. Pour commencer je ne les desserrai pas. « Quel grand méchant vous faites ! » me dit-elle.

J'aurais dû partir ce soir-là sans jamais la revoir. Je pressentais dès lors que dans l'amour non partagé — autant dire dans l'amour, car il est des êtres pour qui il n'est pas d'amour partagé — on peut goûter du bonheur seulement ce simulacre qui m'en était donné à un de ces moments uniques dans lesquels la bonté d'une femme, ou son caprice, ou le hasard, appliquent sur nos désirs, en une coïncidence parfaite, les mêmes paroles, les mêmes actions, que si nous étions vraiment aimés. La sagesse eût été de considérer avec curiosité, de posséder avec délices cette petite parcelle de bonheur à défaut de laquelle je serais mort sans avoir soupçonné ce qu'il peut être pour des cœurs moins difficiles ou plus favorisés ; de supposer qu'elle faisait partie d'un bonheur vaste et durable qui m'apparais-

sait en ce point seulement ; et pour que le lendemain
n'inflige pas un démenti à cette feinte — de ne pas
chercher à demander une faveur de plus après
celle qui n'avait été due qu'à l'artifice d'une minute
d'exception. J'aurais dû quitter Balbec, m'enfermer
dans la solitude, y rester en harmonie avec les dernières vibrations de la voix que j'avais su rendre
un instant amoureuse, et de qui je n'aurais plus rien
exigé que de ne pas s'adresser davantage à moi ;
de peur que par une parole nouvelle qui n'eût pu
désormais être que différente, elle vint blesser d'une
dissonnance le silence sensitif où, comme grâce à
quelque pédale, aurait pu survivre longtemps en moi
la tonalité du bonheur.

Tranquillisé par mon explication avec Albertine
je recommençai à vivre davantage auprès de ma
mère. Elle aimait à me parler doucement du temps
où ma grand'mère était plus jeune. Craignant que
je ne me fisse des reproches sur les tristesses dont
j'avais pu assombrir la fin de cette vie, elle revenait
volontiers aux années où mes premières études
avaient causé à ma grand'mère des satisfactions
que jusqu'ici on m'avait toujours cachées. Nous
reparlions de Combray. Ma mère me dit que là-bas
du moins je lisais et qu'à Balbec je devrais bien
faire de même, si je ne travaillais pas. Je répondis
que pour m'entourer justement des souvenirs de
Combray et des jolies assiettes peintes j'aimerais
relire les *Mille et une Nuits*. Comme jadis à Combray
quand elle me donnait des livres pour ma fête,
c'est en cachette, pour me faire une surprise, que
ma mère me fit venir à la fois les *Mille et une Nuits*
de Galland et les *Mille Nuits et Une Nuit* de Mardrus. Mais après avoir jeté un coup d'œil sur les

deux traductions, ma mère aurait bien voulu que
je m'en tinsse à celle de Galland, tout en craignant
de m'influencer à cause du respect qu'elle avait de
la liberté intellectuelle, de la peur d'intervenir
maladroitement dans la vie de ma pensée et du
sentiment qu'étant une femme, d'une part, elle
manquait, croyait-elle de la compétence littéraire
qu'il fallait, d'autre part qu'elle ne devait pas juger
d'après ce qui la choquait, les lectures d'un jeune
homme. En tombant sur certains contes elle avait
été révoltée par l'immoralité du sujet et la crudité
de l'expression. Mais surtout, conservant précieu-
sement comme des reliques, non pas seulement la
broche, l'en-tout-cas, le manteau, le volume de
Madame de Sévigné, mais aussi les habitudes de
pensée et de langage de sa mère, cherchant en toute
occasion quelle opinion celle-ci eut émise, ma mère
ne pouvait douter de la condamnation que ma grand'
mère eût prononcée contre le livre de Mardrus.
Elle se rappelait qu'à Combray tandis qu'avant de
partir marcher du côté de Méséglise, je lisais Augus-
tin Thierry, ma grand'mère, contente de mes lectures, de mes promenades, s'indignait pourtant de
voir celui dont le nom restait attaché à cet hémis-
tiche : « Puis règne Mérovée » appelé Merowig, refu-
sait de dire Carolingiens pour les Carlovingiens auxquels elle restait fidèle. Enfin je lui avais raconté
ce que ma grand'mère avait pensé des noms grecs
que Bloch, d'après Lecomte de Lisle, donnait aux
dieux d'Homère, allant même, pour les choses les
plus simples, à se faire un devoir religieux en lequel
il croyait que consistait le talent littéraire, d'adopter
une orthographe grecque. Ayant par exemple à
dire dans une lettre que le vin qu'on buvait chez

lui était un vrai nectar, il écrivait un vrai nektar,
avec un *k*, ce qui lui permettait de ricaner au nom
de Lamartine. Or si une *Odyssée* d'où étaient absents
les noms d'Ulysse et de Minerve n'était plus pour
elle l'*Odyssée*, qu'aurait-elle dit en voyant déjà
déformé sur la couverture le titre de ses *Mille et
Une Nuits*, en ne retrouvant plus, exactement trans-
crits comme elle avait été de tout temps habituée
à les dire, les noms immortellement familiers de
Sheherazade, de Dinarzade, où débaptisés eux-
mêmes, si l'on ose employer le mot pour des contes
musulmans, le charmant Calife et les puissants Gé-
nies, se reconnaissaient à peine, étant appelés l'un le
« Khalifat », les autres les « Gennis ». Pourtant ma
mère me remit les deux ouvrages et je lui dis que
je les lirais les jours où je serais trop fatigué pour me
promener.

Ces jours-là n'étaient pas très fréquents d'ailleurs.
Nous allions goûter comme autrefois « en bande »
Albertine, ses amies et moi, sur la falaise ou à la
ferme Marie-Antoinette. Mais il y avait des fois
où Albertine me donnait ce grand plaisir. Elle me
disait : « Aujourd'hui je veux être un peu seule avec
vous, ce sera plus gentil de se voir tous les deux ».
Alors elle disait qu'elle avait à faire, que d'ailleurs
elle n'avait pas de comptes à rendre, et pour que
les autres, si elles allaient tout de même sans nous
se promener et goûter, ne pussent pas nous retrouver,
nous allions comme deux amants tout seuls à Baga-
telle ou à la Croix d'Heulan, pendant que la bande,
qui n'aurait jamais eu l'idée de nous chercher là
et n'y allait jamais, restait indéfiniment, dans l'espoir de nous voir arriver, à Marie-Antoinette.
Je me rappelle les temps chauds qu'il faisait alors,

où du front des garçons de ferme travaillant au soleil une goutte de sueur tombait verticale, régulière, intermittente, comme la goutte d'eau d'un réservoir et alternait avec la chute du fruit mûr qui se détachait de l'arbre dans les « clos » voisins ; ils sont restés, aujourd'hui encore, avec ce mystère d'une femme cachée, la part la plus consistante de tout amour qui se présente pour moi. Une femme dont on me parle et à laquelle je ne songerais pas un instant, je dérange tous les rendez-vous de ma semaine pour la connaître, si c'est une semaine où il fait un de ces temps-là, et si je dois la voir dans quelque ferme isolée. J'ai beau savoir que ce genre de temps et de rendez-vous n'est pas d'elle, c'est l'appât pourtant bien connu de moi, auquel je me laisse prendre et qui suffit pour m'accrocher. Je sais que cette femme, par un temps froid, dans une ville, j'aurais pu la désirer, mais sans accompagnement de sentiment romanesque, sans devenir amoureux ; l'amour n'en est pas moins fort une fois que grâce à des circonstances, il m'a enchaîné — il est seulement plus mélancolique comme le deviennent dans la vie nos sentiments pour des personnes, au fur et à mesure que nous nous apercevons davantage de la part de plus en plus petite qu'elles y tiennent et que l'amour nouveau que nous souhaiterions si durable, abrégé en même temps que notre vie même, sera le dernier.

Il y avait encore peu de monde à Balbec, peu de jeunes filles. Quelquefois j'en voyais telle ou telle arrêtée sur la plage, sans agrément et que pourtant bien des coïncidences semblaient certifier être la même que j'avais été désespéré de ne pouvoir approcher au moment où elle sortait avec ses amies du

manège ou de l'école de gymnastique. Si c'était la
même (et je me gardais d'en parler à Albertine),
la jeune fille que j'avais crue enivrante n'existait
pas. Mais je ne pouvais arriver à une certitude
car le visage de ces jeunes filles n'occupait pas sur la
plage une grandeur, n'offrait pas une forme perma-
nente, contracté, dilaté, transformé qu'il était par
ma propre attente, l'inquiétude de mon désir ou
un bien être qui se suffit à lui-même, les toilettes
différentes qu'elles portaient, la rapidité de leur
marche ou leur immobilité. De tout près pourtant,
deux ou trois me semblaient adorables. Chaque fois
que je voyais une de celles-là, j'avais envie de l'emmener dans l'avenue des Tamaris, ou dans les dunes,
mieux encore sur la falaise. Mais bien que dans le
désir, par comparaison avec l'indifférence, il entre
déjà cette audace qu'est un commencement même
unilatéral de réalisation, tout de même, entre mon
désir et l'action que serait ma demande de l'embrasser, il y avait tout le « blanc » indéfini de l'hésitation, de la timidité. Alors j'entrais chez le pâtissier-
limonadier, je buvais l'un après l'autre sept à huit
verres de porto. Aussitôt, au lieu de l'intervalle
impossible à combler entre mon désir et l'action,
l'effet de l'alcool traçait une ligne qui les conjoi-
gnait tous deux. Plus de place pour l'hésitation
ou la crainte. Il me semblait que la jeune fille allait
voler jusqu'à moi. J'allais jusqu'à elle, d'eux-mêmes
sortaient de mes lèvres : « J'aimerais me promener
avec vous. Vous ne voulez pas qu'on aille sur la
falaise, on n'y est dérangé par personne derrière
le petit bois qui protège du vent la maison démon-
table actuellement inhabitée ? » Toutes les difficultés de la vie étaient aplanies, il n'y avait plus

d'obstacles à l'enlacement de nos deux corps. Plus d'obstacles pour moi du moins. Car ils n'avaient pas été volatilisés pour elle qui n'avait pas bu de porto. L'eût-elle fait, et l'univers eût-il perdu quelque réalité à ses yeux, le rêve longtemps chéri qui lui aurait alors paru soudain réalisable n'eût peut-être pas été du tout de tomber dans mes bras.

Non seulement les jeunes filles étaient peu nombreuses mais en cette saison qui n'était pas encore « la saison », elles restaient peu. Je me souviens d'une au teint roux de colæus, aux yeux verts, aux deux joues rousses et dont la figure double et légère ressemblait aux graines ailées de certains arbres. Je ne sais quelle brise l'amena à Balbec et quelle autre la remporta. Ce fut si brusquement que j'en eus pendant plusieurs jours un chagrin que j'osai avouer à Albertine quand je compris qu'elle était partie pour toujours.

Il faut dire que plusieurs étaient ou des jeunes filles que je ne connaissais pas du tout, ou que je n'avais pas vues depuis des années. Souvent, avant de les rencontrer, je leur écrivais. Si leur réponse me faisait croire à un amour possible, quelle joie ! On ne peut pas, au début d'une amitié pour une femme, et même si elle ne doit pas se réaliser par la suite, se séparer de ces premières lettres reçues. On les veut avoir tout le temps auprès de soi, comme de belles fleurs reçues, encore toutes fraîches, et qu'on ne s'interrompt de regarder que pour les respirer de plus près. La phrase qu'on sait par cœur est agréable à relire et dans celles moins littéralement apprises, on veut vérifier le degré de tendresse d'une expression. A-t-elle écrit : «Votre chère lettre»? Petite déception dans la douceur qu'on respire, et qui doit être attribuée soit à ce qu'on a lu trop vite, soit à l'écriture illisible de la correspondante ; elle n'a pas mis : « Et votre chère lettre », mais : « En voyant cette lettre ». Mais le reste est si tendre. Oh ! que de pareilles fleurs viennent demain. Puis cela ne suffit plus, il faudrait aux mots écrits confronter les regards, la voix. On prend rendez-vous, et — sans qu'elle ait changé peut-être — là où on croyait, sur la description faite ou le souvenir personnel rencontrer la fée Viviane on trouve le Chat botté. On lui donne rendez-vous pour le lendemain quand même, car c'est tout de même *elle* et ce qu'on désirait, c'est elle. Or ces désirs pour une femme dont on a rêvé, ne rendent pas absolument nécessaire la beauté de tel précis. Ces désirs sont seulement le désir de tel être ; vagues comme des parfums, comme le styrax était le désir de Prothyraïa, le safran le désir éthéré, les aromates le désir d'Héra, la myrrhe le parfum des mages, la manne le désir de Nikè, l'encens le parfum de la mer. Mais ces parfums que chantent les Hymnes orphiques sont bien moins nombreux que les divinités qu'ils chérissent. La myrrhe est le parfum des mages, mais aussi de Protogonos, de Neptune, de Nérée, de Leto ; l'encens est le parfum de la mer, mais aussi de la belle Dikè, de Thémis, de Circé, des neuf Muses, d'Éos, de Mnémosyme, du Jour, de Dikaïosunè. Pour le Styrax, le manne et les aromates on n'en finirait pas de dire les divinités qui les inspirent, tant elles sont nombreuses. Amphiètès a tous les parfums excepté l'encens, et Gaïa rejette uniquement les fèves et les aromates. Ainsi en était-il de ces désirs de jeunes filles que j'avais. Moins nombreux qu'elles n'étaient, ils se changeaient en des déceptions et des tristesses assez semblables les unes aux autres. Je n'ai jamais voulu de la myrrhe. Je l'ai réservée pour Jupien et pour la princesse de Guermantes, car elle est le désir de Protogonos « aux deux sexes, ayant le mugissement du taureau, aux nombreuses orgies, mémorable, inénarrable, descendant, joyeux, vers les sacrifices des Orgiophantes ».

Mais bientôt la saison battit son plein ; c'était tous les jours une arrivée nouvelle et à la fréquence subitement croissante de mes promenades, remplaçant la lecture charmante des *Mille et Une Nuits*, il y avait une cause dépourvue de plaisir et qui les empoisonnait tous. La plage était maintenant peuplée de jeunes filles, et l'idée que m'avait suggérée Cottard m'ayant, non pas fourni de nouveaux soupçons, mais rendu sensible et fragile de ce côté et prudent à ne pas en laisser se former en moi, dès qu'une jeune femme arrivait à Balbec, je me sentais mal à l'aise, je proposais à Albertine les excursions les plus éloignées, afin qu'elle ne pût faire la connaissance et même si c'était possible pût ne pas apercevoir la nouvelle venue. Je redoutais naturellement davantage encore celles dont on remarquait le mauvais genre ou connaissait la mauvaise réputation ; je tâchais de persuader à mon amie que cette mauvaise réputation n'était fondée sur rien, était calomnieuse, peut-être sans me l'avouer par une peur, encore inconsciente, qu'elle cherchât à se lier avec la dépravée ou qu'elle regrettât de ne pouvoir le chercher, à cause de moi, ou qu'elle crût, par le nombre des exemples, qu'un vice si répandu n'est pas condamnable. En le niant de chaque coupable je ne tendais pas à moins qu'à prétendre que le saphisme n'existe pas. Alber-

tine adoptait mon incrédulité pour le vice de telle
et telle : « Non, je crois que c'est seulement un genre
qu'elle cherche à se donner, c'est pour faire du
genre. » Mais alors, je regrettais presque d'avoir
plaidé l'innocence, car il me déplaisait qu'Albertine,
si sévère autrefois, pût croire que ce « genre » fût
quelque chose d'assez flatteur, d'assez avantageux,
pour qu'une femme exempte de ces goûts eût
cherché à s'en donner l'apparence. J'aurais voulu
qu'aucune femme ne vînt plus à Balbec ; je trem-
blais en pensant que comme c'était à peu près
l'époque où Mme Putbus devait arriver chez les
Verdurin, sa femme de chambre dont Saint-Loup
ne m'avait pas caché les préférences, pourrait venir
excursionner jusqu'à la plage, et si c'était un jour
où je n'étais pas auprès d'Albertine, essayer de la
corrompre. J'arrivais à me demander, comme Cottard ne m'avait pas caché que les Verdurin tenaient
beaucoup à moi, et tout en ne voulant pas avoir
l'air, comme il disait, de me courir après, auraient
donné beaucoup pour que j'allasse chez eux, si
je ne pourrais pas, moyennant les promesses de
leur amener à Paris tous les Guermantes du monde,
obtenir de Mme Verdurin que, sous un prétexte
quelconque, elle prévînt Mme Putbus qu'il lui était
impossible de la garder chez elle et la fît repartir
au plus vite. Malgré ces pensées et comme c'était
surtout la présence d'Andrée qui m'inquiétait,
l'apaisement que m'avaient procuré les paroles
d'Albertine persistait encore un peu — je savais
d'ailleurs que bientôt j'aurais moins besoin de lui,
Andrée devant partir avec Rosemonde et Gisèle
presque au moment où tout le monde arrivait et
n'ayant plus à rester auprès d'Albertine que quelques

semaines. Pendant celles-ci d'ailleurs, Albertine
sembla combiner tout ce qu'elle faisait, tout ce
qu'elle disait, en vue de détruire mes soupçons s'il
m'en restait, ou de les empêcher de renaître. Elle
s'arrangeait à ne jamais rester seule avec Andrée,
et insistait, quand nous rentrions, pour que je l'ac-
compagnasse jusqu'à sa porte, pour que je vinsse
l'y chercher quand nous devions sortir. Andrée
cependant prenait de son côté une peine égale,
semblait éviter de voir Albertine. Et cette apparente
entente entre elles n'était pas le seul indice qu'Albertine avait dû mettre son amie au courant de
notre entretien et lui demander d'avoir la gentillesse de calmer mes absurdes soupçons.

Vers cette époque se produisit au grand hôtel de
Balbec un scandale qui ne fut pas pour changer la
pente de mes tourments. La sœur de Bloch avait
depuis quelque temps, avec une ancienne actrice,
des relations secrètes qui bientôt ne leur suffirent
plus. Être vues leur semblait ajouter de la perver-
sité à leur plaisir, elles voulaient faire baigner leurs
dangereux ébats dans les regards de tous. Cela
commença par des caresses, qu'on pouvait en somme
attribuer à une intimité amicale, dans le salon de
jeu, autour de la table de baccara. Puis elles s'en-
hardirent. Et enfin un soir, dans un coin pas même
obscur de la grande salle de danses, sur un canapé,
elles ne se gênèrent pas plus que si elles avaient été
dans leur lit. Deux officiers qui étaient non loin de
là avec leurs femmes se plaignirent au directeur.
On crut un moment que leur protestation aurait
quelque efficacité. Mais ils avaient contre eux que
venus pour un soir de Netteholme où ils habitaient,
à Balbec, ils ne pouvaient en rien être utiles au

directeur. Tandis que même à son insu, et quelque observation que lui fit le directeur, planait sur Mlle Bloch la protection de M. Nissim Bernard. Il faut dire pourquoi. M. Nissim Bernard pratiquait au plus haut point les vertus de famille. Tous les ans il louait à Balbec une magnifique villa pour son neveu, et aucune invitation n'aurait pu le détourner de rentrer dîner dans son chez lui, qui était en réalité leur chez eux. Mais jamais il ne déjeunait chez lui. Tous les jours il était à midi au Grand-Hôtel. C'est qu'il entretenait, comme d'autres, un rat d'opéra, un « commis », assez pareil à ces chasseurs dont nous avons parlé, et qui nous faisaient penser aux jeunes israélites d'*Esther* et d'*Athalie*. À vrai dire, les quarante années qui séparaient M. Nissim Bernard du jeune commis, auraient dû préserver celui-ci d'un contact peu aimable. Mais comme le dit Racine avec tant de sagesse dans les mêmes chœurs :

> « Mon Dieu, qu'une vertu naissante,
> « Parmi tant de périls marche à pas incertains !
> « Qu'une âme qui te cherche et veut être innocente,
> « Trouve d'obstacle à ses desseins ».

Le jeune commis avait eu beau être, « loin du monde élevé », dans le Temple-Palace de Balbec, il n'avait pas suivi le conseil de Joad :

> « Sur la richesse et l'or ne mets point ton appui ».

Il s'était peut-être fait une raison en disant : « Les pécheurs couvrent la terre ». Quoiqu'il en fût et bien que M. Nissim Bernard n'espérât pas un délai aussi court, dès le premier jour

> « Et sois frayeur encor ou pour le caresser,
> « De ses bras innocents il se sentit presser ».

Et dès le deuxième jour, M. Nissim Bernard,
promenant le commis « l'abord contagieux altérait
son innocence ». Dès lors la vie du jeune enfant
avait changé. Il avait beau porter le pain et le
sel, comme son chef de rang le lui commandait, tout
son visage chantait :

> « De fleurs en fleurs, de plaisirs en plaisirs,
> « Promenons nos désirs.
> « De nos ans passagers le nombre est incertain,
> « Hâtons-nous de jouir de la vie !
> « L'honneur et les emplois
> « Sont le prix d'une aveugle et douce obéissance.
> « Pour la triste innocence
> « Qui viendrait élever la voix ! »

Depuis ce jour-là M. Nissim Bernard n'avait
jamais manqué de venir occuper sa place au déjeuner (comme l'eut fait à l'orchestre quelqu'un qui
entretient une figurante, une figurante celle-là
d'un genre fortement caractérisé, et qui attend
encore son Degas). C'était le plaisir de M. Nissim
Bernard de suivre dans la salle à manger et jusque
dans les perspectives lointaines où sous son palmier
trônait la caissière les évolutions de l'adolescent
empressé au service, au service de tous, et moins
de M. Nissim Bernard depuis que celui-ci l'entretenait, soit que le jeune enfant de chœur ne crut pas
nécessaire de témoigner la même amabilité à quelqu'un de qui il se croyait suffisamment aimé, soit
que cet amour l'irritât ou qu'il craignît que, découvert, il lui fît manquer d'autres occasions. Mais
cette froideur même plaisait à M. Nissim Bernard
par tout ce qu'elle dissimulait, que ce fût par atavisme hébraïque ou par profanation du sentiment
chrétien, il se plaisait singulièrement, qu'elle fût

juive ou catholique, à la cérémonie racinienne.
Si elle eût été une véritable représentation d'*Esther*
ou d'*Athalie* M. Bernard eût regretté que la différence des siècles ne lui eût pas permis de connaître
l'auteur, Jean Racine, afin d'obtenir pour son protégé un rôle plus considérable. Mais la cérémonie
du déjeuner n'émanant d'aucun écrivain, il se contentait d'être en bons termes avec le directeur et
avec Aimé pour que le « jeune israélite » fut promu
aux fonctions souhaitées ou de demi-chef, ou même
de chef de rang. Celles du sommelier lui avaient été
offertes. Mais M. Bernard l'obligea à les refuser
car il n'aurait plus pu venir chaque jour le voir
courir dans la salle à manger verte et se faire servir
par lui comme un étranger. Or ce plaisir était si
fort que tous les ans M. Bernard revenait à Balbec
et y prenait son déjeuner hors de chez lui, habitudes
où M. Bloch voyait, dans la première un goût poétique pour la belle lumière, les couchers de soleil
de cette côte préférée à tout autre, dans la seconde,
une manie invétérée de vieux célibataire.

A vrai dire cette erreur des parents de M. Nissim
Bernard, lesquels ne soupçonnaient pas la vraie
raison de son retour annuel à Balbec et ce que la
pédante Mme Bloch appelait ses découchages en
cuisine, cette erreur était une vérité plus profonde
et du second degré. Car M. Nissim Bernard ignorait
lui-même ce qu'il pouvait entrer d'amour de la plage
de Balbec, de la vue qu'on avait du restaurant sur
la mer, et d'habitudes maniaques, dans le goût qu'il
avait d'entretenir comme un rat d'opéra d'une autre
sorte à laquelle il manque encore un Degas, l'un
de ses servants qui étaient encore des filles. Aussi
M. Nissim Bernard entretenait-il avec le directeur

de ce théâtre qu'était l'hôtel de Balbec, et avec le metteur en scène et régisseur Aimé — desquels le rôle en tout cette affaire n'était pas des plus limpides — d'excellentes relations. On intriguerait un jour pour obtenir un grand rôle, peut-être une place de maître d'hôtel. En attendant le plaisir de M. Nissim Bernard, si poétique et calmement contemplatif qu'il fût, avait un peu le caractère de ces hommes à femme qui savent toujours — Swann jadis par exemple — qu'en allant dans le monde ils vont retrouver leur maîtresse. A peine M. Nissim Bernard serait-il assis qu'il verrait l'objet de ses vœux s'avancer sur la scène portant à la main des fruits ou des cigares sur un plateau. Aussi tous les matins, après avoir embrassé sa nièce, s'être inquiété des travaux de mon ami Bloch et donné à manger à ses chevaux des morceaux de sucre posés dans sa paume tendue, avait-il une hâte fébrile d'arriver pour le déjeuner au Grand-Hôtel. Il y eût eu le feu chez lui, sa nièce eût eu une attaque, qu'il fût sans doute parti tout de même. Aussi craignait-il comme la peste un rhume pour lequel il eût gardé le lit — car il était hypocondriaque — et qui eût nécessité qu'il fit demander à Aimé de lui envoyer chez lui, avant l'heure du goûter, son jeune ami.

Il aimait d'ailleurs tout le labyrinthe de couloirs, de cabinets secrets, de salons, de vestiaires, de garde-mangers, de galeries qu'était l'hôtel de Balbec. Par atavisme d'oriental il aimait les sérails et quand il sortait le soir, on le voyait en explorer furtivement les détours.

Tandis que se risquant jusqu'aux sous-sols et cherchant malgré tout à ne pas être vu et à éviter le scandale, M. Nissim Bernard, dans sa recherche

des jeunes lévites, faisait penser à ces vers de la
Juive :

> « O Dieu de nos pères,
> Parmi nous descends,
> Cache nos mystères
> A l'œil des méchants ! »

je montais au contraire dans la chambre de deux
sœurs qui avaient accompagné à Balbec, comme
femmes de chambre, une vieille dame étrangère.
C'était ce que le langage des hôtels appelait deux
courrières et celui de Françoise, laquelle s'imaginait qu'un courrier ou une courrière sont là pour
faire des courses, deux « coursières ». Les hôtels,
eux, en sont restés, plus noblement, au temps où
l'on chantait : « C'est un courrier de cabinet ».

Malgré la difficulté qu'il y avait pour un client
à aller dans des chambres de courrières, et réciproquement je m'étais très vite lié, d'une amitié très
vive quoique très pure avec ces deux jeunes personnes, Mademoiselle Marie Gineste et Madame Céleste Albaret. Nées au pied des hautes montagnes du
centre de la France, au bord de ruisseaux et de tor-
rents (l'eau passait même sous leur maison de famille où tournait un moulin et qui avait été dévastée
plusieurs fois par l'inondation), elles semblaient en
avoir gardé la nature. Marie Gineste était plus régu-
lièrement rapide et saccadée, Céleste Albaret plus
molle et languissante, étalée comme un lac, mais avec
de terribles retours de bouillonnement où sa fureur
rappelait le danger des crues et des tourbillons
liquides qui entraînent tout, saccagent tout. Elles
venaient souvent le matin me voir quand j'étais
encore couché. Je n'ai jamais connu de personnes

77

aussi volontairement ignorantes, qui n'avaient absolument rien appris à l'école, et dont le langage eut
pourtant quelque chose de si littéraire que sans le
naturel presque sauvage de leur ton, on aurait cru
leurs paroles affectées. Avec une familiarité que je ne
retouche pas, malgré les éloges (qui ne sont pas ici
pour me louer, mais pour louer le génie étrange de
Céleste) et les critiques, également faux, mais très
sincères, que ces propos semblent comporter à
mon égard, tandis que je trempais des croissants
dans mon lait, Céleste me disait : « Oh ! petit diable
noir aux cheveux de geai, ô profonde malice !
je ne sais pas à quoi pensait votre mère quand elle
vous a fait, car vous avez tout d'un oiseau. Regarde,
Marie, est-ce qu'on ne dirait pas qu'il se lisse ses
plumes, et tourne son cou avec une souplesse,
il a l'air tout léger, on dirait qu'il est en train d'apprendre à voler. Ah ! vous avez de la chance que ceux
qui vous ont créé vous aient fait naître dans le rang
des riches ; qu'est-ce que vous seriez devenu, gas-
pilleur comme vous êtes. Voilà qu'il jette son croissant parce qu'il a touché le lit. Allons bon, voilà
qu'il répand son lait, attendez que je vous mette
une serviette car vous ne sauriez pas vous y prendre,
je n'ai jamais vu quelqu'un de si bête et de si mala-
droit que vous ». On entendait alors le bruit plus
régulier de torrent de Marie Gineste qui, furieuse,
faisait des réprimandes à sa sœur : « Allons, Céleste,
veux-tu te taire. Es-tu pas folle de parler à Monsieur
comme cela ». Céleste n'en faisait que sourire ; et
comme je détestais qu'on m'attachât une serviette :
« Mais non Marie, regarde-le, bing, voilà qu'il s'est
dressé tout droit comme un serpent. Un vrai serpent,
je te dis ». Elle prodiguait du reste les comparai-

sons zoologiques, car selon elle on ne savait pas
quand je dormais, je voltigeais toute la nuit comme
un papillon, et le jour j'étais aussi rapide que ces
écureuils. « Tu sais Marie, comme on voit chez
nous, si agiles que même avec les yeux on ne peut
pas les suivre ». « Mais Céleste, tu sais qu'il n'aime pas
avoir une serviette quand il mange ». « Ce n'est pas
qu'il n'aime pas ça, c'est pour bien dire qu'on ne
peut pas lui changer sa volonté. C'est un seigneur
et il veut montrer qu'il est un seigneur. On changera
les draps dix fois s'il le faut, mais il n'aura pas cédé.
Ceux d'hier avaient fait leur course, mais aujour-
d'hui ils viennent seulement d'être mis et déjà
il faudra les changer. Ah ! j'avais raison de dire
qu'il n'était pas fait pour naître parmi les pauvres.
Regarde, ses cheveux se hérissent, ils se boursouflent
par la colère comme les plumes des oiseaux. Pauvre
ploumissou ! » Ici ce n'était pas seulement Marie
qui protestait, mais moi, car je ne me sentais pas
seigneur du tout. Mais Céleste ne croyait jamais
à la sincérité de ma modestie et me coupant la parole : « Ah ! sac à ficelles, ah ! douceur, ah ! perfidie !
rusé entre les rusés, rosse des rosses ! Ah ! Molière ! »
(c'était le seul nom d'écrivain qu'elle connût, mais
elle me l'appliquait, entendant par là quelqu'un qui
serait capable à la fois de composer des pièces et
de les jouer). « Céleste », criait impérieusement Marie
qui, ignorant le nom de Molière, craignait que ce ne
fût une injure nouvelle. Céleste se remettait à sourire : « Tu n'as donc pas vu dans son tiroir sa pho-
tographie quand il était enfant. Il avait voulu nous
faire croire qu'on l'habillait toujours très simplement. Et là, avec sa petite canne, il n'est que four-
rures et dentelles, comme jamais prince n'a eues.

Mais ce n'est rien à côté de son immense majesté
et de sa bonté encore plus profonde ». « Alors,
grondait le torrent Marie, voilà que tu fouilles dans
ses tiroirs maintenant ». Pour apaiser les craintes
de Marie je lui demandais ce qu'elle pensait de ce
que M. Nissim Bernard faisait... « Ah ! Monsieur
c'est des choses que je n'aurais pas pu croire que
ça existait : Il a fallu venir ici » et, damant pour
une fois le pion à Céleste par une parole plus profonde : « Ah ! voyez vous, Monsieur, on ne peut
jamais savoir ce qu'il peut y avoir dans une vie ».
Pour changer le sujet, je lui parlais de celle de
mon père qui travaillait nuit et jour. « Ah ! Monsieur ce sont des vies dont on ne garde rien pour
soi, pas une minute, pas un plaisir, tout entièrement tout est un sacrifice pour les autres, ce sont
des vies *données* ». « Regarde, Céleste, rien que
pour poser sa main sur la couverture et prendre
son croissant, quelle distinction. Il peut faire les
choses les plus insignifiantes, on dirait que toute
la noblesse de France, jusqu'aux Pyrénées, se
déplace dans chacun de ses mouvements ».

Anéanti par ce portrait si peu véridique, je me
taisais ; Céleste voyait là une ruse nouvelle : « Ah !
front qui as l'air si pur et qui caches tant de choses,
joues amies et fraîches comme l'intérieur d'une
amande, petites mains de satin tout pelucheux,
ongles comme des griffes », etc. « Tiens, Marie,
regarde-le boire son lait avec un recueillement qui
me donne envie de faire ma prière. Quel air sérieux !
On devrait bien tirer son portrait en ce moment.
Il a tout des enfants. Est-ce de boire du lait
comme eux qui vous a conservé leur teint clair ?
Ah ! jeunesse ! ah ! jolie peau. Vous ne vieillirez

jamais. Vous avez de la chance, vous n'aurez
jamais à lever la main sur personne car vous avez
des yeux qui savent imposer leur volonté. Et puis
le voilà en colère maintenant. Il se tient debout,
tout droit comme une évidence ».

Françoise n'aimait pas du tout que celles qu'elle
appelait les deux enjôleuses vinssent ainsi tenir
conversation avec moi. Le directeur, qui faisait
guetter par ses employés tout ce qui se passait,
me fit même observer gravement qu'il n'était pas
digne d'un client de causer avec des courrières.
Moi qui trouvais les « enjôleuses » supérieures à
toutes les clientes de l'hôtel, je me contentai de lui
éclater de rire au nez, convaincu qu'il ne compren-
drait pas mes explications. Et les deux sœurs
revenaient. « Regarde, Marie, ses traits si fins.
O miniature parfaite, plus belle que la plus précieuse
qu'on verrait sous une vitrine, car il a les mouvements, et des paroles à l'écouter des jours et des
nuits ».

C'est miracle qu'une dame étrangère ait pu
les emmener, car sans savoir l'histoire ni la géographie, elles détestaient de confiance les Anglais,
les Allemands, les Russes, les Italiens, la « vermine »
des étrangers et n'aimaient, avec des exceptions,
que les Français. Leur figure avait tellement gardé
l'humidité de la glaise malléable de leurs rivières,
que dès qu'on parlait d'un étranger qui était dans
l'hôtel, pour répéter ce qu'il avait dit, Céleste et
Marie appliquaient sur leurs figures, sa figure,
leur bouche devenait sa bouche, leurs yeux ses
yeux, on aurait voulu garder ces admirables masques
de théâtre. Céleste même, en faisant semblant de ne
redire que ce qu'avait dit le directeur, ou tel de

mes amis, insérait dans son petit récit des propos feints où étaient peints malicieusement tous les défauts de Bloch, ou du premier Président, etc., sans en avoir l'air. C'était sous la forme de compte rendu d'une simple commission dont elle s'était obligeamment chargée, un portrait inimitable. Elles ne lisaient jamais rien, pas même un journal. Un jour pourtant, elles trouvèrent sur mon lit un volume. C'étaient des poèmes admirables mais obscurs de Saint-Léger Léger. Céleste lut quelques pages et me dit : « Mais êtes-vous bien sûr que ce sont des vers, est-ce que ce ne serait pas plutôt des devinettes ? » Evidemment pour une personne qui avait appris dans son enfance une seule poésie : *Ici-bas tous les lilas meurent*, il y avait manque de transition. Je crois que leur obstination à ne rien apprendre tenait un peu à leur pays malsain. Elles étaient pourtant aussi douées qu'un poète avec plus de modestie qu'ils n'en ont généralement. Car si Céleste avait dit quelque chose de remarquable et que ne me souvenant pas bien, je lui demandais de me le rappeler, elle assurait avoir oublié. Elles ne liront jamais de livres, mais n'en feront jamais non plus.

Françoise fut assez impressionnée en apprenant que les deux frères de ces femmes si simples avaient épousé, l'un la nièce de l'archevêque de Tours, l'autre une parente de l'évêque de Rodez. Au directeur, cela n'eut rien dit. Céleste reprochait quelquefois à son mari de ne pas la comprendre, et moi je m'étonnais qu'il pût la supporter. Car à certains moments, frémissante, furieuse, détruisant de tout, elle était détestable. On prétend que le liquide salé qu'est notre sang n'est que la survivance intérieure de l'élément marin primitif. Je crois de même que Céleste, non seulement dans ses fureurs, mais aussi dans ses heures de dépression gardait le rythme des ruisseaux de son pays. Quand elle était épuisée, c'était à leur manière ; elle était vraiment à sec. Rien n'aurait pu alors la revivifier. Puis tout d'un coup la circulation reprenait dans son grand corps magnifique et léger. L'eau coulait dans la transparence opaline de sa peau bleuâtre. Elle souriait au soleil et devenait plus bleue encore. Dans ces moments-là elle était vraiment céleste.

La famille de Bloch avait beau n'avoir jamais soupçonné la raison pour laquelle son oncle ne déjeunait jamais à la maison et avoir accepté cela dès le début comme une manie de vieux célibataire, peut-être pour les exigences d'une liaison avec quelque actrice, tout ce qui touchait à M. Nissim Bernard était « tabou » pour le directeur de l'hôtel de Balbec. Et voilà pourquoi, sans en avoir même référé à l'oncle, il n'avait finalement pas osé donner tort à la nièce, tout en lui recommandant quelque circonspection. Or la jeune fille et son amie qui, pendant quelques jours, s'étaient figurées être exclues du casino et du Grand-Hôtel, voyant que tout s'arrangeait, furent heureuses de montrer à ceux des pères de famille qui les tenaient à l'écart qu'elles pouvaient impunément tout se permettre. Sans doute n'allèrent-elles pas jusqu'à renouveler la scène publique qui avait révolté tout le monde. Mais peu à peu leurs façons reprirent insensiblement. Et un soir où je sortais du casino à demi éteint avec Albertine et Bloch que nous avions rencontré, elles passèrent enlacées, ne cessant de s'embrasser, et arrivées à notre hauteur poussèrent des glousse-

ments, des rires, des cris indécents. Bloch baissa
les yeux pour ne pas avoir l'air de reconnaître sa
sœur, et moi j'étais torturé en pensant que ce langage particulier et atroce s'adressait peut-être à
Albertine.

Un autre incident fixa davantage encore mes préoc-
cupations, du côté de Gomorrhe. J'avais vu sur la
plage une belle jeune femme élancée et pâle de laquelle les yeux, autour de leur centre, disposaient
des rayons si géométriquement lumineux qu'on
pensait devant son regard à quelque constellation.
Je songeais combien cette jeune fille était plus belle
qu'Albertine et comme il était plus sage de renoncer
à l'autre. Tout au plus le visage de cette belle jeune
femme était-il passé au rabot invisible d'une grande
bassesse de vie, de l'acceptation constante d'expé-
dients vulgaires, si bien que ses yeux, plus nobles
pourtant que le reste du visage, ne devaient rayonner
que d'appétits et de désirs. Or le lendemain, cette
jeune femme étant placée très loin de nous au
casino, je vis qu'elle ne cessait de poser sur Albertine les feux alternés et tournants de ses regards.
On eût dit qu'elle lui faisait des signes comme à
l'aide d'un phare. Je souffrais que mon amie vît qu'on
faisait si attention à elle, je craignais que ces regards
incessamment allumés n'eussent la signification
conventionnelle d'un rendez-vous d'amour pour le
lendemain. Qui sait ? ce rendez-vous n'était peut-
être pas le premier. La jeune femme aux yeux rayon-
nants avait pu venir une autre année à Balbec ?
C'était peut-être parce qu'Albertine avait déjà
cédé à ses désirs ou à ceux d'une amie que celle-ci
se permettait de lui adresser ces brillants signaux.
Ils faisaient alors plus que réclamer quelque chose

pour le présent, ils s'autorisaient pour cela des bonnes heures du passé.

Ce rendez-vous, en ce cas, ne devait pas être le premier, mais la suite de parties faites ensemble d'autres années. Et en effet les regards ne disaient pas : « Veux-tu ? » Dès que la jeune femme avait aperçu Albertine, elle avait tourné tout à fait la tête et fait luire vers elle des regards chargés de mémoire, comme si elle avait eu peur et stupéfaction que mon amie ne se souvînt pas. Albertine, qui la voyait très bien, resta flegmatiquement immobile, de sorte que l'autre, avec le même genre de discrétion qu'un homme qui voit son ancienne maîtresse avec un autre amant, cesse de la regarder et de s'occuper plus d'elle que si elle n'avait pas existé.

Mais quelques jours après j'eus la preuve des goûts de cette jeune femme et aussi de la probabilité qu'elle avait connu Albertine autrefois. Souvent, quand dans la salle du casino, deux jeunes filles se désiraient, il se produisait comme un phénomène lumineux, une sorte de traînée phosphorescente allant de l'une à l'autre. Disons en passant que c'est à l'aide de telles matérialisations, fussent-elles impondérables, par ces signes astraux enflammant toute une partie de l'atmosphère, que Gomorrhe dispersée, tend, dans chaque ville, dans chaque village, à rejoindre ses membres séparés, à reformer la cité biblique tandis que partout, les mêmes efforts sont poursuivis, fût-ce en vue d'une reconstruction intermittente par les nostalgiques, par les hypocrites, quelquefois par les courageux exilés de Sodome.

Une fois je vis l'inconnue qu'Albertine avait eu l'air de ne pas reconnaître, juste à un moment où

passait la cousine de Bloch. Les yeux de la jeune
femme s'étoilèrent, mais on voyait bien qu'elle ne
connaissait pas la demoiselle israélite. Elle la voyait
pour la première fois, éprouvait un désir, guère de
doutes, nullement la même certitude qu'à l'égard
d'Albertine, Albertine sur la camaraderie de qui
elle avait dû tellement compter que devant sa froideur elle avait ressenti la surprise d'un étranger
habitué de Paris mais qui ne l'habite pas et qui,
étant revenu y passer quelques semaines, à la place
du petit théâtre où il avait l'habitude de passer de
bonnes soirées, voit qu'on a construit une banque.

La cousine de Bloch alla s'asseoir à une table où
elle regarda un magazine. Bientôt la jeune femme
vint s'asseoir d'un air distrait à côté d'elle. Mais sous
la table on aurait pu voir bientôt se tourmenter leurs
pieds, puis leurs jambes et leurs mains qui étaient
confondues. Les paroles suivirent, la conversation
s'engagea, et le naïf mari de la jeune femme qui la
cherchait partout fut étonné de la trouver faisant
des projets pour le soir même avec une jeune fille
qu'il ne connaissait pas. Sa femme lui présenta
comme une amie d'enfance la cousine de Bloch,
sous un nom inintelligible, car elle avait oublié de
lui demander comment elle s'appelait. Mais la présence du mari fit faire un pas de plus à leur intimité,
car elles se tutoyèrent, s'étant connues au couvent,
incident dont elles rirent fort plus tard, ainsi que du
mari berné, avec une gaieté qui fut une occasion de
nouvelles tendresses.

Quant à Albertine je ne peux pas dire que nulle
part au casino, sur la plage, elle eût avec une jeune
fille des manières trop libres. Je leur trouvais même
un excès de froideur et d'insignifiance qui semblait

plus que de la bonne éducation, une ruse destinée
à dépister les soupçons. A telle jeune fille, elle avait
une façon rapide, glacée et décente, de répondre
à très haute voix : « Oui, j'irai vers cinq heures au
tennis. Je prendrai mon bain demain matin vers
huit heures », et de quitter immédiatement la personne à qui elle venait de dire cela, — qui avait
un terrible air de vouloir donner le change, et soit
de donner un rendez-vous soit plutôt, après l'avoir
donné bas, de dire fort cette phrase, en effet insigni-
fiante, pour ne pas « se faire remarquer ». Et quand
ensuite je la voyais prendre sa bicyclette et filer
à toute vitesse, je ne pouvais m'empêcher de penser
qu'elle allait rejoindre celle à qui elle avait à peine
parlé.

Tout au plus lorsque quelque belle jeune femme
descendait d'automobile au coin de la plage, Albertine ne pouvait-elle s'empêcher de se retourner.
Et elle expliquait aussitôt : « Je regardais le nouveau
drapeau qu'ils ont mis devant les bains. Ils auraient
pu faire plus de frais. L'autre était assez miteux.
Mais je crois vraiment que celui-ci est encore plus
moche ».

Une fois Albertine ne se contenta pas de la froideur et je n'en fus que plus malheureux. Elle me
savait ennuyé qu'elle pût quelquefois rencontrer
une amie de sa tante, qui avait « mauvais genre »
et venait quelquefois passer deux ou trois jours chez
Mme Bontemps. Gentiment, Albertine m'avait dit
qu'elle ne la saluerait plus. Et quand cette femme
venait à Incarville, Albertine disait : « A propos
vous savez qu'elle est ici. Est-ce qu'on vous l'a
dit ? » comme pour me montrer qu'elle ne la voyait
pas en cachette. Un jour qu'elle me disait cela elle

ajouta : « Oui je l'ai rencontrée sur la plage et exprès, par grossièreté, je l'ai presque frôlée en passant, je l'ai bousculée ». Quand Albertine me dit cela il me revint à la mémoire une phrase de Madame Bontemps à laquelle je n'avais jamais repensé, celle où elle avait dit devant moi à Mme Swann combien sa nièce Albertine était effrontée, comme si c'était une qualité, et comment elle avait dit à je ne sais plus quelle femme de fonctionnaire que le père de celle-ci avait été marmiton. Mais une parole de celle que nous aimons ne se conserve pas longtemps dans sa pureté ; elle se gâte, elle se pourrit. Un ou deux soirs après je repensai à la phrase d'Albertine et ce ne fut plus la mauvaise éducation dont elle s'énorgueillissait — et qui ne pouvait que me faire sourire — qu'elle me sembla signifier, c'était autre chose, et qu'Albertine, même peut-être sans but précis, pour irriter les sens de cette dame ou lui rappeler méchamment d'anciennes propositions, peut-être acceptées autrefois, l'avait frôlée rapidement, pensait que je l'avais appris peut-être comme c'était en public, et avait voulu d'avance prévenir une interprétation défavorable.

Au reste, ma jalousie causée par les femmes qu'aimait peut-être Albertine, allait brusquement cesser.

*
* *

Nous étions Albertine et moi devant la station Balbec du petit train d'intérêt local. Nous nous étions fait conduire par l'omnibus de l'hôtel, à cause du mauvais temps. Non loin de nous était M. Nissim Bernard, lequel avait un œil poché. Il trompait depuis peu l'enfant des chœurs d'*Athalie* avec le garçon

SODOME ET GOMORRHE

d'une ferme assez achalandée du voisinage « Aux Cerisiers ». Ce garçon rouge, aux traits abrupts, avait absolument l'air d'avoir comme tête une tomate. Une tomate exactement semblable servait de tête à son frère jumeau. Pour le contemplateur désintéressé, il y a cela d'assez beau dans ces ressemblances parfaites de deux jumeaux que la nature, comme si elle s'était momentanément industrialisée, semble débiter des produits pareils. Malheureusement, le point de vue de M. Nissim Bernard était autre et cette ressemblance n'était pas qu'extérieure. La tomate nº 2 se plaisait avec frénésie à faire exclusivement les délices des dames, la tomate nº 1 ne détestait pas condescendre aux goûts de certains Messieurs. Or chaque fois que secoué ainsi que par un réflexe, par le souvenir des bonnes heures passées avec la tomate nº 1, M. Bernard se présentait « Aux cerisiers », myope (et du reste la myopie n'était pas nécessaire pour les confondre), le vieil Israélite jouant sans le savoir Amphytrion s'adressait au frère jumeau et lui disait : « Veux-tu me donner rendez-vous pour ce soir ». Il recevait aussitôt une solide « tournée ». Elle vint même à se renouveler au cours d'un même repas, où il continuait avec l'autre, les propos commencés avec le premier. A la longue elle le dégoûta tellement, par association d'idées, des tomates, même de celles comestibles, que chaque fois qu'il entendait un voyageur en commander à côté de lui au Grand-Hôtel, il lui chuchotait : « Excusez-moi, Monsieur, de m'adresser à vous, sans vous connaître. Mais j'ai entendu que vous commandiez des tomates. Elles sont pourries aujourd'hui. Je vous le dis dans votre intérêt car pour moi cela m'est égal, je n'en prends jamais ». L'étran-

ger remerciait avec effusion ce voisin philanthrope
et désintéressé, rappelait le garçon, feignait de se
raviser : « Non, décidément, pas de tomates »,
Aimé, qui connaissait la scène, en riait tout seul
et pensait : « C'est un vieux malin que Monsieur Bernard, il a encore trouvé le moyen de faire changer la
commande ». M. Bernard, en attendant le tram en
retard, ne tenait pas à nous dire bonjour à Albertine
et à moi, à cause de son œil poché. Nous tenions
encore moins à lui parler. C'eût été pourtant presque
inévitable si à ce moment-là, une bicyclette n'avait
fondu à toute vitesse sur nous, le lift en sauta, hors
d'haleine, Madame Verdurin avait téléphoné un
peu après notre départ pour que je vinsse dîner,
le surlendemain ; on verra bientôt pourquoi. Puis,
après m'avoir donné les détails du téléphonage, le
lift nous quitta et comme ces « employés » démo-
crates, qui affectent l'indépendance à l'égard des
bourgeois, et entre eux rétablissent le principe d'autorité, voulant dire que le concierge et le voiturier
pourraient être mécontents s'il était en retard,
il ajouta : « Je me sauve à cause de mes chefs ».

Les amies d'Albertine étaient parties pour quelque
temps. Je voulais la distraire. A supposer qu'elle
eut éprouvé du bonheur à passer les après-midi
rien qu'avec moi, à Balbec, je savais qu'il ne se
laisse jamais posséder complètement et qu'Albertine, encore à l'âge (que certains ne dépassent pas)
où on n'a pas découvert que cette imperfection tient
à celui qui éprouve le bonheur non à celui qui le
donne, elle eût pu être tentée de faire remonter à
moi la cause de sa déception. J'aimais mieux qu'elle
l'imputât aux circonstances qui, par moi combinées,
ne nous laisseraient pas la facilité d'être seuls en-

semble, tout en l'empêchant de rester au casino
et sur la digue sans moi. Aussi je lui avais demandé
ce jour-là de m'accompagner à Doncières où j'irais
voir Saint-Loup. Dans ce même but de l'occuper
je lui conseillais la peinture qu'elle avait apprise
autrefois. En travaillant elle ne se demanderait pas
si elle était heureuse ou malheureuse. Je l'eusse
volontiers emmenée aussi dîner de temps en temps
chez les Verdurin et chez les Cambremer qui, certainement, les uns et les autres, eussent volontiers
reçu une amie présentée par moi, mais il fallait
d'abord que je fusse certain que Mme Putbus n'était
pas encore à la Raspelière. Ce n'était guère que sur
place que je pouvais m'en rendre compte et comme
je savais d'avance que le surlendemain Albertine
était obligée d'aller aux environs avec sa tante,
j'en avais profité pour envoyer une dépêche à
Mme Verdurin lui demandant si elle pourrait me
recevoir le mercredi. Si Mme Putbus était là, je
m'arrangerais pour voir sa femme de chambre,
m'assurer s'il y avait un risque qu'elle vînt à Balbec,
en ce cas savoir quand, pour emmener Albertine
au loin ce jour-là. Le petit chemin de fer d'intérêt
local faisant une boucle qui n'existait pas quand je
l'avais pris avec ma grand'mère, passait maintenant
à Doncières-la-Goupil, grande station d'où partaient
des trains importants et notamment l'express par
lequel j'étais venu voir Saint-Loup, de Paris et y
était rentré. Et à cause du mauvais temps, l'omnibus du Grand-Hôtel nous conduisit, Albertine et
moi, à la station du petit tram, Balbec-plage.
   Le petit chemin de fer n'était pas encore là, mais
on voyait, oisif et lent, le panache de fumée qu'il
avait laissé en route, et qui maintenant réduit

à ses seuls moyens de nuage peu mobile, gravissait
lentement les pentes vertes de la falaise de Crique-
tot. Enfin le petit tram, qu'il avait précédé pour
prendre une direction verticale, arriva à son tour,
lentement. Les voyageurs qui allaient le prendre
s'écartèrent pour lui faire place, mais sans se presser,
sachant qu'ils avaient affaire à un marcheur débon-
naire, presque humain et qui, guidé comme la bicyclette d'un débutant, par les signaux complaisants
du chef de gare, sous la tutelle puissante du mécani-
cien, ne risquait de renverser personne et se serait
arrêté où on aurait voulu.

Ma dépêche expliquait le téléphonage des Verdurin et elle tombait d'autant mieux que le mercredi (le surlendemain se trouvait être un mercredi) était jour de grand dîner pour Mme Verdurin,
à la Raspelière, comme à Paris, ce que j'ignorais.
Mme Verdurin ne donnait pas de « dîners », mais elle
avait des « mercredis ». Les mercredis étaient des
œuvres d'art. Tout en sachant qu'ils n'avaient leurs
pareils nulle part, Mme Verdurin introduisait entre
eux des nuances. « Ce dernier mercredi ne valait pas
le précédent, disait-elle. Mais je crois que le prochain
sera un des plus réussis que j'aie jamais donnés. »
Elle allait parfois jusqu'à avouer : « Ce mercredi-ci
n'était pas digne des autres. En revanche, je vous
réserve une grosse surprise pour le suivant. » Dans
les dernières semaines de la saison de Paris, avant de
partir pour la campagne, la patronne annonçait
la fin des mercredis. C'était une occasion de stimuler
les fidèles : « Il n'y a plus que trois mercredis,
il n'y en a plus que deux, disait-elle du même ton
que si le monde était sur le point de finir. Vous
n'allez pas lâcher mercredi prochain pour la clôture ».

Mais cette clôture était factice, car elle avertissait :
« Maintenant officiellement il n'y a plus de mercredis. C'était le dernier cette pour année. Mais je serai
tout de même là le mercredi. Nous ferons mercredi
entre nous ; qui sait, ces petits mercredis intimes,
ce seront peut-être les plus agréables ». A la Raspelière les mercredis étaient forcément restreints,
et comme selon qu'on avait rencontré un ami de
passage, on l'avait invité tel ou tel soir, c'était
presque tous les jours mercredi. « Je ne me rappelle
pas bien le nom des invités, mais je sais qu'il y a
Madame la marquise de Camembert », m'avait dit
le lift ; le souvenir de nos explications relatives aux
Cambremer n'était pas arrivé à supplanter définitivement celui du mot ancien, dont les syllabes
familières et pleines de sens venaient au secours du
jeune employé quand il était embarrassé pour ce
nom difficile, et étaient immédiatement préférées
et réadoptées par lui, non pas paresseusement et
comme un vieil usage indéracinable mais à cause
du besoin de logique et de clarté qu'elles satisfai-
saient.

Nous nous hâtâmes pour gagner un wagon vide
où je pusse embrasser Albertine tout le long du trajet.
N'ayant rien trouvé nous montâmes dans un compartiment où était déjà installée une dame à figure
énorme, laide et vieille, à l'expression masculine,
très endimanchée, et qui lisait la *Revue des Deux-
Mondes*. Malgré sa vulgarité, elle était prétentieuse
dans ses goûts, et je m'amusai à me demander à
quelle catégorie sociale elle pouvait appartenir ;
je conclus immédiatement que ce devait être quelque
tenancière de grande maison de filles, une maquerelle
en voyage. Sa figure, ses manières le criaient.

J'avais ignoré seulement jusque-là que ces dames
lussent la *Revue des Deux-Mondes*. Albertine me la
montra non sans cligner de l'œil en me souriant.
La dame avait l'air extrêmement digne ; et comme
de mon côté je portais en moi la conscience que
j'étais invité pour le lendemain au point terminus
de la ligne du petit chemin de fer chez la célèbre
Mme Verdurin, qu'à une station intermédiaire j'étais
attendu par Robert de Saint-Loup, et qu'un peu
plus loin j'aurais fait grand plaisir à Mme de Cambremer en venant habiter Féterne, mes yeux pétillaient d'ironie en considérant cette dame importante
qui semblait croire qu'à cause de sa mise recherchée,
des plumes de son chapeau, de sa *Revue des Deux-
Mondes*, elle était un personnage plus considérable
que moi. J'espérais que la dame ne resterait pas
beaucoup plus que M. Nissim Bernard et qu'elle
descendrait au moins à Toutainville, mais non.
Le train s'arrêta à Evreville, elle resta assise.
De même à Montmartin-sur-Mer, à Parville-la-
Bingard, à Incarville, de sorte que de désespoir,
quand le train eut quitté Saint-Frichoux qui était
la dernière station avant Doncières, je commençai
à enlacer Albertine sans m'occuper de la dame.
A Doncières, Saint-Loup était venu m'attendre
à la gare, avec les plus grandes difficultés, me dit-il,
car habitant chez sa tante, mon télégramme ne
lui était parvenu qu'à l'instant et il ne pourrait,
n'ayant pu arranger son temps d'avance, me consa-
crer qu'une heure. Cette heure me parut hélas ! bien
trop longue car à peine descendus du wagon, Albertine ne fit plus attention qu'à Saint-Loup. Elle ne
causait pas avec moi, me répondait à peine si je lui
adressais la parole, me repoussa quand je m'appro-

chai d'elle. En revanche, avec Robert, elle riait de
son rire tentateur, elle lui parlait avec volubilité,
jouait avec le chien qu'il avait, et tout en agaçant
la bête, frôlait exprès son maître. Je me rappelai
que le jour où Albertine s'était laissée embrasser
par moi pour la première fois, j'avais eu un sourire
de gratitude pour le séducteur inconnu qui avait
amené en elle une modification si profonde et m'avait
tellement simplifié la tâche. Je pensais à lui maintenant avec horreur. Robert avait dû se rendre compte
qu'Albertine ne m'était pas indifférente, car il ne
répondit pas à ses agaceries ce qui la mit de mauvaise
humeur contre moi ; puis il me parla comme si j'étais
seul ce qui, quand elle l'eut remarqué, me fit remonter dans son estime. Robert me demanda si je
ne voulais pas essayer de trouver parmi les amis
avec lesquels il me faisait dîner chaque soir à Doncières quand j'y avais séjourné, ceux qui y étaient
encore. Et comme il donnait lui-même dans le genre
de prétention agaçante qu'il réprouvait : « A quoi
ça te sert-il d'avoir *fait du charme* pour eux avec
tant de persévérance si tu ne veux pas les revoir ? »
Je déclinai sa proposition car je ne voulais pas risquer de m'éloigner d'Albertine, mais aussi parce
que maintenant j'étais détaché d'eux. D'eux, c'est-
à-dire de moi. Nous désirons passionnément qu'il y
ait une autre vie où nous serions pareils à ce que nous
sommes ici-bas. Mais nous ne réfléchissons pas, que
même sans attendre cette autre vie, dans celle-ci,
au bout de quelques années nous sommes infidèles
à ce que nous avons été, à ce que nous voulions
rester immortellement. Même sans supposer que la
mort nous modifiât plus que ces changements qui
se produisent au cours de la vie, si dans cette autre

vie nous rencontrions le moi que nous avons été,
nous nous détournerions de nous comme de ces
personnes avec qui on a été lié mais qu'on n'a pas
vues depuis longtemps — par exemple les amis de
Saint-Loup qu'il me plaisait tant chaque soir de
retrouver au *Faisan Doré* — et dont la conversation
ne serait plus maintenant pour moi qu'importunité
et que gêne. A cet égard, et parce que je préférai
ne pas aller y retrouver ce qui m'y avait plu, une
promenade dans Doncières aurait pu me paraître
préfigurer l'arrivée au paradis. On rêve beaucoup
du paradis ou plutôt de nombreux paradis successifs
mais ce sont tous, bien avant qu'on ne meure, des
paradis perdus, et où l'on se sentirait perdu.

Il nous laissa à la gare. « Mais tu peux avoir près
d'une heure à attendre, me dit-il. Si tu la passes ici
tu verras sans doute mon oncle Charlus qui reprend
tantôt le train pour Paris, dix minutes avant le
tien. Je lui ai déjà fait mes adieux parce que je suis
obligé d'être rentré avant l'heure de son train.
Je n'ai pu lui parler de toi puisque je n'avais pas
encore eu ton télégramme ». Aux reproches que je
fis à Albertine quand Saint-Loup nous eut quittés,
elle me répondit qu'elle avait voulu, par sa froideur
avec moi effacer à tout hasard l'idée qu'il avait pu
se faire, si au moment de l'arrêt du train, il m'avait
vu, penché contre elle et mon bras passé autour de
sa taille. Il avait en effet remarqué cette pose (je
ne l'avais pas aperçu, sans cela je me fusse placé
plus correctement à côté d'Albertine) et avait eu
le temps de me dire à l'oreille : « C'est cela, ces
jeunes filles si pimbêches dont tu m'as parlé et qui
ne voulaient pas fréquenter Mlle de Stermaria parce
qu'elles lui trouvaient mauvaise façon ? » J'avais

dit en effet à Robert et très sincèrement quand
j'étais allé de Paris le voir à Doncières et comme nous
reparlions de Balbec, qu'il n'y avait rien à faire
avec Albertine, qu'elle était la vertu même. Et maintenant que depuis longtemps, j'avais, par moi-
même, appris que c'était faux, je désirais encore
plus que Robert crut que c'était vrai. Il m'eut suffi
de dire à Robert que j'aimais Albertine. Il était de
ces êtres qui savent se refuser un plaisir pour épar-
gner à leur ami des souffrances qu'ils ressentiraient
encore si elles étaient les leurs. « Oui, elle est très
enfant. Mais tu ne sais rien sur elle, ajoutai-je avec
inquiétude ? — Rien, sinon que je vous ai vus
posés comme deux amoureux ».

« Votre attitude n'effaçait rien du tout », dis-je
à Albertine quand Saint-Loup nous eut quittés. »
« C'est vrai, me dit-elle, j'ai été maladroite, je vous
ai fait de la peine, j'en suis bien plus malheureuse
que vous. Vous verrez que jamais je ne serai plus
comme cela ; pardonnez-moi », me dit-elle en me tendant la main d'un air triste. A ce moment, du fond
de la salle d'attente où nous étions assis, je vis
passer lentement, suivi à quelque distance d'un
employé qui portait ses valises, M. de Charlus.
A Paris où je ne le rencontrais qu'en soirée, immobile, sanglé dans un habit noir, maintenu dans le
sens de la verticale par son fier redressement, son
élan pour plaire, la fusée de sa conversation, je ne
me rendais pas compte à quel point il avait vieilli.
Maintenant, dans un complet de voyage clair qui
le faisait paraître plus gros, en marche et se dandi-
nant, balançant un ventre qui bedonnait et un derrière presque symbolique, la cruauté du grand jour
décomposait sur les lèvres, en fard, en poudre de

22

riz fixée par le cold-cream, sur le bout du nez, en noir sur les moustaches teintes dont la couleur d'ébène contrastait avec les cheveux grisonnants, tout ce qui aux lumières eut semblé l'animation du teint chez un être encore jeune.

Tout en causant avec lui, mais brièvement, à cause de son train, je regardais le wagon d'Albertine pour lui faire signe que je venais. Quand je détournai la tête vers M. de Charlus, il me demanda de vouloir bien appeler un militaire, parent à lui, qui était de l'autre côté de la voie exactement comme s'il allait monter dans notre train, mais en sens inverse, dans la direction qui s'éloignait de Balbec. « Il est dans la musique du régiment, me dit M. de Charlus. Comme vous avez la chance d'être assez jeune, moi, l'ennui d'être assez vieux pour que vous puissiez m'éviter de traverser et d'aller jusque-là ». Je me fis un devoir d'aller vers le militaire désigné et je vis en effet aux lyres brodées sur son col qu'il était de la musique. Mais au moment où j'allais m'acquitter de ma commission, quelle ne fut pas ma surprise et je peux dire mon plaisir en reconnaissant Morel, le fils du valet de chambre de mon oncle et qui me rappelait tant de choses. J'en oubliai de faire la commission de M. de Charlus. « Comment, vous êtes à Doncières ? » « Oui et on m'a incorporé dans la musique au service des batteries ». Mais il me répondit cela d'un ton sec et hautain. Il était devenu très poseur » « et évidemment ma vue, en lui rappelant la profession de son père, ne lui était pas agréable. Tout d'un coup je vis M. de Charlus fondre sur nous. Mon retard l'avait évidemment impatienté. « Je désirerais entendre ce soir un peu de musique, dit-il à Morel sans aucune entrée en

matière, je donne 500 francs pour la soirée, cela
pourrait peut-être avoir quelque intérêt pour un
de vos amis, si vous en avez dans la musique ».
J'avais beau connaître l'insolence de M. de Charlus,
je fus stupéfait qu'il ne dit même pas bonjour à son
jeune ami. Le baron ne me laissa pas du reste le
temps de la réflexion. Me tendant affectueusement
la main : « Au revoir, mon cher », me dit-il pour me
signifier que je n'avais qu'à m'en aller. Je n'avais
du reste laissé que trop longtemps seule ma chère
Albertine. « Voyez-vous, lui dis-je en remontant
dans le wagon, la vie de bains de mer et la vie de
voyage me font comprendre que le théâtre du monde
dispose de moins de décors que d'acteurs et de moins
d'acteurs que de « situations ». — A quel propos me
dites-vous cela ? — Parce que M. de Charlus vient
de me demander de lui envoyer un de ses amis, que
juste, à l'instant, sur le quai de cette gare, je viens
de reconnaître pour l'un des miens ». Mais tout en
disant cela, je cherchais comment le baron pouvait
connaître la disproportion sociale à quoi je n'avais
pas pensé. L'idée me vint d'abord que c'était par
Jupien dont la fille, on s'en souvient, avait semblé
s'éprendre du violoniste — Ce qui me stupéfiait
pourtant c'est que, avant de partir pour Paris
dans cinq minutes, le baron demandât à entendre
de la musique. Mais revoyant la fille de Jupien
dans mon souvenir, je commençais à trouver que
les « reconnaissances » exprimeraient au contraire
une part importante de la vie, si on savait aller
jusqu'au romanesque vrai, quand tout d'un coup
j'eus un éclair et compris que j'avais été bien naïf.
M. de Charlus ne connaissait pas le moins du monde
Morel, ni Morel M. de Charlus, lequel, ébloui mais

aussi intimidé par un militaire qui ne portait pourtant que des lyres, m'avait requis, dans son émotion pour lui amener celui qu'il ne soupçonnait pas que je connusse. En tous cas l'offre des 500 francs avait dû remplacer pour Morel l'absence de relations antérieures, car je les vis qui continuaient à causer, sans penser qu'ils étaient à côté de notre tram. Et me rappelant la façon dont M. de Charlus était venu vers Morel et moi, je saisissais sa ressemblance avec certains de ses parents, quand ils levaient une femme dans la rue. Seulement l'objet visé avait changé de sexe. A partir d'un certain âge, et même si des évolutions différentes s'accomplissent en nous, plus on devient soi, plus les traits familiaux s'accentuent. Car la nature, tout en contribuant harmonieusement le dessin de sa tapisserie interrompt la monotonie de la composition grâce à la variété des figures interceptées. Au reste la hauteur avec laquelle M. de Charlus avait toisé le violoniste est relative selon le point de vue auquel on se place. Elle eut été reconnue par les trois quarts des gens du monde qui s'inclinaient, non pas par le préfet de police qui, quelques années plus tard, le faisait surveiller.

« Le train de Paris est signalé, Monsieur », dit l'employé qui portait les valises. « Mais je ne prends pas le train, mettez tout cela en consigne, que diable ! » dit M. de Charlus en donnant vingt francs à l'employé stupéfait du revirement et charmé du pourboire. Cette générosité attira aussitôt une marchande de fleurs. « Prenez ces œillets, tenez, cette belle rose, mon bon Monsieur, cela vous portera bonheur ». M. de Charlus, impatienté, lui tendit quarante sous en échange de quoi la femme offrit

ses bénédictions et derechef ses fleurs. « Mon Dieu,
si elle pouvait nous laisser tranquilles, dit M. de
Charlus en s'adressant d'un ton ironique et gémissant et comme un homme énervé, à Morel en qui
il trouvait quelque douceur de demander son appui.
« Ce que nous avons à dire est déjà assez compliqué. »
Peut-être l'employé de chemin de fer n'étant pas
encore très loin, M. de Charlus ne tenait-il pas à
avoir une nombreuse audience, peut-être ces phrases
incidentes permettaient-elles à sa timidité hautaine
de ne pas aborder trop directement la demande de
rendez-vous. Le musicien se tournant d'un air
franc, impératif et décidé vers la marchande de
fleurs, leva vers elle une paume qui la repoussait
et lui signifiait qu'on ne voulait pas de ses fleurs
et qu'elle eût à fiche le camp au plus vite. M. de
Charlus vit avec ravissement ce geste autoritaire
et viril, manié par la main gracieuse pour qui il
aurait dû être encore trop lourd, trop massivement
brutal, avec une fermeté et une souplesse précoces
qui donnait à cet adolescent encore imberbe l'air
d'un jeune David capable d'assumer un combat
contre Goliath. L'admiration du baron était invo-
lontairement mêlée de ce sourire que nous éprouvons
à voir chez un enfant une expression d'une gravité
au-dessus de son âge. « Voilà quelqu'un par qui
j'aimerais être accompagné dans mes voyages et
aidé dans mes affaires. Comme il simplifierait ma
vie », se dit M. de Charlus.

Le train de Paris (que le baron ne prit pas),
partit. Puis nous montâmes dans le nôtre, Albertine et moi, sans que j'eusse su ce qu'étaient devenus
M. de Charlus et Morel. « Il ne faut plus jamais nous
fâcher, je vous demande encore pardon, me redit

Albertine en faisant allusion à l'incident Saint-Loup. Il faut que nous soyions toujours gentils tous les deux, me dit-elle tendrement. Quant à votre ami Saint-Loup, si vous croyez qu'il m'intéresse en quoi que ce soit, vous vous trompez bien. Ce qui me plaît seulement en lui, c'est qu'il a l'air de tellement vous aimer ». « C'est un très bon garçon, dis-je en me gardant de prêter à Robert des qualités supérieures imaginaires comme je n'aurais pas manqué de faire par amitié pour lui si j'avais été avec toute autre personne qu'Albertine. C'est un être excellent, franc, dévoué, loyal, sur qui on peut compter pour tout ». En disant cela je me bornais, retenu par ma jalousie, à dire au sujet de Saint-Loup la vérité, mais aussi c'était bien la vérité que je disais. Or elle s'exprimait exactement dans les mêmes termes dont s'était servi pour me parler de lui Mme de Villeparisis, quand je ne le connaissais pas encore, l'imaginais si différent, si hautain et me disais : « On le trouve bon parce que c'est un grand seigneur ». De même quand elle m'avait dit : « Il serait si heureux », je me figurai, après l'avoir aperçu devant l'hôtel, prêt à mener, que les paroles de sa tante étaient pure banalité mondaine, destinées à me flatter. Et je m'étais rendu compte ensuite qu'elle l'avait dit sincèrement, en pensant à ce qui m'intéressait, à mes lectures, et parce qu'elle savait que c'était cela qu'aimait Saint-Loup, comme il devait m'arriver de dire sincèrement à quelqu'un faisant une histoire de son ancêtre La Rochefoucauld, l'auteur des *Maximes*, et qui eût voulu aller demander des conseils à Robert : « Il sera si heureux ». C'est que j'avais appris à le connaître. Mais en le voyant la première fois je n'avais pas cru qu'une

intelligence parente de la mienne pût s'envelopper
de tant d'élégance extérieure de vêtements et d'attitude. Sur son plumage je l'avais jugé d'une autre
espèce. C'était Albertine maintenant qui, peut-être
un peu parce que Saint-Loup, par bonté pour moi
avait été si froid avec elle, me dit ce que j'avais
pensé autrefois : « Ah ! il est si dévoué que cela !
Je remarque qu'on trouve toujours toutes les vertus
aux gens, quand ils sont du faubourg Saint-Germain ».
Or, que Saint-Loup fût du faubourg Saint-Germain,
c'est à quoi je n'avais plus songé une seule fois au
cours de ces années où, se dépouillant de son prestige, il m'avait manifesté ses vertus. Changement
de perspective pour regarder les êtres, déjà, plus
frappant dans l'amitié que dans les simples relations
sociales, mais combien plus encore dans l'amour,
où le désir à une échelle si vaste, grandit à des proportions telles, les moindres signes de froideur,
qu'il m'en avait fallu bien moins que celle qu'avait
au premier abord Saint-Loup, pour que je me crusse
tout d'abord dédaigné d'Albertine, que je m'ima-
ginasse ses amies comme des êtres merveilleusement
inhumains, et que je n'attachasse qu'à l'indulgence
qu'on a pour la beauté et pour une certaine élégance,
le jugement d'Elstir quand il me disait de la petite
bande, tout à fait dans le même sentiment que
Mme de Villeparisis de Saint-Loup : « Ce sont de
bonnes filles ». Or ce jugement n'est-ce pas celui que
j'eusse volontiers porté quand j'entendais Albertine
dire : « En tout cas, dévoué ou non, j'espère bien
ne plus le revoir puisqu'il a amené de la brouille
entre nous. Il ne faut plus se fâcher tous les deux.
Ce n'est pas gentil ». Je me sentais, puisqu'elle avait
paru désirer Saint-Loup, à peu près guéri pour quel-

que temps de l'idée qu'elle aimait les femmes, ce
que je me figurais inconciliable. Et, devant le caout-
chouc d'Albertine dans lequel elle semblait devenue
une autre personne, l'infatigable errante des jours
pluvieux, et qui, collé, malléable et gris en ce moment semblait moins devoir protéger son vêtement
contre l'eau qu'avoir été trempé par elle et s'attacher au corps de mon amie comme afin de prendre
l'empreinte de ses formes pour un sculpteur, j'ar-
rachai cette tunique qui épousait jalousement une
poitrine désirée et attirant Albertine à moi : « Mais
toi ne veux-tu pas, voyageuse indolente, rêver
sur mon épaule en y posant ton front », dis-je en
prenant sa tête dans mes mains et en lui montrant
les grandes prairies inondées et muettes qui s'éten-
daient dans le soir tombant jusqu'à l'horizon fermé
sur les chaînes parallèles de vallonnements lointains
et bleuâtres.

Le surlendemain, le fameux mercredi, dans ce
même petit chemin de fer que je venais de prendre,
à Balbec, pour aller dîner à la Raspelière, je tenais
beaucoup à ne pas manquer Cottard à Graincourt-
Saint-Vast où un nouveau téléphonage de Mme Verdurin m'avait dit que je le retrouverais. Il devait
monter dans mon train et m'indiquerait où il fallait descendre pour trouver les voitures qu'on
envoyait de la Raspelière à la gare. Aussi, le petit
train ne s'arrêtant qu'un instant à Graincourt,
première station après Doncières, d'avance je m'étais
mis à la portière tant j'avais peur de ne pas voir
Cottard ou de ne pas être vu de lui. Craintes bien
vaines ! Je ne m'étais pas rendu compte à quel
point le petit clan ayant façonné tous les « habitués »
sur le même type, ceux-ci, par surcroît en grande

tenue de dîner, attendant sur le quai, se laissaient
tout de suite reconnaître à un certain air d'assurance, d'élégance et de familiarité, à des regards
qui franchissaient comme un espace vide où rien
n'arrête l'attention, les rangs pressés du vulgaire
public, guettaient l'arrivée de quelque habitué
qui avait pris le train à une station précédente et
pétillaient déjà de la causerie prochaine. Ce signe
d'élection, dont l'habitude de dîner ensemble avait
marqué les membres du petit groupe, ne les distinguait pas seulement, quand nombreux, en force,
ils étaient massés, faisant une tache plus brillante
au milieu du troupeau des voyageurs — ce que Brichot appelait le « pecus » — sur les ternes visages
desquels ne pouvait se lire aucune notion relative
aux Verdurin, aucun espoir de jamais dîner à la
Raspelière. D'ailleurs ces voyageurs vulgaires eussent
été moins intéressés que moi si devant eux on eût
prononcé — et malgré la notoriété acquise par
certains — les noms de ces fidèles que je m'étonnais
de voir continuer à dîner en ville, alors que plusieurs le faisaient déjà, d'après les récits que j'avais
entendus, avant ma naissance, à une époque à la
fois assez distante et assez vague pour que je fusse
tenté de m'en exagérer l'éloignement. Le contraste
entre la continuation non seulement de leur existence, mais du plein de leurs forces, et l'anéantisse-
ment de tant d'amis que j'avais déjà vus ici ou là,
disparaître, me donnait ce même sentiment que nous
éprouvons quand à la dernière heure des journaux
nous lisons précisément la nouvelle que nous atten-
dions le moins, par exemple celle d'un décès pré-
maturé et qui nous semble fortuit parce que les
causes dont il est l'aboutissant nous sont restées

inconnues. Ce sentiment est celui que la mort
n'atteint pas uniformément tous les hommes, mais
qu'une lame plus avancée de sa montée tragique
emporte une existence située au niveau d'autres
que longtemps encore les lames suivantes épargne-
ront. Nous verrons du reste plus tard la diversité
des morts qui circulent invisiblement être la cause
de l'inattendu spécial que présentent, dans les
journaux, les nécrologies. Puis je voyais qu'avec
le temps, non seulement des dons réels qui peuvent coexister avec la pire vulgarité de conversation se dévoilent et s'imposent, mais encore que
des individus médiocres arrivent à ces hautes
places, attachées dans l'imagination de notre enfance à quelques vieillards célèbres sans songer
que le seraient un certain nombre d'années plus
tard leurs disciples devenus maîtres, et inspirant
maintenant le respect et la crainte qu'ils éprouvaient jadis. Mais si les noms des fidèles n'étaient
pas connus du « pecus », leur aspect pourtant
les désignait à ses yeux. Même dans le train
(lorsque le hasard de ce que les uns et les autres
d'entre eux avaient eu à faire dans la journée, les y
réunissait tous ensemble), n'ayant plus à cueillir
à une station suivante qu'un isolé, le wagon dans
lequel ils se trouvaient assemblés, désigné par le
coude du sculpteur Ski, pavoisé par le « Temps »
de Cottard, fleurissait de loin comme une voiture
de luxe et ralliait à la gare voulue, le camarade
retardataire. Le seul à qui eussent pu échapper,
à cause de sa demi-cécité, ces signes de promission,
était Brichot. Mais aussi l'un des habitués assurait
volontairement à l'égard de l'aveugle les fonctions
de guetteur et dès qu'on avait aperçu son chapeau

de paille, son parapluie vert et ses lunettes bleues, on le dirigeait avec douceur et hâte vers le compartiment d'élection. De sorte qu'il était sans exemple qu'un des fidèles, à moins d'exciter les plus graves soupçons de bamboche, ou même de ne pas être venu « par le train », n'eût pas retrouvé les autres en cours de route. Quelquefois l'inverse se produisait : un fidèle avait dû aller assez loin dans l'après-midi et en conséquence devait faire une partie du parcours seul avant d'être rejoint par le groupe ; mais même ainsi isolé, seul de son espèce, il ne manquait pas le plus souvent de produire quelque effet. Le Futur vers lequel il se dirigeait, le désignait à la personne assise sur la banquette d'en face, laquelle se disait : « Ce doit être quelqu'un », discernait, fût-ce autour du chapeau mou de Cottard ou du sculpteur Ski, une vague auréole et n'était qu'à demi étonné quand à la station suivante, une foule élégante, si c'était leur point terminus, accueillait le fidèle à la portière et s'en allait avec lui vers l'une des voitures qui attendaient, salués tous très bas par l'employé de Doville, ou bien si c'était à une station intermédiaire, envahissait le compartiment. C'est ce que fit, et avec précipitation, car plusieurs étaient arrivés en retard, juste au moment où le train déjà en gare, allait repartir, la troupe que Cottard mena au pas de course vers le wagon à la fenêtre duquel il avait vu mes signaux. Brichot qui se trouvait parmi ces fidèles l'était devenu davantage au cours de ces années qui pour d'autres avaient diminué leur assiduité. Sa vue baissant progressivement, l'avait obligé, même à Paris, à diminuer de plus en plus les travaux du soir. D'ailleurs il avait peu de sympathie pour la

Nouvelle Sorbonne où les idées d'exactitude scientifique, à l'allemande, commençaient à l'emporter sur l'humanisme. Il se bornait exclusivement maintenant à son cours et aux jurys d'examen ; aussi avait-il beaucoup plus de temps à donner à la mondanité. C'est-à-dire aux soirées chez les Verdurin, ou à celles qu'offrait parfois aux Verdurin tel ou tel fidèle, tremblant d'émotion. Il est vrai qu'à deux reprises l'amour avait manqué de faire ce que les travaux ne pouvaient plus, détacher Brichot du petit clan. Mais Mme Verdurin qui « veillait au grain » et d'ailleurs, en ayant pris l'habitude dans l'intérêt de son salon, avait fini par trouver un plaisir désintéressé dans ce genre de drames et d'exécutions, l'avait irrémédiablement brouillé avec la personne dangereuse, sachant comme elle le disait « mettre bon ordre à tout » et « porter le fer rouge dans la plaie ». Cela lui avait été d'autant plus aisé pour l'une des personnes dangereuses que c'était simplement la blanchisseuse de Brichot, et Mme Verdurin, ayant ses petites entrées dans le cinquième du Professeur, écarlate d'orgueil, quand elle daignait monter ses étages, n'avait eu qu'à mettre à la porte cette femme de rien. « Comment, avait dit la patronne à Brichot, une femme comme moi vous fait l'honneur de venir chez vous, et vous recevez une telle créature ? » Brichot n'avait jamais oublié le service que Mme Verdurin lui avait rendu en empêchant sa vieillesse de sombrer dans la fange et lui était de plus en plus attaché, alors qu'en contraste avec ce regain d'affection et peut-être à cause de lui, la Patronne commençait à se dégoûter d'un fidèle par trop docile et de l'obéissance de qui elle était sûre d'avance. Mais Brichot tirait de son intimité chez les Verdurin un éclat qui le distinguait entre tous ses collègues de la Sorbonne. Ils étaient éblouis par les récits qu'il leur faisait de dîners auxquels on ne les inviterait jamais, par la mention, dans des revues, ou par le portrait exposé au Salon, qu'avaient fait de lui tel écrivain ou tel peintre réputés dont les titulaires des autres chaires de la Faculté des Lettres prisaient le talent mais n'avaient aucune chance d'attirer l'attention, enfin par l'élégance vestimentaire elle-même du philosophe mondain, élégance qu'ils avaient prise d'abord pour du laisser-aller jusqu'à ce que leur collègue leur eût bienveillamment expliqué que le chapeau haute forme se laisse volontiers poser par terre, au cours d'une visite, et n'est pas de mise pour les dîners à la campagne, si élégants soient-ils, où il doit être remplacé par le chapeau mou, fort bien porté avec le smoking. Pendant les premières secondes où le petit groupe se fut engouffré dans le wagon je ne pus même pas parler à Cottard, car il était suffoqué, moins d'avoir couru pour ne pas manquer le train, que par l'émerveillement de l'avoir attrapé si juste. Il en éprouvait plus que la joie d'une réussite, presque l'hilarité d'une joyeuse farce. « Ah ! elle est bien bonne ! dit-il quand il se fut remis. Un peu plus ! nom d'une pipe, c'est ce qui s'appelle arriver à pic ! » ajouta-t-il en clignant de l'œil non pas pour demander si l'expression était juste car il débordait maintenant d'assurance, mais par satisfaction. Enfin il put me nommer aux autres membres du petit clan. Je fus ennuyé de voir qu'ils étaient presque tous dans la tenue qu'on appelle à Paris smoking. J'avais oublié que les Verdurin commençaient vers le monde une évolution timide ralentie par l'affaire Dreyfus,

accélérée par la musique « nouvelle », évolution
d'ailleurs démentie par eux, et qu'ils continueraient
de démentir jusqu'à ce qu'elle eût abouti, comme
ces objectifs militaires qu'un général n'annonce
que lorsqu'il les a atteints, de façon à ne pas avoir
l'air battu s'il les manque. Le monde était d'ailleurs,
de son côté, tout préparé à aller vers eux. Il en était
encore à les considérer comme des gens chez qui
n'allait personne de la société mais qui n'en éprouvent
aucun regret. Le salon Verdurin passait pour un
Temple de la Musique. C'était là, assurait-on, que
Vinteuil avait trouvé inspiration, encouragement.
Or si la Sonate de Vinteuil restait entièrement in-
comprise et à peu près inconnue, son nom, prononcé
comme celui du plus grand musicien contemporain,
exerçait un prestige extraordinaire. Enfin certains
jeunes gens du faubourg s'étant avisés qu'ils devaient
être aussi instruits que des bourgeois, il y en avait
trois parmi eux qui avaient appris la musique et
auprès desquels la Sonate de Vinteuil jouissait d'une
réputation énorme. Ils en parlaient, rentrés chez eux,
à la mère intelligente qui les avait poussés à se cul-
tiver. Et s'intéressant aux études de leurs fils, au
concert les mères regardaient avec un certain respect
Mme Verdurin dans sa première loge, qui suivait la
partition. Jusqu'ici cette mondanité latente des
Verdurin ne se traduisait que par deux faits. D'une
part, Mme Verdurin disait de la princesse de Caprarola : « Ah ! celle-là est intelligente, c'est une femme
agréable. Ce que je ne peux pas supporter, ce sont
les imbéciles, les gens qui m'ennuient, ça me rend
folle. » Ce qui eût donné à penser à quelqu'un d'un
peu fin que la princesse de Caprarola, femme du plus
grand monde, avait fait une visite à Mme Verdurin.

Elle avait même prononcé son nom au cours d'une visite de condoléances qu'elle avait faite à Mme Swann après la mort du mari de celle-ci et lui avait demandé si elle les connaissait. « Comment dites-vous ? avait répondu Odette d'un air subitement triste. — Verdurin. — Ah ! alors je sais, avait-elle repris avec désolation, je ne les connais pas, ou plutôt je les connais sans les connaître, ce sont des gens que j'ai vus autrefois chez des amis, il y a longtemps, ils sont agréables ». La princesse de Caprarola partie, Odette aurait bien voulu avoir dit simplement la vérité. Mais le mensonge immédiat était non le produit de ses calculs, mais la révélation de ses craintes, de ses désirs. Elle niait non ce qu'il eût été adroit de nier, mais ce qu'elle aurait voulu qui ne fût pas, même si l'interlocuteur devait apprendre dans une heure que cela était en effet. Peu après elle avait repris son assurance et avait même été au-devant des questions en disant, pour ne pas avoir l'air de les craindre : « Mme Verdurin, mais comment, je l'ai énormément connue », avec une affectation d'humilité comme une grande dame qui raconte qu'elle a pris le tramway. « On parle beaucoup des Verdurin depuis quelque temps », disait Mme de Souvré. Odette, avec un dédain souriant de duchesse répondait : « Mais oui, il me semble en effet qu'on en parle beaucoup. De temps en temps il y a comme cela des gens nouveaux qui arrivent dans la société », sans penser qu'elle était elle-même une des plus nouvelles. « La princesse de Caprarola y a dîné, reprit Mme de Souvré. — Ah ! répondit Odette en accentuant son sourire, cela ne m'étonne pas. C'est toujours par la princesse de Caprarola que ces choses-là com-

mencent, et puis il en vient une autre, par exemple
la comtesse Molé. » Odette, en disant cela, avait
l'air d'avoir un profond dédain pour les deux grandes
dames qui avaient l'habitude d'essuyer les plâtres
dans les salons nouvellement ouverts. On sentait
à son ton que cela voulait dire qu'elle, Odette,
comme Mme de Souvré, on ne réussirait pas à les
embarquer dans ces galères-là.

Après l'aveu qu'avait fait Mme Verdurin de l'intelligence de la princesse de Caprarola, le second
signe que les Verdurin avaient conscience du destin
futur était que (sans l'avoir formellement demandé,
bien entendu), ils souhaitaient vivement qu'on
vînt maintenant dîner chez eux en habit du soir ;
M. Verdurin eût pu maintenant être salué sans honte
par son neveu, celui qui était « dans les choux ».

Parmi ceux qui montèrent dans mon wagon à
Graincourt se trouvait Saniette qui jadis avait été
chassé de chez les Verdurin par son cousin Forcheville, mais était revenu. Ses défauts, au point de vue
de la vie mondaine, étaient autrefois — malgré des
qualités supérieures — un peu du même genre que
ceux de Cottard, timidité, désir de plaire, efforts
infructueux pour y réussir. Mais si la vie, en faisant
revêtir à Cottard sinon chez les Verdurin, où il
était, par la suggestion que les minutes anciennes
exercent sur nous quand nous nous retrouvons dans
un milieu accoutumé, resté quelque peu le même,
du moins dans sa clientèle, dans son service d'hô-
pital, à l'Académie de Médecine, des dehors de froideur, de dédain, de gravité qui s'accentuaient pendant qu'il débitait devant ses élèves complaisants
ses calembours, avait creusé une véritable coupure
entre le Cottard actuel et l'ancien, les mêmes dé-

fauts s'étaient au contraire exagérés chez Saniette, au fur et à mesure qu'il cherchait à s'en corriger. Sentant qu'il s'ennuyait souvent, qu'on ne l'écoutait pas, au lieu de ralentir alors comme l'eût fait Cottard, de forcer l'attention par l'air d'autorité, non seulement il tâchait par un ton badin de se faire pardonner le tour trop sérieux de sa conversation, mais pressait son débit, déblayait, usait d'abréviations pour paraître moins long, plus familier avec les choses dont il parlait, et parvenait seulement, en les rendant inintelligibles, à sembler interminable. Son assurance n'était pas comme celle de Cottard qui glaçait ses malades lesquels, aux gens qui vantaient son aménité dans le monde répondaient : « Ce n'est plus le même homme quand il vous reçoit dans son cabinet, vous dans la lumière, lui à contre-jour et les yeux perçants ». Elle n'imposait pas, on sentait qu'elle cachait trop de timidité, qu'un rien suffirait à la mettre en fuite. Saniette à qui ses amis avaient toujours dit qu'il se défiait trop de lui-même, et qui en effet voyait des gens qu'il jugeait avec raison fort inférieurs obtenir aisément les succès qui lui étaient refusés, ne commençait plus une histoire sans sourire de la drôlerie de celle-ci, de peur qu'un air sérieux ne fît pas suffisamment valoir sa marchandise. Quelquefois, faisant crédit au comique que lui-même avait l'air de trouver à ce qu'il allait dire, on lui faisait la faveur d'un silence général. Mais le récit tombait à plat. Un convive doué d'un bon cœur glissait parfois à Saniette l'encouragement, privé, presque secret d'un sourire d'approbation, le lui faisant parvenir furtivement, sans éveiller l'attention, comme on vous glisse un billet. Mais personne n'allait jusqu'à assumer la

responsabilité, à risquer l'adhésion publique d'un
éclat de rire. Longtemps après l'histoire finie et
tombée, Saniette, désolé, restait seul à se sourire
à lui-même, comme goûtant en elle et pour soi la
délectation qu'il feignait de trouver suffisante et
que les autres n'avaient pas éprouvée. Quant au
sculpteur Ski, appelé ainsi à cause de la difficulté
qu'on trouvait à prononcer son nom polonais,
et parce que lui-même affectait depuis qu'il vivait
dans une certaine société de ne pas vouloir être
confondu avec des parents fort bien posés, mais un
peu ennuyeux et très nombreux, il avait, à quarante-
cinq ans et fort laid, une espèce de gaminerie, de
fantaisie rêveuse qu'il avait gardée pour avoir été
jusqu'à dix ans le plus ravissant enfant prodige du
monde, coqueluche de toutes les dames. Mme Verdurin prétendait qu'il était plus artiste qu'Elstir.
Il n'avait d'ailleurs avec celui-ci que des ressemblances purement extérieures. Elles suffisaient pour
qu'Elstir qui avait une fois rencontré Ski, eût pour
lui la répulsion profonde que nous inspirent plus
encore que les êtres tout à fait opposés à nous,
ceux qui nous ressemblent en moins bien, en qui
s'étale ce que nous avons de moins bon, les défauts
dont nous nous sommes guéris, nous rappelant
fâcheusement ce que nous avons pu paraître à
certains avant que nous fussions devenus ce que
nous sommes. Mais Mme Verdurin croyait que Ski
avait plus de tempérament qu'Elstir parce qu'il
n'y avait aucun art pour lequel il n'eût de la facilité
et elle était persuadée que cette facilité il l'eût pous-
sée jusqu'au talent s'il avait eu moins de paresse.
Celle-ci paraissait même à la Patronne un don,
de plus, étant le contraire du travail qu'elle croyait

le lot des êtres sans génie. Ski peignait tout ce qu'on voulait, sur des boutons de manchette ou sur des dessus de porte. Il chantait avec une voix de compositeur, jouait de mémoire en donnant au piano l'impression de l'orchestre, moins par sa virtuosité que par ses fausses basses signifiant l'impuissance des doigts à indiquer qu'ici il y a un piston que du reste il imitait avec la bouche. Cherchant ses mots en parlant pour faire croire à une impression curieuse, de la même façon qu'il retardait un accord plaqué ensuite en disant : « Ping », pour faire sentir les cuivres, il passait pour merveilleusement intelligent, mais ses idées se ramenaient en réalité à deux ou trois extrêmement courtes. Ennuyé de sa réputation de fantaisiste, il s'était mis en tête de montrer qu'il était un être pratique, positif, d'où chez lui une triomphante affectation de fausse précision, de faux bon sens, aggravés parce qu'il n'avait aucune mémoire et des informations toujours inexactes. Ses mouvements de tête, de cou, de jambes, eussent été gracieux s'il eût eu encore neuf ans, des boucles blondes, un grand col de dentelles et de petites bottes de cuir rouge. Arrivés en avance avec Cottard et Brichot à la gare de Graincourt, ils avaient laissé Brichot dans la salle d'attente et étaient allés faire un tour. Quand Cottard avait voulu revenir, Ski avait répondu : « Mais rien ne presse. Aujourd'hui ce n'est pas le train local, c'est le train départemental ». Ravi de voir l'effet que cette nuance dans la précision produisait sur Cottard, il ajouta, parlant de lui-même : « Oui, parce que Ski aime les arts, parce qu'il modèle la glaise, on croit qu'il n'est pas pratique. Personne ne connaît la ligne mieux que moi ». Néanmoins ils étaient revenus vers la gare, quand tout d'un coup apercevant la fumée du petit train qui arrivait, Cottard, poussant un hurlement, avait crié : « Nous n'avons qu'à prendre nos jambes à notre cou ». Ils étaient en effet arrivés juste, la distinction entre le train local et départemental n'ayant jamais existé que dans l'esprit de Ski. « Mais est-ce que la princesse n'est pas dans le train ? » demanda d'une voix vibrante Brichot dont les lunettes énormes, resplendissantes comme ces réflecteurs que les laryngologues s'attachent au front pour éclairer la gorge de leurs malades, semblaient avoir emprunté leur vie aux yeux du professeur, et peut-être à cause de l'effort qu'il faisait pour accommoder sa vision avec elles, semblaient elles-mêmes, même dans les moments les plus insignifiants, regarder elles-mêmes avec une attention soutenue et une fixité extraordinaire. D'ailleurs la maladie en retirant peu à peu la vue à Brichot, lui avait révélé les beautés de ce sens comme il faut souvent que nous nous décidions à nous séparer d'un objet, à en faire cadeau par exemple, pour le regarder, le regretter, l'admirer. « Non, non, la princesse a été reconduire jusqu'à Maineville des invités de Mᵐᵉ Verdurin qui prenaient le train de Paris. Il ne serait même pas impossible que Mᵐᵉ Verdurin, qui avait à faire à Saint-Mars, fut avec elle ! Comme cela elle voyagerait avec nous et nous ferions route tous ensemble, ce serait charmant. Il s'agira d'ouvrir l'œil à Maineville et le bon ! Ah ! ça ne fait rien, on peut dire que nous avons bien failli manquer le coche. Quand j'ai vu le train j'ai été sidéré. C'est ce qui s'appelle arriver au moment psychologique. Voyez-vous ça que nous ayions manqué le train, Mᵐᵉ Verdurin s'apercevant que

les voitures revenaient sans nous : Tableau ! ajouta
le docteur qui n'était pas encore remis de son émoi.
Voilà une équipée qui n'est pas banale. Dites-donc,
Brichot, qu'est-ce que vous dites de notre petite
escapade ? » demanda le docteur avec une certaine
fierté. « Par ma foi, répondit Brichot, en effet, si
vous n'aviez plus trouvé le train, ç'eût été, comme
eut parlé feu Villemain, un sale coup pour la fan-
fare ! » Mais moi, distrait dès les premiers instants
par ces gens que je ne connaissais pas, je me rappelai
tout d'un coup ce que Cottard m'avait dit dans la
salle de danse du petit casino, et comme si un chaî-
non invisible eût pu relier un organe et les images
du souvenir, celle d'Albertine appuyant ses seins
contre ceux d'Andrée, me faisait un mal terrible
au cœur. Ce mal ne dura pas : l'idée de relations
possibles entre Albertine et des femmes ne me semblait plus possible depuis l'avant-veille où les
avances que mon amie avaient faites à Saint-Loup
avaient excité en moi une nouvelle jalousie qui
m'avait fait oublier la première. J'avais la naïveté
des gens qui croient qu'un goût en exclut forcément
un autre. A Haranbonville, comme le tram était
bondé, un fermier en blouse bleue qui n'avait qu'un
billet de troisième monta dans notre compartiment.
Le Docteur, trouvant qu'on ne pourrait pas laisser
voyager la Princesse avec lui, appela un employé,
exhiba sa carte de médecin d'une grande compagnie
de Chemin de Fer et força le chef de gare à faire
descendre le fermier. Cette scène peina et alarma
à un tel point la timidité de Saniette que dès qu'il
la vit commencer, craignant déjà à cause de la
quantité de paysans qui étaient sur le quai qu'elle
ne prit les proportions d'une jacquerie, il feignit

d'avoir mal au ventre et pour qu'on ne put l'accuser
d'avoir sa part de responsabilité dans la violence
du docteur, il enfila le couloir en feignant de chercher
ce que Cottard appelait les « water ». N'en trouvant
pas il regarda le paysage de l'autre extrémité du
tortillard. « Si ce sont vos débuts chez Mme Verdurin,
Monsieur, me dit Brichot, qui tenait à montrer ses
talents à un « nouveau », vous verr z qu'il n'y a pas
de milieu où l'on sente mieux la « douceur de vivre »,
comme disait un des inventeurs du dilettantisme,
du je m'enfichisme, de beaucoup de mots en isme
à la mode chez nos snobinettes, je veux dire M. le
prince de Talleyrand. » Car, quand il parlait de ces
grands seigneurs du passé, il trouvait spirituel et
« couleur de l'époque », de faire précéder leur titre
de M. et disait M. le duc de La Rochefoucauld,
M. le cardinal de Retz, qu'il appelait aussi de temps
en temps : « Ce strugle for lifer de Gondi », ce « bou-
langiste » de Marsillac. Et il ne manquait jamais,
avec un sourire, d'appeler Montesquieu, quand il
parlait de lui : « Monsieur le Président Secondat de
Montesquieu ». Un homme du monde spirituel eût
été agacé de ce pédantisme qui sent l'école. Mais
dans les parfaites manières de l'homme du monde
en parlant d'un prince, il y a un pédantisme aussi
qui trahit une autre caste, celle où l'on fait précéder
le nom Guillaume de « l'Empereur » et où l'on parle
à la troisième personne à une Altesse. « Ah ! celui-là,
reprit Brichot en parlant de « Monsieur le prince de
Talleyrand », il faut le saluer chapeau bas. C'est un
ancêtre. — C'est un milieu charmant, me dit Cottard, vous trouverez un peu de tout, car Mme Verdurin n'est pas exclusive, des savants illustres comme
Brichot, de la haute noblesse comme, par exemple,

la princesse Sherbatoff, une grande dame russe, amie de la grande-duchesse Eudoxie qui même la voit seule aux heures où personne n'est admis ». En effet la grande-duchesse Eudoxie ne se souciant pas que la princesse Sherbatoff qui depuis longtemps n'était plus reçue par personne, vint chez elle quand elle eût pu y avoir du monde ne la laissait venir que de très bonne heure, quand l'Altesse n'avait auprès d'elle aucun des amis à qui il eût été aussi désagréable de rencontrer la princesse que cela eût été gênant pour celle-ci. Comme depuis trois ans, aussitôt après avoir quitté, comme une manucure, la grande-duchesse, Mme Sherbatoff partait chez Mme Verdurin qui venait seulement de s'éveiller, et ne la quittait plus, on peut dire que la fidélité de la princesse passait infiniment celle même de Brichot, si assidu, pourtant à ces mercredis où il avait le plaisir de se croire à Paris une sorte de Chateaubriand à l'Abbaye-aux-Bois et à la campagne, où il se faisait l'effet de devenir l'équivalent de ce que pouvait être chez Mme de Châtelet celui qu'il nommait toujours (avec une malice et une satisfaction de lettré) : « M. de Voltaire ».

Son absence de relations avait permis à la princesse Sherbatoff de montrer depuis quelques années aux Verdurin une fidélité qui faisait d'elle plus qu'une « fidèle » ordinaire, la fidèle type, l'idéal que Mme Verdurin avait longtemps cru inaccessible et, qu'arrivée au retour d'âge, elle trouvait enfin incarnée en cette nouvelle recrue féminine. De quelque jalousie qu'en eût été torturée la Patronne, il était sans exemple que les plus assidus de ses fidèles n'eussent « lâchée » une fois. Les plus casaniers se laissaient tenter par un voyage ; les plus continents avaient eu une bonne

119

fortune ; les plus robustes pouvaient attraper la grippe, les plus oisifs être pris par leurs vingt-huit jours, les plus indifférents aller fermer les yeux à leur mère mourante. Et c'était en vain que Mme Verdurin leur disait alors comme l'impératrice romaine qu'elle était le seul général à qui dût obéir sa légion, comme le Christ ou le Kaiser, que celui qui aimait son père et sa mère autant qu'elle et n'était pas prêt à les quitter pour la suivre n'était pas digne d'elle, qu'au lieu de s'affaiblir au lit ou de se laisser berner par une grue, ils feraient mieux de rester près d'elle, elle, seul remède et seule volupté. Mais la destinée qui se plaît parfois à embellir la fin des existences qui se prolongent tard avait fait rencontrer à Mme Verdurin la princesse Sherbatoff. Brouillée avec sa famille, exilée de son pays, ne connaissant plus que la baronne Putbus et la grande-duchesse Eudoxie, chez lesquelles, parce qu'elle n'avait pas envie de rencontrer les amies de la première, et parce que la seconde n'avait pas envie que ses amies rencontrassent la princesse, elle n'allait qu'aux heures matinales où Mme Verdurin dormait encore, ne se souvenant pas d'avoir gardé la chambre une seule fois, depuis l'âge de douze ans où elle avait eu la rougeole, ayant répondu le 31 décembre à Mme Verdurin qui, inquiète d'être seule, lui avait demandé si elle ne pourrait pas rester coucher à l'improviste, malgré le jour de l'an : « Mais qu'est-ce qui pourrait m'en empêcher n'importe quel jour. D'ailleurs, ce jour-là, on reste en famille et vous êtes ma famille », vivant dans une pension et en changeant de « pension » quand les Verdurin déménageaient, les suivant dans leurs villégiatures, la princesse avait si bien réalisé pour Mme Verdurin le vers de Vigny :

SODOME ET GOMORRHE

« Toi seule me parus ce qu'on cherche toujours »,

que la Présidente du petit cercle, désireuse de s'assurer une « fidèle » jusque dans la mort, lui avait demandé que celle des deux qui mourrait la dernière se fît enterrer à côté de l'autre. Vis-à-vis des étrangers, — parmi lesquels il faut toujours compter celui à qui nous mentons le plus parce que c'est celui par qui il nous serait le plus pénible d'être méprisé : nous-même, — la princesse Sherbatoff avait soin de représenter ses trois seules amitiés — avec la grande-duchesse, avec les Verdurin, avec la baronne Putbus — comme les seules, non que des cataclysmes indépendants de sa volonté eussent laissé émerger au milieu de la destruction de tout le reste, mais qu'un libre choix lui avait fait élire de préférence à toute autre, et auxquelles un certain goût de solitude et de simplicité l'avait fait se borner. « Je ne vois *personne* d'autre », disait-elle en insistant sur le caractère inflexible de ce qui avait plutôt l'air d'une règle qu'on s'impose que d'une nécessité qu'on subit. Elle ajoutait : « Je ne fréquente que trois maisons », comme les auteurs qui craignent de ne pouvoir aller jusqu'à la quatrième annoncent que leur pièce n'aura que trois représentations. Que M. et Mme Verdurin ajoutassent foi ou non à cette fiction, ils avaient aidé la princesse à l'inculquer dans l'esprit des fidèles. Et ceux-ci étaient persuadés à la fois que la princesse, entre des milliers de relations qui s'offraient à elle, avait choisi les seuls Verdurin, et que les Verdurin, sollicités en vain par toute la haute aristocratie, n'avaient consenti à faire qu'une exception, en faveur de la princesse.

À leurs yeux, la princesse, trop supérieure à son milieu d'origine pour ne pas s'y ennuyer, entre tant de gens qu'elle eût pu fréquenter, ne trouvait agréables que les seuls Verdurin, et réciproquement ceux-ci, sourds aux avances de toute l'aristocratie qui s'offrait à eux, n'avaient consenti à faire qu'une seule exception, en faveur d'une grande dame plus intelligente que ses pareilles, la princesse Sherbatoff.

La princesse était fort riche ; elle avait à toutes les premières une grande baignoire où, avec l'autorisation de Mme Verdurin, elle emmenait les fidèles et jamais personne d'autre. On se montrait cette personne énigmatique et pâle qui avait vieilli sans blanchir et plutôt en rougissant comme certains fruits durables et ratatinés des haies. On admirait à la fois sa puissance et son humilité car ayant toujours avec elle un académicien, Brichot, un célèbre savant, Cottard, le premier pianiste du temps, plus tard M. de Charlus, elle s'efforçait pourtant de retenir exprès la baignoire la plus obscure, restait au fond, ne s'occupait en rien de la salle, vivait exclusivement pour le petit groupe, qui un peu avant la fin de la représentation, se retirait en suivant cette souveraine étrange, et non dépourvue d'une beauté timide, fascinante et usée. Or, si Mme Sherbatoff ne regardait pas la salle, restait dans l'ombre, c'était pour tâcher d'oublier qu'il existait un monde vivant qu'elle désirait passionnément et ne pouvait pas connaître : la « côterie » dans une « baignoire » était pour elle ce qu'est pour certains animaux l'immobilité quasi cadavérique en présence du danger. Néanmoins le goût de nouveauté et de curiosité qui travaille les gens

du monde faisait qu'ils prêtaient peut-être plus
d'attention à cette mystérieuse inconnue qu'aux
célébrités des premières loges chez qui chacun
venait en visite. On s'imaginait qu'elle était autrement que les personnes qu'on connaissait, qu'une
merveilleuse intelligence jointe à une bonté divina-
trice retenaient autour d'elle ce petit milieu de gens
éminents. La princesse était forcée si on lui parlait de quelqu'un ou si on lui présentait quelqu'un
de feindre une grande froideur pour maintenir
la fiction de son horreur du monde. Néanmoins,
avec l'appui de Cottard ou de Mme Verdurin, quelques
nouveaux réussissaient à la connaître et son ivresse
d'en connaître un était telle qu'elle en oubliait
la fable de l'isolement voulu, et se dépensait folle-
ment pour le nouveau venu. S'il était fort médiocre, chacun s'étonnait. « Quelle chose singulière
que la princesse qui ne veut connaître personne,
aille faire une exception pour cet être si peu carac-
téristique ». Mais ces fécondantes connaissances
étaient rares, et la princesse vivait étroitement
confinée au milieu des fidèles.

Cottard disait beaucoup plus souvent : « Je le
verrai mercredi chez les Verdurin », que : « Je le
verrai mardi à l'Académie ». Il parlait aussi des mercredis comme d'une occupation aussi importante
et aussi inéluctable. D'ailleurs Cottard était de ces
gens peu recherchés qui se font un devoir aussi
impérieux de se rendre à une invitation que si elles
constituaient un ordre, comme une convocation
militaire ou judiciaire. Il fallait qu'il fût appelé
par une visite bien importante pour qu'il « lâchât »
les Verdurin le mercredi, l'importance ayant trait
d'ailleurs plutôt à la qualité du malade qu'à la

gravité de la maladie. Car Cottard, quoique bon homme, renonçait aux douceurs du mercredi non pour un ouvrier frappé d'une attaque, mais pour le coryza d'un ministre. Encore dans ce cas disait-il à sa femme : « Excuse-moi bien auprès de Mme Verdurin. Préviens que j'arriverai en retard. Cette Excellence aurait bien pu choisir un autre jour pour être enrhumée ». Un mercredi leur vieille cuisinière s'étant coupé la veine du bras, Cottard déjà en smoking pour aller chez les Verdurin avait haussé les épaules quand sa femme lui avait timidement demandé s'il ne pourrait pas panser la blessée : « Mais je ne peux pas, Léontine, s'était-il écrié en gémissant ; tu vois bien que j'ai mon gilet blanc ». Pour ne pas impatienter son mari, Mme Cottard avait fait chercher au plus vite le chef de clinique. Celui-ci, pour aller plus vite, avait pris une voiture, de sorte que la sienne entrant dans la cour au moment où celle de Cottard allait sortir pour le mener chez les Verdurin, on avait perdu cinq minutes à avancer, à reculer. Mme Cottard était gênée que le chef de clinique vit son maître en tenue de soirée. Cottard pestait du retard, peut-être par remords, et partit avec une humeur exécrable qu'il fallut tous les plaisirs du mercredi pour arriver à dissiper.

Si un client de Cottard lui demandait : « Rencontrez-vous quelquefois les Guermantes ? » C'est de la meilleure foi du monde que le professeur répondait : « Peut-être pas justement les Guermantes, je ne sais pas. Mais je vois tout ce monde-là chez des amis à moi. Vous avez certainement entendu parler des Verdurin. Ils connaissent tout le monde. Et puis eux du moins ce ne sont pas des gens chics décatis.

SODOME ET GOMORRHE

Il y a du répondant. On évalue généralement que
Madame Verdurin est riche à trente-cinq millions.
Dame, trente-cinq millions, c'est un chiffre. Aussi
elle n'y va pas avec le dos de la cuiller. Vous me
parliez de la duchesse de Guermantes. Je vais vous
dire la différence ; Mme Verdurin c'est une grande
dame, la duchesse de Guermantes est probablement
une purée. Vous saisissez bien la nuance, n'est-ce
pas. En tous cas que les Guermantes aillent ou non
chez Mme Verdurin, elle reçoit, ce qui vaut mieux,
les d'Sherbatoff, les d'Forcheville, et *tutti quanti*,
des gens de la plus haute volée, toute la noblesse
de France et de Navarre à qui vous me verriez
parler de pair à compagnon. D'ailleurs ce genre d'individus recherche volontiers les princes de la science »,
ajouta-t-il avec un sourire d'amour-propre béat,
amené à ses lèvres par la satisfaction orgueilleuse,
non pas tellement que l'expression jadis réservée
aux Potain, aux Charcot, s'appliquât maintenant
à lui, mais qu'il sut enfin user comme il convenait
de toutes celles que l'usage autorise et qu'après les
avoir longtemps piochées, il possédait à fond.
Aussi après m'avoir cité la princesse Sherbatoff
parmi les personnes que recevait Mme Verdurin,
Cottard ajoutait en clignant de l'œil : « Vous voyez
le genre de la maison, vous comprenez ce que je veux
dire ? » Il voulait dire ce qu'il y a de plus chic.
Or, recevoir une dame russe qui ne connaissait que
la grande-duchesse Eudoxie c'était peu. Mais la
princesse Sherbatoff eût même pu ne pas la connaître sans qu'eussent été amoindries l'opinion que
Cottard avait relativement à la suprême élégance
du salon Verdurin et sa joie d'y être reçu. La splen-
deur dont nous semblent revêtus les gens que nous

fréquentons n'est pas plus intrinsèque que celle de
ces personnages de théâtre pour l'habillement desquels il est bien inutile qu'un directeur dépense des
centaines de mille francs à acheter des costumes au-
thentiques et des bijoux vrais qui ne feront aucun
effet, quand un grand décorateur donnera une
impression de luxe mille fois plus somptueuse
en dirigeant un rayon factice sur un pourpoint de
grosse toile semé de bouchons de verre et sur un
manteau en papier. Tel homme a passé sa vie au
milieu des grands de la terre qui n'étaient pour lui
que d'ennuyeux parents ou de fastidieuses connaissances, parce qu'une habitude contractée dès le
berceau les avait dépouillés à ses yeux de tout
prestige. Mais en revanche il a suffi que celui-ci
vînt par quelque hasard s'ajouter aux personnes les
plus obscures, pour que d'innombrables Cottard
aient vécu éblouis par des femmes titrées dont ils
s'imaginaient que le salon était le centre des élégances aristocratiques, et qui n'étaient même pas
ce qu'était Mme de Villeparisis et ses amies (des
grandes dames déchues que l'aristocratie qui avait
été élevée avec elles ne fréquentait plus) ; non,
celles dont l'amitié a été l'orgueil de tant de gens,
si ceux-ci publiaient leurs mémoires et y donnaient
les noms de ces femmes et de celles qu'elles rece-
vaient, personne, pas plus Mme de Cambremer que
Mme de Guermantes ne pourrait les identifier.
Mais qu'importe ! Un Cottard a ainsi sa marquise,
laquelle est pour lui la « baronne », comme dans
Marivaux, la baronne dont on ne dit jamais le nom
et dont on n'a même pas l'idée qu'elle en a jamais
eu un. Cottard croit d'autant plus y trouver résumée
l'aristocratie — laquelle ignore cette dame — que

plus les titres sont douteux plus les couronnes tiennent de place sur les verres, sur l'argenterie, sur le papier à lettres, sur les malles. De nombreux Gottard qui ont cru passer leur vie au cœur du faubourg Saint-Germain ont eu leur imagination peut-être plus enchantée de rêves féodaux, que ceux qui avaient effectivement vécu parmi des princes, de même que pour le petit commerçant qui, le dimanche, va parfois visiter des édifices « du vieux temps » c'est quelquefois dans ceux dont toutes les pierres sont du nôtre, et dont les voûtes ont été, par des élèves de Viollet-le-Duc, peintes en bleu et semées d'étoiles d'or, qu'ils ont le plus la sensation du moyen-âge. « La princesse sera à Maineville. Elle voyagera avec nous. Mais je ne vous présenterai pas tout de suite. Il vaudra mieux que ce soit Mme Verdurin qui fasse cela. A moins que je ne trouve un joint. Comptez alors que je sauterai dessus ». « De quoi parliez-vous, dit Saniette qui fit semblant d'avoir été prendre l'air. — Je citai à Monsieur, dit Brichot, un mot que vous connaissez bien de celui qui est à mon avis le premier des fins de siècle (du siècle 18 s'entend), le prénommé Charles Maurice, abbé de Périgord. Il avait commencé par promettre d'être un très bon journaliste. Mais il tourna mal, je veux dire qu'il devint ministre ! La vie a de ces disgrâces. Politicien peu scrupuleux au demeurant qui, avec des dédains de grand seigneur racé ne se gênait pas de travailler à ses heures pour le roi de Prusse, c'est le cas de le dire, et mourut dans la peau d'un centre gauche ».

A Saint-Pierre-des-Ifs monta une splendide jeune fille qui, malheureusement, ne faisait pas partie du petit groupe. Je ne pouvais détacher mes yeux de sa chair de magnolia, de ses yeux noirs, de la construction admirable et haute de ses formes. Au bout d'une seconde elle voulut ouvrir une glace car il faisait un peu chaud dans le compartiment, et ne voulant pas demander la permission à tout le monde comme seul je n'avais pas de manteau, elle me dit d'une voix rapide, fraîche et rieuse : « Ça ne vous est pas désagréable Monsieur, l'air ? » J'aurais voulu lui dire : « Venez avec nous chez les Verdurin », ou : « Dites-moi votre nom et votre adresse. » Je répondis : « Non, l'air ne me gêne pas, Mademoiselle. » Et après, sans se déranger de sa place : « La fumée, ça ne gêne pas vos amis ? » et elle alluma une cigarette. À la troisième station elle descendit d'un saut. Le lendemain, je demandai à Albertine qui cela pouvait être. Car, stupidement, croyant qu'on ne peut aimer qu'une chose, jaloux de l'attitude d'Albertine à l'égard de Robert, j'étais rassuré, quant aux femmes. Albertine me dit, je crois très sincèrement, qu'elle ne savait pas. « Je voudrais tant la retrouver », m'écriai-je. « Tranquillisez-vous, on se retrouve toujours », répondit Albertine. Dans le cas particulier elle se trompait ; je n'ai jamais retrouvé ni identifié la belle jeune fille à la cigarette. On verra du reste pourquoi pendant longtemps je dus cesser de la chercher. Mais je ne l'ai pas oubliée. Il m'arrive souvent en pensant à elle d'être pris d'une folle envie. Mais ces retours du désir nous forcent à réfléchir que si on voulait retrouver ces jeunes filles-là avec le même plaisir il faudrait revenir aussi à l'année qui a été suivie depuis de dix autres pendant lesquelles la jeune fille s'est fanée. On peut quelquefois retrouver un être, mais non abolir le temps. Tout cela jusqu'au jour imprévu et triste comme une nuit d'hiver, où on ne cherche plus cette jeune fille-là, ni aucune autre, où trouver vous effraierait même. Car on ne se sent plus assez d'attraits pour plaire, ni de force pour aimer. Non pas bien entendu qu'on soit, au sens propre du mot, impuissant. Et quant à aimer, on aimerait plus que jamais. Mais on sent que c'est une trop grande entreprise pour le peu de forces qu'on garde. Le repos éternel a déjà mis des intervalles où l'on ne peut sortir, ni parler. Mettre un pied sur la marche qu'il faut, c'est une réussite comme de ne pas manquer le saut périlleux. Etre vu dans cet état par une jeune fille qu'on aime, même si l'on a gardé son visage et tous ses cheveux blonds de jeune homme ! On ne peut plus assumer la fatigue de se mettre au pas de la jeunesse. Tant pis si le désir charnel redouble au lieu de s'amortir ! On fait venir pour lui une femme à qui l'on ne se souciera pas de plaire, qui ne partagera qu'un soir votre couche et qu'on ne reverra jamais.

« On doit être toujours sans nouvelles du violoniste », dit Cottard. L'événement du jour dans le petit clan était en effet le lâchage du violoniste favori de Mme Verdurin. Celui-ci, qui faisait son service militaire près de Doncières, venait trois fois par semaine dîner à la Raspelière car il avait la permission de minuit. Or, l'avant-veille, pour la première fois, les fidèles n'avaient pu arriver à le découvrir dans le tram. On avait supposé qu'il l'avait manqué. Mais Mme Verdurin avait eu beau envoyer au tram suivant, enfin au dernier, la voiture était revenue vide. « Il a été sûrement fourré au bloc, il n'y a pas d'autre explication de sa fugue. Ah ! dame, vous savez dans le métier militaire avec ces gaillards-là, il suffit d'un adjudant grincheux. — Ce sera d'autant plus mortifiant pour Mme Verdurin, dit Brichot, s'il lâche encore ce soir, que notre aimable hôtesse reçoit justement à dîner pour la première fois les voisins qui lui ont loué la Raspelière, le marquis et la marquise de Cambremer. — Ce soir, le marquis et la marquise de Cambremer ! s'écria Cottard. Mais je n'en savais absolument rien. Naturellement je savais comme vous tous qu'ils devaient venir un jour, mais je ne savais pas que ce fût si proche. Sapristi, dit-il en se tournant vers moi, qu'est-ce que je vous ai dit : la princesse Sherbatoff, le marquis et la marquise de Cambremer ». Et après avoir répété ces noms en se berçant de leur mélodie : « Vous voyez que nous nous mettons bien, me dit-il. N'importe, pour vos débuts, vous mettez dans le mille. Cela va être une chambrée exceptionnellement brillante ». Et se tournant vers Brichot, il ajouta : « La patronne doit être furieuse. Il n'est que temps que nous arrivions lui prêter main-forte ». Depuis que Mme Verdurin était à la Raspelière elle affectait vis-à-vis des fidèles d'être en effet dans l'obligation et au désespoir d'inviter une fois ses propriétaires. Elle aurait ainsi de meilleures conditions pour l'année suivante, disait-elle, et ne le faisait que par intérêt. Mais elle prétendait avoir une telle terreur, se faire un tel monstre d'un dîner avec des gens qui n'étaient pas du petit groupe, qu'elle le remettait toujours. Il l'effrayait du reste un peu pour les motifs qu'elle proclamait, tout en les exagérant, si par un autre côté il l'enchantait

pour des raisons de snobisme qu'elle préférait taire.
Elle était donc à demi sincère, elle croyait le petit
clan quelque chose de si unique au monde, un de
ces ensembles comme il faut des siècles pour en
constituer un pareil, qu'elle tremblait à la pensée
d'y voir introduits ces gens de province, ignorants
de la Tétralogie et des « Maîtres », qui ne sauraient
pas tenir leur partie dans le concert de la conversation générale et étaient capables, en venant chez
Mᵐᵉ Verdurin, de détruire un des fameux mercredis, chefs-d'œuvre incomparables et fragiles, pareils
à ces verreries de Venise qu'une fausse note suffit
à briser. « De plus, ils doivent être tout ce qu'il y a
de plus *anti*, et galonnards, avait dit M. Verdurin.
— Ah ! ça par exemple, ça m'est égal, voilà assez
longtemps qu'on en parle de cette histoire-là »,
avait répondu Mᵐᵉ Verdurin qui sincèrement, drey-
fusarde, eût cependant voulu trouver dans la pré-
pondérance de son salon dreyfusiste une récompense
mondaine. Or le dreyfusisme triomphait politique-
ment mais non pas mondainement. Labori, Reinach,
Picquart, Zola, restaient pour les gens du monde
des espèces de traîtres qui ne pouvaient que les
éloigner du petit noyau. Aussi après cette incursion
dans la politique, Mᵐᵉ Verdurin tenait-elle à rentrer
dans l'art. D'ailleurs d'Indy, Debussy, n'étaient-ils
pas « mal » dans l'Affaire ? « Pour ce qui est de l'Affaire, nous n'aurions qu'à les mettre à côté de Brichot, dit-elle (l'universitaire étant le seul des fidèles qui avait pris le parti de l'État-Major, ce qui
l'avait fait beaucoup baisser dans l'estime de Madame Verdurin). On n'est pas obligé de parler
éternellement de l'affaire Dreyfus. Non, la vérité
c'est que les Cambremer m'embêtent ». Quant aux

fidèles, aussi excités par le désir inavoué qu'ils avaient de connaître les Cambremer, que dupes de l'ennui affecté que Mme Verdurin disait éprouver à les recevoir, ils reprenaient chaque jour en causant avec elle les vils arguments qu'elle donnait elle-même en faveur de cette invitation, tâchaient de les rendre irrésistibles. « Décidez-vous une bonne fois, répétait Cottard, et vous aurez les concessions pour le loyer, ce sont eux qui paieront le jardinier, vous aurez la jouissance du pré. Tout cela vaut bien de s'ennuyer une soirée. Je n'en parle que pour vous », ajoutait-il, bien que le cœur lui eût battu une fois que dans la voiture de Mme Verdurin il avait croisé celle de la vieille Mme de Cambremer sur la route, et surtout qu'il fût humilié pour les employés du chemin de fer, quand, à la gare, il se trouvait près du marquis. De leur côté les Cambremer, vivant bien trop loin du mouvement mondain pour pouvoir même se douter que certaines femmes élégantes parlaient avec quelque considération de Mme Verdurin, s'imaginaient que celle-ci était une personne qui ne pouvait connaître que des bohêmes, n'était même peut-être pas légitimement mariée, et en fait de gens « nés », ne verrait jamais qu'eux. Ils ne s'étaient résignés à y dîner que pour être en bons termes avec une locataire dont ils espéraient le retour pour de nombreuses saisons, surtout depuis qu'ils avaient, le mois précédent, appris qu'elle venait d'hériter de tant de millions. C'est en silence et sans plaisanteries de mauvais goût qu'ils se préparaient au jour fatal. Les fidèles n'espéraient plus qu'il vînt jamais, tant de fois Mme Verdurin en avait déjà fixé devant eux la date toujours changée. Ces fausses résolutions avaient pour but, non seulement de faire ostentation de l'ennui que lui causait ce dîner, mais de tenir en haleine les membres du petit groupe qui habitaient dans le voisinage et étaient parfois enclins à lâcher. Non que la patronne devinât que le « grand jour » leur était aussi agréable qu'à elle-même, mais parce que, les ayant persuadés que ce dîner était pour elle la plus terrible des corvées, elle pouvait faire appel à leur dévouement. « Vous n'allez pas me laisser seule en tête à tête avec ces Chinois-là ! Il faut au contraire que nous soyons en nombre pour supporter l'ennui. Naturellement nous ne pourrons parler de rien de ce qui nous intéresse. Ce sera un mercredi de raté, que voulez-vous ! »

« En effet, répondit Brichot, en s'adressant à moi, je crois que Mme Verdurin, qui est très intelligente et apporte une grande coquetterie à l'élaboration de ses mercredis, ne tenait guère à recevoir ces hobereaux de grande lignée mais sans esprit. Elle n'a pu se résoudre à inviter la marquise douairière, mais s'est résignée au fils et à la belle-fille ». « Ah ! nous verrons la marquise de Cambremer ? » dit Cottard avec un sourire où il crut devoir mettre de la paillardise et du marivaudage bien qu'il ignorât si Mme de Cambremer était jolie ou non. Mais le titre de marquise éveillait en lui des images prestigieuses et galantes. « Ah ! je la connais, dit Ski qui l'avait rencontrée une fois qu'il se promenait avec Mme Verdurin. — Vous ne la connaissez pas au sens biblique, dit en coulant un regard louche sous son lorgnon, le docteur, dont c'était une des plaisanteries favorites. — Elle est intelligente, me dit Ski. Naturellement, reprit-il en voyant que je ne disais rien, et appuyant en souriant sur chaque

mot, elle est intelligente et elle ne l'est pas, il lui
manque l'instruction, elle est frivole, mais elle a
l'instinct des jolies choses. Elle se taira, mais elle
ne dira jamais une bêtise. Et puis elle est d'une
jolie coloration. Ce serait un portrait qui serait
amusant à peindre », ajouta-t-il en fermant à demi
les yeux comme s'il la regardait posant devant lui.
Comme je pensais tout le contraire de ce que Ski
exprimait avec tant de nuances, je me contentai
de dire qu'elle était la sœur d'un ingénieur très dis-
tingué, M. Legrandin. « Hé bien, vous voyez, vous
serez présenté à une jolie femme, me dit Brichot,
et on ne sait jamais ce qui peut en résulter. Cléopâtre
n'était même pas une grande dame, c'était la petite
femme, la petite femme inconsciente et terrible de
notre Meilhac et voyez les conséquences non seulement pour ce jobard d'Antoine, mais pour le monde
antique. — J'ai déjà été présenté à Mme de Cambremer, répondis-je. — Ah ! mais alors vous allez
vous trouver en pays de connaissance. — Je serai
d'autant plus heureux de la voir, répondis-je, qu'elle
m'avait promis un ouvrage de l'ancien curé de Combray sur les noms de lieux de cette région-ci et je
vais pouvoir lui rappeler sa promesse. Je m'intéresse
à ce prêtre et aussi aux étymologies. — Ne vous
fiez pas trop à celles qu'il indique, me répondit
Brichot, l'ouvrage qui est à la Raspelière et que je
me suis amusé à feuilleter ne me dit rien qui vaille ;
il fourmille d'erreurs. Je vais vous en donner un
exemple. Le mot Bricq entre dans la formation
d'une quantité de noms de lieux de nos environs.
Le brave ecclésiastique a eu l'idée passablement
biscornue qu'il vient de Briga, hauteur, lieu fortifié. Il le voit déjà dans les peuplades celtiques,

Latobriges, Nemetobriges, etc., et le suit jusque
dans des noms comme Briand, Brion, etc... Pour en
revenir au pays que nous avons le plaisir de traverser en ce moment, avec vous, Bricquebose signifie-
rait le bois de la hauteur, Bricqueville l'habitation
de la hauteur, Bricquebec où nous arrêterons dans
un instant avant d'arriver à Maineville, la hauteur
près du ruisseau. Or ce n'est pas du tout cela,
pour la raison que bricq est le vieux mot norois
qui signifie tout simplement un pont. De même que
fleur, que le protégé de Mme de Cambremer se donne
une peine infinie pour rattacher tantôt aux mots
scandinaves floi, flo, tantôt au mot irlandais ae
et aer, est au contraire, à n'en point douter, le fiord
des Danois et signifie port. De même l'excellent
prêtre croit que la station de Saint-Martin-le-Vêtu,
qui avoisine la Raspelière signifie Saint-Martin-le-
Vieux (vetus). Il est certain que le mot de vieux
a joué un grand rôle dans la toponymie de cette
région. Vieux vient généralement de vadum et signifie un gué comme au lieu dit les Vieux. C'est ce que
les Anglais appelaient ford (Oxford, Hereford).
Mais dans le cas particulier, vieux vient non pas de
vetus, mais de vastatus, lieu dévasté et nu. Vous avez
près d'ici Sottevast, le vast de Setold, Brillevast,
le vast de Berold. Je suis d'autant plus certain de
l'erreur du curé, que Saint-Martin-le-Vieux s'est
appelé autrefois Saint-Martin-du-Gast et même Saint-
Martin-de-Terregate. Or le v et le g dans ces mots
sont la même lettre. On dit dévaster mais aussi
gâcher. Jâchères et gatines (du haut allemand
wastinna) ont ce même sens : Terregate c'est donc
terra vasta. Quant à Saint-Mars jadis (honni soit qui
mal y pense) Saint-Merd, c'est Saint-Medardus qui

est tantôt Saint-Médard, Saint-Mard, Saint-Marc, Cinq-Mars, et jusqu'à Dammas. Il ne faut du reste pas oublier que tout près d'ici, des lieux portant ce même nom de Mars attestent simplement une origine païenne (le dieu Mars) restée vivace en ce pays mais que le saint homme se refuse à reconnaître. Les hauteurs dédiées aux dieux sont en particulier fort nombreuses, comme la montagne de Jupiter (Jeumont). Votre curé n'en veut rien voir et en revanche partout où le christinaisme a laissé des traces, elles lui échappent. Il a poussé son voyage jusqu'à Loctudy, nom barbare, dit-il, alors que c'est *Locus sancti Tudeni*, et n'a pas davantage, dans Sammarcoles, deviné *Sanctus Martialis*. Votre curé, continua Brichot en voyant qu'il m'intéressait, fait venir les mots en, hon home, holm, du mot holl (hullus), colline, alors qu'il vient du norois holm, île, que vous connaissez bien dans Stockholm, et qui dans tout ce pays-ci est si répandu, la Houlme, Engohomme, Tahoume, Robehomme, Néhomme, Quettehon. etc. ». Ces noms me firent penser au jour où Albertine avait voulu aller à Amfreville-la-Bigot (du nom de deux de ses seigneurs successifs, me dit Brichot), et où elle m'avait ensuite proposé de dîner ensemble à Robehomme. Quant à Montmartin, nous allions y passer dans un instant. « Est-ce que Néhomme, demandais-je, n'est pas près de Carquethuit et de Clitourps ? — Parfaitement, Néhomme c'est le holm, l'île ou presqu'île du fameux vicomte Nigel dont le nom est resté aussi dans Néville. Carquethuit et Clitourps dont vous me parlez sont pour le protégé de Mme de Cambremer l'occasion d'autres erreurs. Sans doute il voit bien que carque, c'est une église, la Kirshe des Allemands,

SODOME ET GOMORRHE

Vous connaissez Querqueville, sans parler de Dunkerque. Car mieux vaudrait alors nous arrêter à ce fameux mot de Dun qui pour les Celtes signifiait une élévation. Et cela vous le retrouverez dans toute la France. Votre abbé s'hypnotisait devant Duneville repris dans l'Eure-et-Loir ; il eût trouvé Châteaudun, Dun-le-Roi dans le Cher, Duneau dans la Sarthe, Dun dans l'Ariège, Dune-les-Places dans la Nièvre, etc., etc. Ce Dun lui fait commettre une curieuse erreur en ce qui concerne Douville où nous descendrons et où nous attendent les confortables voitures de Mme Verdurin. Douville, en latin *donvilla* dit-il. En effet Douville est au pied de grandes hauteurs. Votre curé qui sait tout, sent tout de même qu'il a fait une bévue. Il a lu en effet dans un ancien Pouillé *Domvilla*. Alors il se rétracte ; Douville, selon lui, est un fief de l'Abbé, *Domino Abbati*, du mont Saint-Michel. Il s'en réjouit, ce qui est assez bizarre quand on pense à la vie scandaleuse que depuis le *Capitulaire* de Sainte-Claire sur Epte, on menait au mont Saint-Michel, et ce qui ne serait pas plus extraordinaire que de voir le roi de Danemark suzerain de toute cette côte où il faisait célébrer beaucoup plus le culte d'Odin que celui du Christ. D'autre part, la supposition que l'*n* a été changée en *m* ne me choque pas et exige moins d'altération que le très correct Lyon qui, lui aussi, vient de Dun (Lugdunum). Mais enfin l'abbé se trompe. Douville n'a jamais été Douville, mais Doville, *Eudonis Villa*, le village d'Eudes. Douville s'appelait autrefois Escalecliff, l'escalier de la pente. Vers 1233, Eudes le Bouteiller, seigneur d'Escalecliff partit pour la Terre-Sainte ; au moment de partir il fit remise de l'église à l'abbaye de Blanchelande. Échange de bons procédés, le village prit son nom, d'où actuellement Douville. Mais j'ajoute que la toponymie, où je suis d'ailleurs fort ignare, n'est pas une science exacte ; si nous n'avions ce témoignage historique, Douville pourrait fort bien venir d'Ouville, c'est-à-dire les Eaux. Les formes en *ai* (Aigues-Mortes), de *a qua*, se changent fort souvent en *eu*, en *ou*. Or il y avait tout près de Douville des eaux renommées, Carquebut. Vous pensez que le curé était trop content de trouver là quelque trace chrétienne, encore que ce pays semble avoir été assez difficile à évangéliser puisqu'il a fallu que s'y reprissent successivement saint Ursal, saint Gofroi, saint Barsanore, saint Laurent de Brévedent, lequel passa enfin la main aux moines de Beaubec. Mais pour *tuit* l'auteur se trompe, il y voit une forme de *toft*, masure, comme dans Cricquetot, Ectot, Yvetot, alors que c'est le *thveit*, essart, défrichement, comme dans Braquetuit, le Thuit, Regnetuit, etc. De même s'il reconnaît dans Clitourps le *thorp* normand qui veut dire village, il veut que la première partie du nom dérive de *clivus*, pente, alors qu'elle vient de *cliff*, rocher. Mais ses plus grosses bévues viennent moins de son ignorance que de ses préjugés. Si bon Français qu'on soit, faut-il nier l'évidence et prendre Saint-Laurent en Bray pour le prêtre romain si connu alors qu'il s'agit de Saint-Lawrence 'Toot, archevêque de Dublin. Mais plus que le sentiment patriotique, le parti-pris religieux de votre ami lui font commettre des erreurs grossières. Ainsi vous avez non loin de chez nos hôtes de la Raspelière deux Montmartin, Montmartin-sur-Mer et Montmartin-en-Graignes. Pour Graignes, le bon curé n'a pas commis d'erreur, il a bien vu que Graignes, en latin, *Grania*, en grec *crêné*, signifie étangs, marais ; combien de Cresmays, de Croen, de Gremeville, de Lengronne, ne pourrait-on pas citer ? Mais pour Montmartin votre prétendu linguiste veut absolument qu'il s'agisse de paroisses dédiées à saint Martin. Il s'autorise de ce que le saint est leur patron, mais ne se rend pas compte qu'il n'a été pris pour tel qu'après coup ; ou plutôt il est aveuglé par sa haine du paganisme ; il ne veut pas voir qu'on aurait dit Mont-Saint-Martin comme on dit le mont Saint-Michel, s'il s'était agi de Saint-Martin, tandis que le nom de Montmartin s'applique de façon beaucoup plus païenne à des temples consacrés au dieu Mars, temples dont nous ne possédons pas, il est vrai, d'autres vestiges, mais que la présence incontestée dans le voisinage de vastes camps romains rendrait des plus vraisemblables même sans le nom de Montmartin qui tranche le doute. Vous voyez que le petit livre que vous allez trouver à la Raspelière n'est pas des mieux faits ». J'objectai qu'à Combray le curé nous avait appris souvent des étymologies intéressantes. « Il était probablement mieux sur son terrain, le voyage en Normandie l'aura dépaysé. — Et ne l'aura pas guéri, ajoutai-je, car il était arrivé neurasthénique et est reparti rhumatisant. — Ah ! c'est la faute à la neurasthénie. Il est tombé de la neurasthénie dans la philologie, comme eût dit mon bon maître Pocquelin. Dites-donc, Cottard, vous semble-t-il que la neurasthénie puisse avoir une influence fâcheuse sur la philologie, la philologie une influence calmante sur la neurasthénie et la guérison de la neurasthénie conduire au rhumatisme ? — Parfaitement, le rhumatisme et la neurasthénie sont deux formes vica-

riantes du neuro-arthritisme. On peut passer de
l'une à l'autre par métastase. — L'éminent professeur, dit Brichot, s'exprime, Dieu me pardonne,
dans un français aussi mêlé de latin et de grec
qu'eût pu le faire M. Purgon lui-même, de molié-
resque mémoire ! A moi, mon oncle, je veux dire
notre Sarcey national... ». Mais il ne put achever
sa phrase. Le professeur venait de sursauter et de
pousser un hurlement : « Nom de d'là, s'écria-t-il
en passant enfin au langage articulé, nous avons
passé Maineville (hé ! hé !) et même Renneville ».
Il venait de voir que le train s'arrêtait à Saint-Mars-
le-Vieux où presque tous les voyageurs descendaient.
« Ils n'ont pas dû pourtant brûler l'arrêt. Nous
n'aurons pas fait attention en parlant des Cambremer. — Écoutez-moi, Ski, attendez, je vais vous
dire « une bonne chose », dit Cottard qui avait pris
en affection cette expression usitée dans certains
milieux médicaux. La princesse doit être dans le
train, elle ne nous aura pas vu et sera montée
dans un autre compartiment. Allons à sa recherche.
Pourvu que tout cela n'aille pas amener de gra-
buge ! » Et il nous emmena tous à la recherche de la
princesse Sherbatoff. Il la trouva dans le coin d'un
wagon vide, en train de lire la *Revue des Deux-Mondes*.
Elle avait pris depuis de longues années, par peur
des rebuffades, l'habitude de se tenir à sa place,
de rester dans son coin, dans la vie comme dans le
train, et d'attendre pour donner la main qu'on lui
eût dit bonjour. Elle continua à lire quand les
fidèles entrèrent dans son wagon. Je la reconnus
aussitôt ; cette femme qui pouvait avoir perdu sa
situation mais n'en était pas moins d'une grande
naissance, qui en tous cas était la perle d'un salon

comme celui des Verdurin, c'était la dame que dans
le même train, j'avais cru, l'avant-veille, pouvoir
être une tenancière de maison publique. Sa personnalité sociale si incertaine, me devint claire aussitôt
quand je sus son nom, comme quand après avoir
peiné sur une devinette, on apprend enfin le mot
qui rend clair tout ce qui était resté obscur et qui
pour les personnes est le nom. Apprendre le surlendemain quelle était la personne à côté de qui on a
voyagé dans le train sans parvenir à trouver son
rang social est une surprise beaucoup plus amusante
que de lire dans la livraison nouvelle d'une revue
le mot de l'énigme proposée dans la précédente
livraison. Les grands restaurants, les casinos, les
« tortillards » sont le musée des familles de ces
énigmes sociales. « Princesse, nous vous aurons
manquée à Maineville ! Vous permettez que nous
prenions place dans votre compartiment ? — Mais
comment donc », fit la princesse qui, en entendant
Cottard lui parler, leva seulement alors de sur sa
revue des yeux qui, comme ceux de M. de Charlus,
quoique plus doux, voyaient très bien les personnes
de la présence de qui elle faisait semblant de ne pas
s'apercevoir. Cottard réfléchissant à ce que le fait
d'être invité avec les Cambremer était pour moi
une recommandation suffisante prit, au bout d'un
moment, la décision de me présenter à la princesse,
laquelle s'inclina avec une grande politesse, mais eut
l'air d'entendre mon nom pour la première fois.
« Cré nom, s'écria le docteur, ma femme a oublié
de faire changer les boutons de mon gilet blanc.
Ah ! les femmes, ça ne pense à rien. Ne vous mariez
jamais, voyez-vous », me dit-il. Et comme c'était
une des plaisanteries qu'il jugeait convenables quand

on n'avait rien à dire, il regarda du coin de l'œil la princesse et les autres fidèles, qui, parce qu'il était professeur et académicien, sourirent en admirant sa bonne humeur et son absence de morgue. La princesse nous apprit que le jeune violoniste était retrouvé. Il avait gardé le lit la veille à cause d'une migraine, mais viendrait ce soir et amènerait un vieil ami de son père qu'il avait retrouvé à Doncières. Elle l'avait su par Mᵐᵉ Verdurin avec qui elle avait déjeuné le matin, nous dit-elle d'une voix rapide où le roulement des *r*, de l'accent russe, était doucement marmonné au fond de la gorge, comme si c'étaient non des *r* mais des *l*. « Ah ! vous avez déjeuné ce matin avec elle, dit Cottard à la princesse ; mais en me regardant car ces paroles avaient pour but de me montrer combien la princesse était intime avec la patronne. Vous êtes une fidèle, vous ! — Oui, j'aime ce petit celcle intelligent, agléable, pas méchant, tout simple, pas snob et où on a de l'esplit jusqu'au bout des ongles ». « Nom d'une pipe, j'ai dû perdre mon billet, je ne le retrouve pas », s'écria Cottard non sans s'inquiéter d'ailleurs outre mesure. Il savait qu'à Douville, où deux landaux allaient nous attendre, l'employé le laisserait passer sans billet et ne s'en découvrirait que plus bas afin de donner par ce salut l'explication de son indulgence, à savoir qu'il avait bien reconnu en Cottard un habitué des Verdurin. « On ne me mettra pas à la salle de police pour cela », conclut le docteur. « Vous disiez, Monsieur, demandai-je à Brichot, qu'il y avait près d'ici des eaux renommées ; comment le sait-on ? — Le nom de la station suivante l'atteste entre bien d'autres témoignages. Elle s'appelle Fervaches ». « Je ne com-

plend◦ pas ce qu'il veut dil », grommela la princesse
d'un ton dont elle m'aurait dit par gentillesse : « Il
nous embête, n'est-ce pas ? » « Mais, princesse, Fervaches veut dire eaux chaudes. *Fervidæ aquæ* ». « Mais
à propos du jeune violoniste, continua Brichot, j'ou-
bliais, Cottard, de vous parler de la grande nouvelle.
Saviez-vous que notre pauvre ami Dechambre,
l'ancien pianiste favori de Mme Verdurin vient de
mourir. C'est effrayant. — Il était encore jeune,
répondit Cottard, mais il devait faire quelque chose
du côté du foie, il devait avoir quelque saleté de ce
côté, il avait une fichue tête depuis quelque temps.
— Mais il n'était pas si jeune, dit Brichot ; du temps
où Elstir et Swann allaient chez Mme Verdurin,
Dechambre était déjà une notoriété parisienne,
et, chose admirable, sans avoir reçu à l'étranger
le baptême du succès. Ah ! il n'était pas un adepte
de l'Évangile selon saint Barnum, celui-là. — Vous
confondez, il ne pouvait aller chez Mme Verdurin,
à ce moment-là, il était encore en nourrice. — Mais,
à moins que ma vieille mémoire ne soit infidèle,
il me semblait que Dechambre jouait la sonate de
Vinteuil pour Swann quand ce cercleux, en rupture
d'aristocratie, ne se doutait guère qu'il serait un
jour le prince consort embourgeoisé de notre Odette
nationale. — C'est impossible, la sonate de Vinteuil
a été jouée chez Mme Verdurin longtemps après
que Swann n'y allait plus », dit le docteur qui,
comme les gens qui travaillent beaucoup et croient
retenir beaucoup de choses qu'ils se figurent être
utiles, en oublient beaucoup d'autres, ce qui leur
permet de s'extasier devant la mémoire de gens
qui n'ont rien à faire. « Vous faites tort à vos connaissances, vous n'êtes pourtant pas ramolli »,

dit en souriant le docteur. Brichot convint de son erreur. Le train s'arrêta. C'était la Sogne. Ce nom m'intriguait. « Comme j'aimerais savoir ce que veulent dire tous ces noms, dis-je à Cottard. — Mais demandez à M. Brichot, il le sait peut-être. — Mais la Sogne, c'est la Cicogne, Siconia », répondit Brichot que je brûlai d'interroger sur bien d'autres noms.

Oubliant qu'elle tenait à son « coin », Mme Sherbatoff m'offrit aimablement de changer de place avec moi pour que je pusse mieux causer avec Brichot à qui je voulais demander d'autres étymologies qui m'intéressaient, et elle assura qu'il lui était indifférent de voyager en avant, en arrière, debout, etc... Elle restait sur la défensive tant qu'elle ignorait les intentions des nouveaux venus, mais quand elle avait reconnu que celles-ci étaient aimables, elle cherchait de toutes manières à faire plaisir à chacun. Enfin le train s'arrêta à la station de Doville-Féterne, laquelle étant située à peu près à égale distance du village de Féterne et de celui de Doville, portait à cause de cette particularité leurs deux noms. « Saperlipopette, s'écria le docteur Cottard, quand nous fûmes devant la barrière où on prenait les billets et feignant seulement de s'en apercevoir, je ne peux pas retrouver mon ticket, j'ai dû le perdre ». Mais l'employé, ôtant sa casquette, assura que cela ne faisait rien et sourit respectueusement. La princesse (donnant des explications au cocher, comme eut fait une espèce de dame d'honneur de Mme Verdurin, laquelle, à cause des Cambremer, n'avait pu venir à la gare, ce qu'elle faisait du reste rarement) me prit, ainsi que Brichot, avec elle dans une des voitures. Dans l'autre montèrent le docteur, Saniette et Ski.

SODOME ET GOMORRHE

Le cocher, bien que tout jeune, était le premier cocher des Verdurin, le seul qui fut vraiment cocher en titre ; il leur faisait faire, dans le jour, toutes leurs promenades car il connaissait tous les chemins et le soir allait chercher et reconduire ensuite les fidèles. Il était accompagné d'extras (qu'il choisissait en cas de nécessité). C'était un excellent garçon, sobre et adroit, mais avec une de ces figures mélancoliques où le regard trop fixe, signifie qu'on se fait pour un rien de la bile, même des idées noires. Mais il était en ce moment fort heureux car il avait réussi à placer son frère, autre excellente pâte d'homme, chez les Verdurin. Nous traversâmes d'abord Doville. Des mamelons herbus y descendaient jusqu'à la mer en amples pâtés auxquels la saturation de l'humidité et du sel, donnent une épaisseur, un moelleux, une vivacité de tons extrêmes. Les îlots et les découpures de Rivebelle, beaucoup plus rapprochés ici qu'à Balbec, donnaient à cette partie de la mer l'aspect nouveau pour moi d'un plan en relief. Nous passâmes devant de petits chalets loués presque tous par des peintres ; nous prîmes un sentier où des vaches en liberté, aussi effrayées que nos chevaux, nous barrèrent dix minutes le passage, et nous nous engageâmes dans la route de la corniche. « Mais par les dieux immortels, demanda tout à coup Brichot, revenons à ce pauvre Déchambre ; croyez-vous que Mme Verdurin *sache* ? Lui a-t-on *dit* ? » Mme Verdurin, comme presque tous les gens du monde, justement parce qu'elle avait besoin de la société des autres, ne pensait plus un seul jour à eux, après qu'étant morts ils ne pouvaient plus venir aux mercredis, ni aux samedis, ni dîner en robe de chambre. Et on ne

pouvait pas dire du petit clan, image en cela de
tous les salons, qu'il se composait de plus de morts
que de vivants, vu que dès qu'on était mort c'était
comme si on n'avait jamais existé. Mais pour éviter
l'ennui d'avoir à parler des défunts, voire de sus-
pendre les dîners, chose impossible à la patronne,
à cause d'un deuil, M. Verdurin feignait que la
mort des fidèles affectât tellement sa femme que
dans l'intérêt de sa santé, il ne fallait pas en parler.
D'ailleurs, et peut-être justement parce que la mort
des autres lui semblait un accident si définitif et si
vulgaire, la pensée de la sienne propre lui faisait
horreur et il fuyait toute réflexion pouvant s'y
rapporter. Quant à Brichot, comme il était très
brave homme et parfaitement dupe de ce que
M. Verdurin disait de sa femme, il redoutait pour
son amie les émotions d'un pareil chagrin. « Oui,
elle *sait tout* depuis ce matin, dit la princesse, on
n'a *pas pu lui cacher*. — Ah ! mille tonnerres de
Zeus, s'écria Brichot, ah ! ça a dû être un coup
terrible, un ami de vingt-cinq ans. En voilà un
qui était des nôtres. — Évidemment, évidemment,
que voulez-vous, dit Cottard. Ce sont des circonstances toujours pénibles ; mais Madame Verdurin
est une femme forte, c'est une cérébrale encore plus
qu'une émotive — Je ne suis pas tout à fait de
l'avis du docteur, dit la princesse, à qui décidément
son parler rapide, son accent murmuré, donnait
l'air à la fois boudeur et mutin. Mme Verdurin,
sous une apparence froide, cache des trésors de
sensibilité. M. Verdurin m'a dit qu'il avait eu beaucoup de peine à l'empêcher d'aller à Paris pour la
cérémonie ; il a été obligé de lui faire croire que tout
se ferait à la campagne. — Ah ! diable, elle voulait

146

aller à Paris. Mais je sais bien que c'est une femme de cœur, peut-être de trop de cœur même. Pauvre Dechambre ! Comme le disait Madame Verdurin il n'y a pas deux mois : « A côté de lui Planté, Paderewski, Risler même, rien ne tient ». Ah ! il a pu dire plus justement que ce m'as-tu vu de Néron qui a trouvé le moyen de rouler la science allemande elle-même : « *Qualis artifex pereo !* Mais lui du moins, Dechambre, a dû mourir dans l'accomplissement du sacerdoce, en odeur de dévotion beethovenienne ; et bravement, je n'en doute pas ; en bonne justice, cet officiant de la musique allemande aurait mérité de trépasser en célébrant la messe en *Ré*. Mais il était au demeurant homme à accueillir la camarde avec un trille, car cet exécutant de génie retrouvait parfois dans son ascendance de Champenois parisianisé, des crâneries et des élégances de garde-française ».

De la hauteur où nous étions déjà, la mer n'apparaissait plus ainsi que de Balbec, pareille aux ondulations de montagnes soulevées, mais au contraire, comme apparaît d'un pic, ou d'une route qui contourne la montagne, un glacier bleuâtre, ou une plaine éblouissante, situés à une moindre altitude. Le déchiquetage des remous y semblait immobilisé et avoir dessiné pour toujours leurs cercles concentriques ; l'émail même de la mer qui changeait insensiblement de couleur, prenait vers le fond de la baie, où se creusait un estuaire, la blancheur bleue d'un lait où de petits bacs noirs qui n'avançaient pas semblaient empêtrés comme des mouches. Il ne me semblait pas qu'on pût découvrir de nulle part un tableau plus vaste. Mais à chaque tournant une partie nouvelle s'y ajoutait et quand nous arri-

147

vâmes à l'octroi de Doville, l'éperon de falaise qui nous avait caché jusque-là une moitié de la baie, rentra, et je vis tout à coup à ma gauche un golfe aussi profond que celui que j'avais eu jusque-là devant moi, mais dont il changeait les proportions et doublait la beauté. L'air à ce point si élevé devenait d'une vivacité et d'une pureté qui m'enivraient. J'aimais les Verdurin ; qu'ils nous eussent envoyé une voiture me semblait d'une bonté attendrissante. J'aurais voulu embrasser la princesse. Je lui dis que je n'avais jamais rien vu d'aussi beau. Elle fit profession d'aimer aussi ce pays plus que tout autre. Mais je sentais bien que pour elle comme pour les Verdurin la grande affaire était non de le contempler en touristes, mais d'y faire de bons repas, d'y recevoir une société qui leur plaisait, d'y écrire des lettres, d'y lire, bref d'y vivre, laissant passivement sa beauté les baigner plutôt qu'ils n'en faisaient l'objet de leur préoccupation.

De l'octroi, la voiture s'étant arrêtée pour un instant à une telle hauteur au-dessus de la mer que comme d'un sommet la vue du gouffre bleuâtre donnait presque le vertige ; j'ouvris le carreau ; le bruit distinctement perçu de chaque flot qui se brisait avait dans sa douceur et dans sa netteté quelque chose de sublime. N'était-il pas comme un indice de mensuration qui, renversant nos impressions habituelles, nous montre que les distances verticales peuvent être assimilées aux distances horizontales, au contraire de la représentation que notre esprit s'en fait d'habitude ; et que, rapprochant ainsi de nous le ciel, elles ne sont pas grandes ; qu'elles sont même moins grandes pour un bruit qui les franchit comme faisait celui de ces petits

flots car le milieu qu'il a à traverser est plus pur.
Et en effet si on reculait seulement de deux
mètres en arrière de l'octroi, on ne distinguait plus
ce bruit de vagues auquel deux cents mètres de
falaise n'avaient pas enlevé sa délicate, minutieuse
et douce précision. Je me disai que ma grand'mère
aurait eu pour lui cette admiration que lui inspiraient
toutes les manifestations de la nature ou de l'art,
dans la simplicité desquelles on lit la grandeur.
Mon exaltation était à son comble et soulevait
tout ce qui m'entourait. J'étais attendri que les
Verdurin nous eussent envoyé chercher à la gare.
Je le dis à la princesse qui parut trouver que j'exa-
gérais beaucoup une si simple politesse. Je sais
qu'elle avoua plus tard à Cottard qu'elle me trouvait bien enthousiaste ; il lui répondit que j'étais
trop émotif et que j'aurais eu besoin de calmants
et de faire du tricot. Je faisais remarquer à la princesse chaque arbre, chaque petite maison croulant
sous ses roses, je lui faisais tout admirer, j'aurais
voulu la serrer elle-même contre mon cœur. Elle me
dit qu'elle voyait que j'étais doué pour la peinture,
que je devrais dessiner, qu'elle était surprise qu'on
ne me l'eût pas encore dit. Et elle confessa qu'en
effet ce pays était pittoresque. Nous traversâmes,
perché sur la hauteur, le petit village d'Englesque-
ville. (Engleberti Villa), nous dit Brichot. « Mais
êtes-vous bien sûr que le dîner de ce soir a lieu
malgré la mort de Dechambre, princesse ? ajouta-t-il
sans réfléchir que la venue à la gare des voitures
dans lesquelles nous étions était déjà une réponse.
— Oui, dit la princesse, M. Veldulin a tenu à ce
qu'il ne soit pas remis justement pour empêcher
sa femme de « penser ». Et puis après tant d'années

qu'elle n'a jamais manqué de recevoir un mercredi, ce changement dans ses habitudes aurait pu l'impressionner. Elle est très nerveuse ces temps-ci. M. Verdurin était particulièrement heureux que vous veniez dîner ce soir parce qu'il savait que ce serait une grande distraction pour Madame Verdurin », dit la princesse oubliant sa feinte de ne pas avoir entendu parler de moi. « Je crois que vous ferez bien de ne parler de *rien devant* Madame Verdurin, ajouta la princesse. — Ah ! vous faites bien de me le dire, répondit naïvement Brichot. Je transmettrai la recommandation à Cottard. » La voiture s'arrêta un instant. Elle repartit, mais le bruit que faisaient les roues dans le village avait cessé. Nous étions entrés dans l'allée d'honneur de la Raspelière où M. Verdurin nous attendait au perron. « J'ai bien fait de mettre un smoking, dit-il, en constatant avec plaisir que les fidèles avaient le leur, puisque j'ai des hommes si chic ». Et comme je m'excusais de mon veston : « Mais voyons, c'est parfait. Ici ce sont des dîners de camarades. Je vous offrirais bien de vous prêter un de mes smokings mais il ne vous irait pas ». Le *shake hand* plein d'émotion que, en pénétrant dans le vestibule de la Raspelière, et en manière de condoléances pour la mort du pianiste, Brichot donna au patron, ne provoqua de la part de celui-ci aucun commentaire. Je lui dis mon admiration pour ce pays. « Ah ! tant mieux, et vous n'avez rien vu, nous vous le montrerons. Pourquoi ne viendriez-vous pas habiter quelques semaines ici, l'air est excellent », Brichot craignait que sa poignée de mains n'eût pas été comprise. « Hé bien ! ce pauvre Dechambre ! dit-il, mais à mi-voix, dans la crainte que Mme Verdurin ne fut pas loin. — C'est affreux, répondit allègrement M. Verdurin. — Si jeune », reprit Brichot. Agacé de s'attarder à ces inutilités, M. Verdurin répliqua d'un ton pressé et avec un gémissement suraigu, non de chagrin, mais d'impatience irritée : « Hé bien oui, mais qu'est-ce que vous voulez, nous n'y pouvons rien, ce ne sont pas nos paroles qui le ressusciterons n'est-ce pas ? » Et la douceur lui revenant avec la jovialité : « Allons, mon brave Brichot, posez vite vos affaires. Nous avons une bouillabaisse qui n'attend pas. Surtout, au nom du ciel, n'allez pas parler de Dechambre à Madame Verdurin ! Vous savez qu'elle cache beaucoup ce qu'elle ressent, mais elle a une véritable maladie de la sensibilité. Non, mais je vous jure, quand elle a appris que Dechambre était mort, elle a presque pleuré », dit M. Verdurin d'un ton profondément ironique. A l'entendre on aurait dit qu'il fallait une espèce de démence pour regretter un ami de trente ans, et d'autre part on devinait que l'union perpétuelle de M. Verdurin avec sa femme n'allait pas, de la part de celui-ci, sans qu'il la jugeât toujours et qu'elle l'agaçât souvent. « Si vous lui en parlez elle va encore se rendre malade. C'est déplorable, trois semaines après sa bronchite. Dans ces cas-là c'est moi qui suis le garde-malade. Vous comprenez que je sors d'en prendre. Affligez-vous sur le sort de Dechambre dans votre cœur tant que vous voudrez. Pensez-y, mais n'en parlez pas. J'aimais bien Dechambre, mais vous ne pouvez pas m'en vouloir d'aimer encore plus ma femme. Tenez, voilà Cottard, vous allez pouvoir lui demander ». Et en effet il savait qu'un médecin de la famille sait rendre bien des petits services comme de prescrire par exemple qu'il ne faut pas avoir de chagrin.

Cottard docile avait dit à la Patronne : « Bouleversez-vous comme ça et vous *me* ferez demain 89 de fièvre », comme il aurait dit à la cuisinière : « Vous me ferez demain du riz de veau ». La médecine, faute de guérir, s'occupe à changer le sens des verbes et des pronoms.

M. Verdurin fut heureux de constater que Saniette, malgré les rebuffades que celui-ci avait essuyées l'avant-veille, n'avait pas déserté le petit noyau. En effet Mme Verdurin et son mari avaient contracté dans l'oisiveté des instincts cruels à qui les grandes circonstances, trop rares, ne suffisaient plus. On avait bien pu brouiller Odette avec Swann, Brichot avec sa maîtresse. On recommencerait avec d'autres, c'était entendu. Mais l'occasion ne s'en présentait pas tous les jours. Tandis que grâce à sa sensibilité frémissante à sa timidité craintive et vite affolée, Saniette leur offrait un souffre-douleurs quotidien. Aussi, de peur qu'il lâchât, avait-on soin de l'inviter avec des paroles aimables et persuasives comme en ont au lycée les vétérans, au régiment les anciens pour un bleu qu'on veut amadouer afin de pouvoir s'en saisir, à seules fins alors de le chatouiller et de lui faire des brimades quand il ne pourra plus s'échapper. « Surtout, rappela Brichot à Cottard qui n'avait pas entendu M. Verdurin, *motus* devant Madame Verdurin. — Soyez sans crainte, ô Cottard, vous avez affaire à un sage, comme dit Théocrite. D'ailleurs M. Verdurin a raison, à quoi servent nos plaintes, ajouta-t-il, car capable d'assimiler des formes verbales et les idées qu'elles amenaient en lui, mais n'ayant pas de finesse, il avait admiré dans les pa-

roles de M. Verdurin le plus courageux stoïcisme.
N'importe, c'est un grand talent qui disparaît.
— Comment, vous parlez encore de Dechambre,
dit M. Verdurin qui nous avait précédés et qui,
voyant que nous ne le suivions pas, était revenu
en arrière. Écoutez, dit-il à Brichot, il ne faut
d'exagération en rien. Ce n'est pas une raison parce
qu'il est mort pour en faire un génie qu'il n'était
pas. Il jouait bien, c'est entendu, il était surtout
bien encadré ici ; transplanté, il n'existait plus.
Ma femme s'en était engouée et avait fait sa réputation. Vous savez comme elle est. Je dirai plus,
dans l'intérêt même de sa réputation il est mort
au bon moment, à point, comme les demoiselles de
Caen, grillées selon les recettes incomparables de
Pampilles vont l'être j'espère (à moins que vous
ne vous éternisiez par vos jérémiades dans cette
kasbah ouverte à tous les vents). Vous ne voulez
tout de même pas nous faire crever tous parce que
Dechambre est mort et quand depuis un an il était
obligé de faire des gammes avant de donner un
concert, pour retrouver momentanément, bien momentanément sa souplesse. Du reste vous allez
entendre ce soir, ou du moins rencontrer, car ce
mâtin-là délaisse trop souvent après dîner l'art
pour les cartes, quelqu'un qui est un autre artiste
que Dechambre, un petit que ma femme a découvert
(comme elle avait découvert Dechambre, et Paderewski et le reste) : Morel. Il n'est pas encore arrivé,
ce bougre-là. Je vais être obligé d'envoyer une voiture au dernier train. Il vient avec un vieil ami de
sa famille qu'il a retrouvé et qui l'embête à crever
mais sans qui il aurait été obligé, pour ne pas avoir
de plaintes de son père, de rester sans cela à Don-

cières à lui tenir compagnie : le baron de Charlus. »
Les fidèles entrèrent. M. Verdurin, resté en arrière
avec moi pendant que j'ôtais mes affaires, me prit
le bras en plaisantant, comme fait à un dîner un
maître de maison qui n'a pas d'invitée à vous
donner à conduire. « Vous avez fait bon voyage ?
— Oui, M. Brichot m'a appris des choses qui m'ont
beaucoup intéressé », dis-je en pensant aux étymologies et parce que j'avais entendu dire que les
Verdurin admiraient beaucoup Brichot. « Cela m'aurait étonné qu'il ne vous eût rien appris, me dit
M. Verdurin, c'est un homme si effacé, qui parle
si peu des choses qu'il sait. » Ce compliment ne me
parut pas très juste. « Il a l'air charmant, dis-je.
— Exquis, délicieux, pas pion pour un sou, fantaisiste, léger, ma femme l'adore, moi aussi ! » répondit
M. Verdurin sur un ton d'exagération et de réciter
une leçon. Alors seulement je compris que ce qu'il
m'avait dit de Brichot était ironique. Et je me demandai si M. Verdurin, depuis le temps lointain
dont j'avais entendu parler, n'avait pas secoué la
tutelle de sa femme.

Le sculpteur fut très étonné d'apprendre que les
Verdurin consentaient à recevoir M. de Charlus.
Alors que dans le faubourg Saint-Germain où M. de
Charlus était si connu, on ne parlait jamais de ses
mœurs (ignorées du plus grand nombre, objet de
doute pour d'autres qui croyaient plutôt à des
amitiés exaltées, mais platoniques, à des impru-
dences, et enfin étaient soigneusement dissimulées
par les seuls renseignés qui haussaient les épaules
quand quelques malveillante Gallardon risquait une
insinuation), ces mœurs, connues à peine de quelques
intimes, étaient au contraire journellement décriées

loin du milieu où il vivait, comme certains coups de canon qu'on n'entend qu'après l'interférence d'une zone silencieuse. D'ailleurs dans ces milieux bourgeois et artistes où il passait pour l'incarnation même de l'inversion, sa grande situation mondaine, sa haute origine, étaient entièrement ignorées par un phénomène analogue à celui qui, dans le peuple roumain, fait que le nom de Ronsard est connu comme celui d'un grand seigneur, tandis que son œuvre poétique y est inconnue. Bien plus, la noblesse de Ronsard repose, en Roumanie sur une erreur. De même si dans le monde des peintres, des comédiens, M. de Charlus avait si mauvaise réputation, cela tenait à ce qu'on le confondait avec un comte Leblois de Charlus qui n'avait même pas la moindre parenté avec lui, ou extrêmement lointaine, et qui avait été arrêté, peut-être par erreur, dans une descente de police restée fameuse. En somme, toutes les histoires qu'on racontait sur M. de Charlus s'appliquaient au faux. Beaucoup de professionnels juraient avoir eu des relations avec M. de Charlus et étaient de bonne foi, croyant que le faux Charlus était le vrai, et le faux peut-être favorisant, moitié pas ostentation de noblesse, moitié par dissimulation de vice, une confusion qui, pour le vrai (le baron que nous connaissons), fut longtemps préjudiciable et ensuite quand il eut glissé sur sa pente, devint commode, car à lui aussi elles permirent de dire : « Ce n'est pas moi ». Actuellement en effet ce n'était pas de lui qu'on parlait. Enfin, ce qui ajoutait à la fausseté des commentaires d'un fait vrai (les goûts du baron), il avait été l'ami intime et parfaitement pur d'un auteur qui, dans le monde des théâtres, avait on ne sait pourquoi cette réputation et ne la méritait nullement. Quand on les apercevait à une première ensemble, on disait : « Vous savez », de même qu'on croyait que la duchesse de Guermantes avait des relations immorales avec la princesse de Parme ; légende indestructible, car elle ne se serait évanouie qu'à une proximité de ces deux grandes dames où les gens qui la répétaient, n'atteindraient vraisemblablement jamais qu'en les lorgnant au théâtre et en les calomniant auprès du titulaire du fauteuil voisin. Des mœurs de M. de Charlus, le sculpteur concluait avec d'autant moins d'hésitation que la situation mondaine du baron devait être aussi mauvaise, qu'il ne possédait sur la famille à laquelle appartenait M. de Charlus, sur son titre, sur son nom, aucune espèce de renseignement. De même que Cottard croyait que tout le monde sait que le titre de docteur en médecine n'est rien, celui d'interne des hôpitaux quelque chose, les gens du monde se trompent en se figurant que tout le monde possède sur l'importance sociale de leur nom les mêmes notions qu'eux-mêmes et les personnes de leur milieu.

Le prince d'Agrigente passait pour un « rasta » aux yeux d'un chasseur de cercle à qui il devait vingt-cinq louis, et ne reprenait son importance que dans le faubourg Saint-Germain où il avait trois sœurs duchesses, car ce ne sont pas sur les gens modestes aux yeux de qui il compte peu, mais sur les gens brillants, au courant de ce qu'il est, que fait quelque effet le grand seigneur. M. de Charlus allait du reste pouvoir se rendre compte dès le soir même que le patron avait sur les plus illustres familles ducales des notions peu approfondies. Persuadé

que les Verdurin allaient faire un pas de clerc en
laissant s'introduire dans leur salon si « select »
un individu taré, le sculpteur crut devoir prendre
à part la patronne. « Vous faites entièrement erreur,
d'ailleurs je ne crois jamais ces choses-là, et puis
quand ce serait vrai, je vous dirai que ce ne serait
pas très compromettant pour moi ! » lui répondit
Mme Verdurin, furieuse, car Morel étant le principal
élément des mercredis, elle tenait avant tout à ne
pas le mécontenter. Quant à Cottard il ne put
donner d'avis car il avait demandé à monter un
instant « faire une petite commission » dans le « buen
retiro » et à écrire ensuite dans la chambre de M. Verdurin une lettre très pressée pour un malade.

Un grand éditeur de Paris venu en visite et qui
avait pensé qu'on le retiendrait, s'en alla brutale-
ment, avec rapidité, comprenant qu'il n'était pas
assez élégant pour le petit clan. C'était un homme
grand et fort, très brun, studieux avec quelque
chose de tranchant. Il avait l'air d'un couteau à
papier en ébène.

Mme Verdurin qui, pour nous recevoir dans son
immense salon, où des trophées de graminées,
de coquelicots, de fleurs des champs, cueillis le jour
même alternaient avec le même motif peint en ca-
maïeu, deux siècles auparavant, par un artiste
d'un goût exquis, s'était levée un instant d'une partie
qu'elle faisait avec un vieil ami, nous demanda la
permission de la finir en deux minutes, et tout en
causant avec nous. D'ailleurs ce que je lui dis de
mes impressions ne lui fut qu'à-demi agréable.
D'abord j'étais scandalisé de voir qu'elle et son mari
rentraient tous les jours longtemps avant l'heure
de ces couchers de soleil qui passaient pour si beaux

vus de cette falaise, plus encore de la terrasse de la Raspelière, et pour lesquels j'aurais fait des lieues. « Oui, c'est incomparable, dit légèrement Mme Verdurin en jetant un coup d'œil sur les immenses croisées qui faisaient porte vitrée. Nous avons beau voir cela tout le temps, nous ne nous en lassons pas », et elle ramena ses regards vers ses cartes. Or, mon enthousiasme même me rendait exigeant. Je me plaignais de ne pas voir du salon les rochers de Darnetal qu'Elstir m'avait dit adorables à ce moment où ils réfractaient tant de couleurs. « Ah ! vous ne pouvez pas les voir d'ici, il faudrait aller au bout du parc, à la « Vue de la baie ». Du banc qui est là-bas vous embrassez tout le panorama. Mais vous ne pouvez pas y aller tout seul, vous vous perdriez. Je vais vous y conduire, si vous voulez, ajouta-t-elle mollement. — Mais non, voyons, tu n'as pas assez des douleurs que tu as pris l'autre jour, tu veux en prendre de nouvelles. Il reviendra, il verra la vue de la baie une autre fois. » Je n'insistai pas, et je compris qu'il suffisait aux Verdurin de savoir que ce soleil couchant était jusque dans leur salon ou dans leur salle à manger, comme une magnifique peinture, comme un précieux émail japonais, justifiant le prix élevé auquel ils louaient la Raspelière toute meublée, mais vers lequel ils levaient rarement les yeux ; leur grande affaire ici était de vivre agréablement, de se promener, de bien manger, de causer, de recevoir d'agréables amis à qui ils faisaient faire d'amusantes parties de billard, de bons repas, de joyeux goûters. Je vis cependant plus tard avec quelle intelligence ils avaient appris à connaître ce pays, faisant faire à leurs hôtes des promenades aussi « inédites » que la musique qu'ils leur faisaient écouter. Le rôle que les fleurs de la Raspelière, les chemins le long de la mer, les vieilles maisons, les églises inconnues, jouaient dans la vie de M. Verdurin était si grand que ceux qui ne le voyaient qu'à Paris et qui, eux, remplaçaient la vie au bord de la mer et à la campagne par des luxes citadins pouvaient à peine comprendre l'idée que lui-même se faisait de sa propre vie, et l'importance que ses joies lui donnaient à ses propres yeux. Cette importance était encore accrue du fait que les Verdurin étaient persuadés que la Raspelière, qu'ils comptaient acheter, était une propriété unique au monde. Cette supériorité que leur amour-propre leur faisait attribuer à la Raspelière justifia à leurs yeux mon enthousiasme qui, sans cela, les eût agacés un peu, à cause des déceptions qu'il comportait (comme celles que l'audition de la Berma m'avait jadis causées) et dont je leur faisais l'aveu sincère.

« J'entends la voiture qui revient », murmura tout à coup la patronne. Disons en un mot que Mᵐᵉ Verdurin, en dehors même des changements inévitables de l'âge, ne ressemblait plus à ce qu'elle était au temps où Swann et Odette écoutaient chez elle la petite phrase. Même quand on la jouait, elle n'était plus obligée à l'air exténué d'admiration qu'elle prenait autrefois, car celui-ci était devenu sa figure. Sous l'action des innombrables névralgies que la musique de Bach, de Wagner, de Vinteuil, de Debussy lui avait occasionnées, le front de Mᵐᵉ Verdurin avait pris des proportions énormes, comme les membres qu'un rhumatisme finit par déformer. Ses tempes, pareilles à deux belles sphères brûlantes, endolories et laiteuses, où roule immortellement l'Harmonie, rejetaient de chaque côté des

mèches argentées, et proclamaient, pour le compte
de la patronne, sans que celle-ci eût besoin de parler : « Je sais ce qui m'attend ce soir ». Ses traits ne
prenaient plus la peine de formuler successivement
des impressions esthétiques trop fortes, car ils
étaient eux-mêmes comme leur expression perma-
nente dans un visage ravagé et superbe. Cette attitude de résignation aux souffrances toujours pro-
chaines infligées par le Beau, et du courage qu'il y
avait eu à mettre une robe quand on relevait à peine
de la dernière sonate, faisait que Mme Verdurin,
même pour écouter la plus cruelle musique, gardait
un visage dédaigneusement impassible et se cachait
même pour avaler les deux cuillerées d'aspirine.

« Ah ! oui, les voici », s'écria M. Verdurin avec
soulagement en voyant la porte s'ouvrir sur Morel
suivi de M. de Charlus. Celui-ci pour qui dîner
chez les Verdurin n'était nullement aller dans le
monde, mais dans un mauvais lieu, était intimidé
comme un collégien qui entre pour la première fois
dans une maison publique et a mille respects pour
la patronne. Aussi le désir habituel qu'avait M. de
Charlus de paraître viril et froid fut-il dominé
(quand il apparut dans la porte ouverte) par ces
idées de politesse traditionnelles qui se réveillent
dès que la timidité détruit une attitude factice
et fait appel aux ressources de l'inconscient. Quand
c'est dans un Charlus, qu'il soit d'ailleurs noble
ou bourgeois, qu'agit un tel sentiment de politesse
instinctive et atavique envers des inconnus, c'est
toujours l'âme d'une parente du sexe féminin auxi-
liatrice comme une déesse ou incarnée comme un
double qui se charge de les introduire dans un salon
nouveau et de modeler son attitude jusqu'à ce qu'il

soit arrivé devant la maîtresse de maison. Tel jeune peintre, élevé par une sainte cousine protestante, entrera la tête oblique et chevrotante, les yeux au ciel, les mains cramponnées à un manchon invisible dont la forme évoquée et la présence réelle et tutélaire aideront l'artiste intimidé à franchir sans agoraphobie l'espace creusé d'abîmes qui va de l'antichambre au petit salon. Ainsi la pieuse parente dont le souvenir le guide aujourd'hui, entrait il y a bien des années et d'un air si gémissant qu'on se demandait quel malheur elle venait annoncer, quand à ses premières paroles on comprenait, comme maintenant pour le peintre, qu'elle venait faire une visite de digestion. En vertu de cette même loi, qui veut que la vie dans l'intérêt de l'acte encore inaccompli, fasse servir, utilise, dénature, dans une perpétuelle prostitution les legs les plus respectables, parfois les plus saints, quelquefois seulement les plus innocents du passé, et bien qu'elle engendrât alors un aspect différent, celui des neveux de Mme Cottard qui affligeait sa famille par ses manières efféminées et ses fréquentations, faisait toujours une entrée joyeuse comme s'il venait vous faire une surprise ou vous annoncer un héritage, illuminé d'un bonheur dont il eut été vain de lui demander la cause qui tenait à son hérédité inconsciente et à son sexe déplacé. Il marchait sur les pointes, était sans doute lui-même étonné de ne pas tenir à la main un carnet de cartes de visites, tendait la main en ouvrant la bouche en cœur comme il avait vu sa tante le faire et son seul regard inquiet était pour la glace où il semblait vouloir vérifier, bien qu'il fut nu-tête, si son chapeau, comme avait un jour demandé Mme Cottard à Swann, n'était pas de

travers. Quant à M. de Charlus, à qui la société
où il avait vécu fournissait, à cette minute critique,
des exemples différents, d'autres arabesques d'amabilité, et enfin la maxime qu'on doit savoir dans
certains cas pour de simples petits bourgeois,
mettre au jour et faire servir ses grâces les plus rares
et habituellement gardées en réserve, c'est en se
trémoussant, avec mièvrerie et la même ampleur
dont un enjuponnement eût élargi et gêné ses dandi-
nements, qu'il se dirigea vers Mme Verdurin avec
un air si flatté et si honoré qu'on eût dit qu'être
présenté chez elle était pour lui une suprême faveur.
Son visage à demi-incliné, où la satisfaction le dis-
putait au comme il faut, se plissait de petites rides
d'affabilité. On aurait cru voir s'avancer Mme de
Marsantes, tant ressortait à ce moment la femme
qu'une erreur de la nature avait mise dans le corps
de M. de Charlus. Certes cette erreur, le baron avait
durement peiné pour la dissimuler et prendre une
apparence masculine. Mais à peine y était-il parvenu que, ayant pendant le même temps gardé les
mêmes goûts, cette habitude de sentir en femme lui
donnait une nouvelle apparence féminine née celle-là
non de l'hérédité, mais de la vie individuelle. Et
comme il arrivait peu à peu à penser, même les choses
sociales, au féminin, et cela sans s'en apercevoir,
car ce n'est pas qu'à force de mentir aux autres, mais
aussi de se mentir à soi-même qu'on cesse de s'apercevoir qu'on ment, bien qu'il eût demandé à son
corps de rendre manifeste (au moment où il
entrait chez les Verdurin) toute la courtoisie d'un
grand seigneur, ce corps qui avait bien compris
ce que M. de Charlus avait cessé d'entendre, déploya,
au point que le baron eût mérité l'épithète de lady-

like, toutes les séductions d'une grande dame.
Au reste peut-on séparer entièrement l'aspect de
M. de Charlus du fait que les fils, n'ayant pas toujours
la ressemblance paternelle, même sans être invertis
et en recherchant des femmes, ils consomment dans
leur visage la Profanation de leur mère. Mais lais-
sons ici ce qui mériterait un chapitre à part : les
mères profanées.

Bien que d'autres raisons présidassent à cette
transformation de M. de Charlus et que des fer-
ments purement physiques fissent « travailler chez
lui » la matière, et passer peu à peu son corps
dans la catégorie des corps de femme, pourtant le
changement que nous marquons ici était d'origine
spirituelle. A force de se croire malade, on le devient,
on maigrit, on n'a plus la force de se lever, on a des
entérites nerveuses. A force de penser tendrement
aux hommes on devient femme, et une robe postiche
entrave vos pas. L'idée fixe peut modifier (aussi bien
que dans d'autres cas la santé) dans ceux-là le sexe.
Morel, qui le suivait, vint me dire bonjour. Dès ce
moment-là, à cause d'un double changement qui
se produisit en lui, il me donna — (hélas ! je ne sus
pas assez tôt en tenir compte) une mauvaise impression. Voici pourquoi. J'ai dit que Morel, échappé
de la servitude de son père, se complaisait en
général à une familiarité fort dédaigneuse. Il m'avait
parlé le jour où il m'avait apporté les photogra-
phies sans même me dire une seule fois Monsieur,
me traitant de haut en bas. Quelle fut ma surprise
chez Mme Verdurin de le voir s'incliner très bas
devant moi, et devant moi seul, et d'entendre,
avant même qu'il eût prononcé d'autre parole, les
mots de respect, de très respectueux — ces mots

que je croyais impossibles à amener sous sa plume
ou sur ses lèvres — à moi adressés. J'eus aussitôt
l'impression qu'il avait quelque chose à me demander. Me prenant à part au bout d'une minute :
« Monsieur me rendrait bien grand service, me
dit-il, allant cette fois jusqu'à me parler à la troisième personne, en cachant entièrement à Madame
Verdurin et à ses invités, le genre de profession
que mon père a exercé chez son oncle. Il vaudrait
mieux dire qu'il était dans votre famille, l'intendant de domaines si vastes, que cela le faisait
presque l'égal de vos parents ». La demande de
Morel me contrariait infiniment non pas en ce
qu'elle me forçait à grandir la situation de son père,
ce qui m'était tout à fait égal, mais la fortune au
moins apparente du mien, ce que je trouvais ridicule. Mais son air était si malheureux, si urgent,
que je ne refusai pas. « Non, avant dîner, dit-il
d'un ton suppliant, Monsieur a mille prétextes
pour prendre à part Madame Verdurin ». C'est ce
que je fis en effet en tâchant de rehausser de mon
mieux l'éclat du père de Morel, sans trop exagérer
le « train » ni les « biens au soleil » de mes parents.
Cela passa comme une lettre à la poste, malgré
l'étonnement de Mme Verdurin qui avait connu
vaguement mon grand-père. Et comme elle n'avait
pas de tact, haïssait les familles (ce dissolvant du
petit noyau), après m'avoir dit qu'elle avait autrefois aperçu mon arrière-grand-père et en avoir
parlé comme de quelqu'un d'à peu près idiot qui
n'eut rien compris au petit groupe et qui selon
son expression « n'en était pas », elle me dit : « C'est
du reste si ennuyeux les familles, on n'aspire qu'à
en sortir » ; et aussitôt elle me raconta sur le père

de mon grand-père ce trait que j'ignorais, bien qu'à la maison j'eusse soupçonné (je ne l'avais pas connu, mais on parlait beaucoup de lui) sa rare avarice (opposée à la générosité un peu trop fastueuse de mon grand-oncle, l'ami de la dame en rose et le patron du père de Morel), elle me raconta ce trait : « Du moment que vos grands-parents avaient un intendant si chic, cela prouve qu'il y a des gens de toutes les couleurs dans les familles. Le père de votre grand-père était si avare que, presque gâteux à la fin de sa vie — entre nous il n'a jamais été bien fort, vous les rachetez tous — il ne se résignait pas à dépenser trois sous pour son omnibus. De sorte qu'on avait été obligé de le faire suivre, de payer séparément le conducteur, et de faire croire au vieux grigou que son ami, M. de Persigny, ministre d'État, avait obtenu qu'il circulât pour rien dans les omnibus. Du reste je suis très content que le père de *notre* Morel ait été si bien. J'avais compris qu'il était professeur de lycée, ça ne fait rien, j'avais mal compris. Mais c'est de peu d'importance car je vous dirai qu'ici nous n'apprécions que la valeur propre, la contribution personnelle, ce que j'appelle la participation. Pourvu qu'on soit d'art, pourvu en un mot qu'on soit de la confrérie, le reste importe peu ». La façon dont Morel en était — autant que j'ai pu l'apprendre — était qu'il aimait assez les femmes et les hommes pour faire plaisir à chaque sexe à l'aide de ce qu'il avait expérimenté sur l'autre — c'est ce qu'on verra plus tard. Mais ce qui est essentiel à dire ici, c'est que dès que je lui eus donné ma parole d'intervenir auprès de Mme Verdurin, dès que je l'eus fait surtout, et sans retour possible en arrière,

le « respect » de Morel à mon égard s'envola comme
par enchantement, les formules respectueuses dis-
parurent, et même pendant quelque temps il m'évita,
s'arrangeant pour avoir l'air de me dédaigner, de
sorte que si Mme Verdurin voulait que je lui disse
quelque chose, lui demandasse tel morceau de musique, il continuait à parler avec un fidèle, puis passait à un autre, changeait de place si j'allais à lui.
On était obligé de lui dire jusqu'à trois ou quatre
fois que je lui avais adressé la parole, après quoi
il me répondait, l'air contraint, brièvement, à moins
que nous ne fussions seuls. Dans ce cas-là il était
expansif, amical, car il avait des parties de caractère charmantes. Je n'en conclus pas moins de
cette première soirée que sa nature devait être
vile, qu'il ne reculait quand il le fallait devant aucune platitude, ignorait la reconnaissance. En quoi
il ressemblait au commun des hommes. Mais comme
j'avais en moi un peu de ma grand'mère et me
plaisais à la diversité des hommes sans rien attendre
d'eux ou leur en vouloir, je négligeai sa bassesse,
je me plus à sa gaieté quand cela se présenta, même
à ce que je crois avoir été une sincère amitié de
sa part quand ayant fait tout le tour de ses fausses
connaissances de la nature humaine, il s'aperçut
(par à-coups, car il avait d'étranges retours à sa
sauvagerie primitive et aveugle) que ma douceur
avec lui était désintéressée, que mon indulgence
ne venait pas d'un manque de clairvoyance, mais
de ce qu'il appela bonté, et surtout je m'enchantai
à son art qui n'était guère qu'une virtuosité admirable mais me faisait (sans qu'il fût au sens intellec-
tuel du mot un vrai musicien) réentendre ou connaître tant de belle musique. D'ailleurs un manager :

SODOME ET GOMORRHE

M. de Charlus (chez qui j'ignorais ces talents, bien que Mme de Guermantes qui l'avait connu fort différent dans leur jeunesse, prétendait qu'il lui avait fait une sonate, peint un éventail, etc...), modeste en ce qui, concernant ses vraies supériorités, talents, mais de premier ordre, sut mettre cette virtuosité au service d'un sens artistique multiple et qui la décupla. Qu'on imagine quelque artiste purement adroit des ballets russes, stylé, instruit, développé en tous sens par M. de Diaghilew.

Je venais de transmettre à Mme Verdurin le message dont m'avait chargé Morel, et je parlais de Saint-Loup avec M. de Charlus, quand Cottard entra au salon en annonçant comme s'il y avait le feu, que les Cambremer arrivaient. Mme Verdurin, pour ne pas avoir l'air vis-à-vis de nouveaux comme M. de Charlus, (que Cottard n'avait pas vu), et comme moi, d'attacher tant d'importance à l'arrivée des Cambremer, ne bougea pas, ne répondit pas à l'annonce de cette nouvelle et se contenta de dire au docteur, en s'éventant avec grâce et du même ton factice qu'une marquise du Théâtre-Français : « Le baron nous disait justement... » C'en était trop pour Cottard ! Moins vivement qu'il n'eût fait autrefois, car l'étude et les hautes situations avaient ralenti son débit, mais avec cette émotion tout de même qu'il retrouvait chez les Verdurin : « Un baron ! Où ça, un baron ? Où ça un baron ? » s'écria-t-il en le cherchant des yeux avec un étonnement qui frisait l'incrédulité. Mme Verdurin, avec l'indifférence affectée d'une maîtresse de maison à qui un domestique vient devant les invités de casser un verre de prix, et avec l'intonation artificielle et surélevée d'un premier prix du Conservatoire jouant du Dumas fils, répondit en désignant avec son éventail le protecteur de Morel : « Mais, le baron de Charlus, à qui je vais vous nommer, M. le professeur Cottard ». Il ne déplaisait d'ailleurs pas à Mme Verdurin d'avoir l'occasion de jouer à la dame. M. de Charlus tendit deux doigts que le professeur serra avec le sourire bénévole d'un « prince de la science ». Mais il s'arrêta net en voyant entrer les Cambremer, tandis que M. de Charlus m'entraînait dans un coin pour me dire un mot, non sans palper mes muscles, ce qui est une manière allemande. M. de Cambremer ne ressemblait guère à la vieille marquise. Il était, comme elle le disait avec tendresse, « tout à fait du côté de son papa ». Pour qui n'avait entendu que parler de lui, ou même de lettres de lui, vives et convenablement tournées, son physique étonnait. Sans doute, devait-on s'y habituer. Mais son nez avait choisi pour venir se placer de travers au-dessus de sa bouche, peut-être la seule ligne oblique, entre tant d'autres, qu'on n'eût eu l'idée de tracer sur ce visage, et qui signifiait une bêtise vulgaire, aggravée encore par le voisinage d'un teint normand à la rougeur de pommes. Il est possible que les yeux de M. de Cambremer gardassent dans leurs paupières, un peu de ce ciel du Cotentin, si doux par les beaux jours ensoleillés où le promeneur s'amuse à voir arrêtées au bord de la route et à compter par centaines, les ombres des peupliers, mais ces paupières lourdes, chassieuses et mal rabattues, eussent empêché l'intelligence elle-même de passer. Aussi, décontenancé par la minceur de ce regard bleu, se reportait-on au grand nez de travers. Par une transposition de sens, M. de Cambremer vous regardait avec son nez. Ce nez de M. de Cambremer n'était pas laid, plutôt un peu trop beau, trop fort, trop fier de son importance. Busqué, astiqué, luisant, flambant neuf, il était tout disposé à compenser l'insuffisance spirituelle du regard, malheureusement, si les yeux sont quelquefois l'organe où se révèle l'intelligence, le nez (quelle que soit d'ailleurs l'intime solidarité et la répercussion insoupçonnée des traits les uns sur les autres), le nez est généralement l'organe où s'étale le plus aisément la bêtise.

La convenance de vêtements sombres que portait toujours, même le matin, M. de Cambremer, avait beau rassurer ceux qu'éblouissait et exaspérait l'insolent éclat des costumes de plage des gens qu'ils ne connaissaient pas, on ne pouvait comprendre que la femme du premier Président déclarât d'un air de flair et d'autorité, en personne qui a plus que vous l'expérience de la haute société d'Alençon, que devant M. de Cambremer on se sentait tout de suite, même avant de savoir qui il était, en présence d'un homme de haute distinction, d'un homme parfaitement bien élevé, qui changeait du genre de Balbec, un homme enfin auprès de qui on pouvait respirer. Il était pour elle, asphyxiée par tant de touristes de Balbec, qui ne connaissaient pas son monde, comme un flacon de sels. Il me sembla au contraire qu'il était des gens que ma grand'mère eût trouvés tout de suite « très mal » et comme elle ne comprenait pas le snobisme elle eût sans doute été stupéfaite qu'il eût réussi à être épousé par Mlle Legrandin qui devait être difficile en fait de distinction, elle dont le frère était « si bien ». Tout au plus pouvait-on dire de la laideur vulgaire de M. de Cambremer qu'elle était un peu du pays et

169

avait quelque chose de très anciennement local ;
on pensait devant ses traits fautifs et qu'on eût
voulu rectifier, à ces noms de petites villes nor-
mandes sur l'étymologie desquels mon curé se trompait parce que les paysans articulant mal, ou ayant
compris de travers le mot normand ou latin qui les
désigne, ont fini par fixer dans un barbarisme
qu'on trouve déjà dans les cartulaires, comme eût
dit Brichot, un contre-sens et un vice de prononciation. La vie dans ces vieilles petites villes peut
d'ailleurs se passer agréablement et M. de Cambremer
devait avoir des qualités, car s'il était d'une mère
que la vieille marquise préférât son fils à sa belle-
fille, en revanche, elle qui avait plusieurs enfants
dont deux au moins n'étaient pas sans mérites,
déclarait souvent que le marquis était à son avis
le meilleur de la famille. Pendant le peu de temps
qu'il avait passé dans l'armée, ses camarades, trouvant trop long de dire Cambremer, lui avaient
donné le surnom de Cancan qu'il n'avait d'ailleurs
mérité en rien. Il savait orner un dîner où on l'invitait en disant au moment du poisson (le poisson
fût-il pourri) ou à l'entrée : « Mais dites-donc, il me
semble que voilà une belle bête. » Et sa femme,
ayant adopté en entrant dans la famille tout ce
qu'elle avait cru faire partie du genre de ce monde-
là, se mettait à la hauteur des amis de son mari et
peut-être cherchait à lui plaire comme une maîtresse, et comme si elle avait jadis été mêlée à sa
vie de garçon, en disant d'un air dégagé quand
elle parlait de lui à des officiers : « Vous allez voir
Cancan. Cancan est allé à Balbec, mais il reviendra
ce soir. » Elle était furieuse de se compromettre
ce soir chez les Verdurin et ne le faisait qu'à la

prière de sa belle-mère et de son mari, dans l'intérêt de la location. Mais, moins bien élevée qu'eux, elle ne se cachait pas du motif et depuis quinze jours faisait avec ses amies des gorges chaudes de ce dîner. « Vous savez que nous dînons chez nos locataires. Cela vaudra bien une augmentation. Au fond, je suis assez curieuse de savoir ce qu'ils ont pu faire de notre pauvre vieille Raspelière (comme si elle y fût née, et y retrouvât tous les souvenirs des siens). Notre vieux garde m'a encore dit hier qu'on ne reconnaissait plus rien. Je n'ose pas penser à tout ce qui doit se passer là-dedans. Je crois que nous ferons bien de faire désinfecter tout avant de nous réinstaller ». Elle arriva hautaine et morose, de l'air d'une grande dame dont le château, du fait d'une guerre, est occupé par les ennemis, mais qui se sent tout de même chez elle et tient à montrer aux vainqueurs qu'ils sont des intrus. Mᵐᵉ de Cambremer ne put me voir d'abord car j'étais dans une baie latérale avec M. de Charlus, lequel me disait avoir appris par Morel que son père avait été « intendant » dans ma famille, et qu'il comptait suffisamment, lui Charlus, sur mon intelligence et ma magnanimité (terme commun à lui et à Swann) pour me refuser l'ignoble et mesquin plaisir que de vulgaires petits imbéciles (j'étais prévenu) ne manqueraient pas à ma place de prendre en révélant à nos hôtes des détails que ceux-ci pourraient croire amoindrissants. « Le seul fait que je m'intéresse à lui et étende sur lui ma protection, a quelque chose de suréminent et abolit le passé », conclut le baron. Tout en l'écoutant et en lui promettant le silence que j'aurais gardé même sans l'espoir de passer en échange pour intelligent et magnanime, je regardais Mᵐᵉ de

Cambremer. Et j'eus peine à reconnaître la chose fondante et savoureuse que j'avais eue l'autre jour auprès de moi à l'heure du goûter, sur la terrasse de Balbec, dans la galette normande que je voyais, dure comme un galet, où les fidèles eussent en vain essayé de mettre la dent. Irritée d'avance du côté bonasse que son mari tenait de sa mère et qui lui ferait prendre un air honoré quand on lui présenterait ance des fidèles, désireuse pourtant de remplir ses fonctions de femme du monde, quand on lui eût nommé Brichot elle voulut lui faire faire la connaissance de son mari parce qu'elle avait vu ses amies plus élégantes faire ainsi, mais la rage ou l'orgueil l'emportant sur l'ostentation du savoir-vivre elle dit, non comme elle aurait dû : « Permettez-moi de vous présenter mon mari, mais : « Je vous présente à mon mari », tenant haut ainsi le drapeau des Cambremer, en dépit d'eux-mêmes, car le marquis s'inclina devant Brichot aussi bas qu'elle avait prévu. Mais toute cette humeur de Mme de Cambremer changea soudain quand elle aperçut M. de Charlus qu'elle connaissait de vue. Jamais elle n'avait réussi à se le faire présenter même au temps de la liaison qu'elle avait eue avec Swann. Car M. de Charlus prenant toujours le parti des femmes, de sa belle-sœur contre les maîtresses de M. de Guermantes, d'Odette, pas encore mariée alors, mais vieille liaison de Swann, contre les nouvelles, avait, sévère défenseur de la morale et protecteur fidèle des ménages, donné à Odette — et tenu — la promesse de ne pas se laisser nommer à Mme de Cambremer. Celle-ci ne s'était certes pas doutée que c'était chez les Verdurin qu'elle connaîtrait enfin cet homme inap-

prochable. M. de Cambremer savait que c'était
une si grande joie pour elle qu'il en était lui-même
attendri, et qu'il regarda sa femme d'un air qui signifiait : « Vous êtes contente de vous être décidée
à venir, n'est-ce pas ? » Il parlait du reste fort peu,
sachant qu'il avait épousé une femme supérieure.
« Moi, indigne », disait-il à tout moment, et citait
volontiers une fable de La Fontaine et une de Flo-
rian qui lui paraissaient s'appliquer à son ignorance,
et d'autre part, lui permettre, sous les formes d'une
dédaigneuse flatterie, de montrer aux hommes de
science qui n'étaient pas du Jockey qu'on pouvait
chasser et avoir lu des fables. Le malheur est qu'il
n'en connaissait guère que deux. Aussi revenaient-
elles souvent. Mme de Cambremer n'était pas bête
mais elle avait diverses habitudes fort agaçantes. Chez
elle la déformation des noms n'avait absolument rien
du dédain aristocratique. Ce n'est pas elle qui,
comme la duchesse de Guermantes (laquelle par sa
naissance eut dû être plus que Mme de Cambremer
à l'abri de ce ridicule) eût dit pour ne pas avoir l'air
de savoir le nom peu élégant (alors qu'il est maintenant celui d'une des femmes les plus difficiles à
approcher) de Julien de Monchâteau : « une petite
Madame... Pic de la Mirandole. » Non, quand Mme de
Cambremer citait à faux un nom c'était par bienveillance, pour ne pas avoir l'air de savoir quelque
chose, et quand par sincérité pourtant, elle l'avouait
croyant le cacher en le démarquant. Si par exemple
elle défendait une femme, elle cherchait à dissimuler, tout en voulant ne pas mentir à qui la
suppliait de dire la vérité, que Madame une telle
était actuellement la maîtresse de M. Sylvain Lévy,
et elle disait : « Non... je ne sais absolument rien

sur elle, je crois qu'on lui a reproché d'avoir inspiré une passion à un monsieur dont je ne sais pas le nom, quelque chose comme Cahn, Kohn, Kuhn, du reste, je crois que ce monsieur est mort depuis fort longtemps et qu'il n'y a jamais rien eu entre eux ». C'est le procédé semblable à celui des menteurs — et inverse du leur — qui croient qu'en altérant ce qu'ils ont fait quand ils le racontent à une maîtresse ou simplement à un ami se figurent que l'une ou l'autre ne verra pas immédiatement que la phrase dite (de même que Cahn, Kohn, Kuhn) est interpolée, est d'une autre espèce que celles qui composent la conversation, est à double fonds.

Mme Verdurin demanda à l'oreille de son mari : « Est-ce que je donne le bras au baron de Charlus ? Comme tu auras à ta droite Mme de Cambremer, on aurait pu croiser les politesses. — Non, dit M. Verdurin, puisque l'autre est plus élevé en grade (voulant dire que M. de Cambremer était marquis), M. de Charlus est en somme son inférieur. — Eh ! bien, je le mettrai à côté de la princesse. » Et Madame Verdurin présenta à M. de Charlus Mme Sherbatoff ; ils s'inclinèrent en silence tous deux, de l'air d'en savoir long l'un sur l'autre et de se promettre un mutuel secret. M. Verdurin me présenta à M. de Cambremer. Avant même qu'il n'eût parlé de sa voix forte et légèrement bégayante, sa haute taille et sa figure colorée manifestaient dans leur oscillation l'hésitation martiale d'un chef qui cherche à vous rassurer et vous dit : « On m'a parlé, nous arrangerons cela ; je vous ferai lever votre punition ; nous ne sommes pas des buveurs de sang : tout ira bien. » Puis me serrant la main : « Je crois que vous connaissez ma mère », me dit-il. Le verbe « croire » lui semblait d'ailleurs convenir à la discrétion d'une première présentation mais nullement exprimer un doute, car il ajouta : « J'ai du reste une lettre d'elle pour vous ». M. de Cambremer était naïvement heureux de revoir des lieux où il avait vécu si longtemps. « Je me retrouve, dit-il à Mme Verdurin tandis que son regard s'émerveillait de reconnaître les peintures de fleurs en trumeaux au-dessus des portes, et les bustes en marbre sur leurs hauts socles. Il pouvait pourtant se trouver dépaysé, car Madame Verdurin avait apporté quantité de vieilles belles choses qu'elle possédait. A ce point de vue, Mme Verdurin tout en passant aux yeux des Cambremer pour tout bouleverser était non pas révolutionnaire mais intelligemment conservatrice dans un sens qu'ils ne comprenaient pas. Ils l'accusaient aussi à tort de détester la vieille demeure et de la déshonorer par de simples toiles au lieu de leur riche peluche, comme un curé ignorant reprochant à un architecte diocésain de remettre en place de vieux bois sculptés laissés au rancart et auquel l'ecclésiastique avait cru bon de substituer des ornements achetés place Saint-Sulpice. Enfin, un jardin de curé commençait à remplacer devant le château les plates-bandes qui faisaient l'orgueil non seulement des Cambremer mais de leur jardinier. Celui-ci qui considérait les Cambremer comme ses seuls maîtres et gémissait sous le joug des Verdurin comme si la terre eut été momentanément occupée par un envahisseur et une troupe de soudards, allait en secret porter ses doléances à la propriétaire dépossédée, s'indignait du mépris où étaient tenus ses araucarias, ses bégonias, ses joubardes, ses dahlias doubles, et qu'on osât dans une aussi riche demeure faire pousser des fleurs aussi communes que des anthémis et des cheveux de Vénus. Mme Verdurin sentait cette sourde opposition et était décidée, si elle faisait un long bail ou même achetait la Raspelière, à mettre comme condition le renvoi du jardinier auquel la vieille propriétaire au contraire tenait extrêmement. Il l'avait servie pour rien dans des temps difficiles, l'adorait ; mais par ce morcellement bizarre de l'opinion des gens du peuple où le mépris moral le plus profond s'enclave dans l'estime la plus passionnée, laquelle chevauche à son tour de vieilles rancunes inabolies, il disait souvent de Mme de Cambremer qui, en 70, dans un château qu'elle avait dans l'Est, surprise par l'invasion, avait dû souffrir pendant un mois le contact des Allemands : « Ce qu'on a beaucoup reproché à Madame la marquise, c'est pendant la guerre d'avoir pris le parti des Prussiens et de les avoir même logés chez elle. A un autre moment, j'aurais compris ; mais en temps de guerre, elle n'aurait pas dû. C'est pas bien. » De sorte qu'il lui était fidèle jusqu'à la mort, la vénérait pour sa bonté et accréditait qu'elle se fût rendue coupable de trahison. Mme Verdurin fut piquée que M. de Cambremer prétendît reconnaître si bien la Raspelière. « Vous devez pourtant trouver quelques changements répondit-elle. Il y a d'abord de grands diables de bronze de Barbedienne et de petits coquins de sièges en peluche que je me suis empressée d'expédier au grenier qui est encore bon trop pour eux ». Après cette acerbe riposte adressée à M. de Cambremer, elle lui offrit le bras pour aller à table. Il hésita un instant, se disant : « Je ne peux tout de même pas passer avant M. de Charlus ». Mais pensant que celui-ci était un vieil ami de la maison, du moment qu'il n'avait pas la place d'honneur, il se décida à prendre le bras qui lui était offert et dit à Mme Verdurin combien il était fier d'être admis dans le cénacle (c'est ainsi qu'il appela le petit noyau non sans rire un peu de la satisfaction de connaître ce terme). Cottard, qui était assis à côté de M. de Charlus, le regardait, pour faire connaissance, sous son lorgnon et rompre la glace, avec des clignements beaucoup plus insistants qu'ils n'eussent été jadis, et non coupés de timidités. Et ses regards engageants, accrus par leur sourire, n'étaient plus contenus par le verre du lorgnon et le débordaient de tous côtés. Le baron, qui voyait facilement partout des pareils à lui, ne douta pas que Cottard n'en fût un et ne lui fit de l'œil. Aussitôt il témoigna au professeur la dureté des invertis, aussi méprisants pour ceux à qui ils plaisent, qu'ardemment empressés auprès de ceux qui leur plaisent. Sans doute, bien que chacun parle mensongèrement de la douceur, toujours refusée par le destin, d'être aimé, c'est une loi générale et dont l'empire est bien loin de s'étendre sur les seuls Charlus, que l'être que nous n'aimons pas et qui nous aime nous paraisse insupportable. A cet être, à telle femme dont nous ne dirons pas qu'elle nous aime mais qu'elle nous cramponne, nous préférons la société de n'importe quelle autre qui n'aura ni son charme, ni son agrément, ni son esprit. Elle ne les recouvrera pour nous que quand elle aura cessé de nous aimer. En ce sens, on pourrait ne voir que la transposition, sous une forme cocasse, de cette règle universelle, dans l'irritation causée chez un inverti par un homme qui lui déplaît et le recherche. Mais elle est chez lui bien plus forte. Aussi tandis que le commun des hommes cherche à la dissimuler tout en l'éprouvant, l'inverti le fait implacablement sentir à celui qui la provoque, comme il ne le ferait certainement pas sentir à une femme, M. de Charlus par exemple, à la princesse de Guermantes dont la passion l'ennuyait, mais le flattait. Mais quand ils voient un autre homme témoigner envers eux d'un goût particulier, alors, soit incompréhension que ce soit le même que le leur, soit fâcheux rappel que ce goût, embelli par eux tant que c'est eux-mêmes qui l'éprouvent, est considéré comme un vice, soit désir de se réhabiliter par un éclat dans une circonstance où cela ne leur coûte pas, soit par une crainte d'être devinés qu'ils retrouvent soudain quand le désir ne les mène plus, les yeux bandés, d'imprudence en imprudence, soit par la fureur de subir du fait de l'attitude équivoque d'un autre le dommage, que par la leur, si cet autre leur plaisait, ils ne craindraient pas de lui causer, ceux que cela n'embarrasse pas de suivre un jeune homme pendant des lieues, de ne pas le quitter des yeux au théâtre même s'il est avec des amis, risquant par cela de le brouiller avec eux, on peut les entendre, pour peu qu'un autre qui ne leur plaît pas les regarde, dire : « Monsieur, pour qui me prenez-vous ? » (simplement parce qu'on les prend pour ce qu'ils sont). « Je ne vous comprends pas, inutile d'insister, vous faites erreur », aller au besoin jusqu'aux gifles, et devant quelqu'un qui connaît l'imprudent, s'indigner : « Comment, vous connaissez cette horreur. Elle a une façon de vous regarder !... En voilà des manières ! » M. de Charlus n'alla pas aussi loin, mais il

prit l'air offensé et glacial qu'ont, lorsqu'on a l'air
de les croire légères, les femmes qui ne le sont pas,
et encore plus celles qui le sont. D'ailleurs, l'inverti
mis en présence d'un inverti, voit non pas seulement
une image déplaisante de lui-même qui ne pourrait,
purement inanimée, que faire souffrir son amour-
propre, mais un autre lui-même, vivant, agissant
dans le même sens, capable donc de le faire souffrir
dans ses amours. Aussi est-ce dans un sens d'instinct de conservation qu'il dira du mal du concurrent
possible, soit avec les gens qui peuvent nuire à celui-
ci (et sans que l'inverti n° 1 s'inquiète de passer
pour menteur quand il accable ainsi l'inverti n° 2
aux yeux de personnes qui peuvent être renseignées
sur son propre cas), soit avec le jeune homme qu'il a
« levé », qui va peut-être lui être enlevé et auquel
il s'agit de persuader que les mêmes choses qu'il a
tout avantage à faire avec lui, causeraient le malheur
de sa vie s'il se laissait aller à les faire avec l'autre.
Pour M. de Charlus, qui pensait peut-être aux dan-
gers (bien imaginaires) que la présence de ce Cottard
dont il comprenait à faux le sourire, ferait courir, à
Morel, un inverti qui ne lui plaisait pas n'était pas
seulement une caricature de lui-même, c'est aussi
un rival désigné. Un commerçant, et tenant un commerce rare en débarquant dans la ville de province
où il vient s'installer pour la vie, s'il voit que, sur la
même place, juste en face, le même commerce est
tenu par un concurrent, il n'est pas plus déconfit
qu'un Charlus allant cacher ses amours dans une
région tranquille et qui, le jour de l'arrivée, aperçoit
le gentilhomme du lieu, ou le coiffeur, desquels
l'aspect et les manières ne lui laissent aucun doute.
Le commerçant prend souvent son concurrent en

haine ; cette haine dégénère parfois en mélancolie, et pour peu qu'il y ait hérédité assez chargée, on a vu dans des petites villes le commerçant montrer des commencements de folie qu'on ne guérit qu'en le décidant à vendre son « fonds » et à s'expatrier. La rage de l'inverti est plus lancinante encore. Il a compris que dès la première seconde le gentilhomme et le coiffeur ont désiré son jeune compagnon. Il a beau répéter cent fois par jour à celui-ci que le coiffeur et le gentilhomme sont des bandits dont l'approche le déshonorerait, il est obligé, comme Harpagon, de veiller sur son trésor et se relève la nuit pour voir si on ne le lui prend pas. Et c'est ce qui fait sans doute plus encore que le désir, ou la commodité d'habitudes communes et presque autant que cette expérience de soi-même qui est la seule vraie, que l'inverti dépiste l'inverti avec une rapidité et une sûreté presque infaillibles. Il peut se tromper un moment mais une divination rapide le remet dans la vérité. Aussi l'erreur de M. de Charlus fut-elle courte. Le discernement divin lui montra au bout d'un instant que Cottard n'était pas de sa sorte et qu'il n'avait à craindre ses avances ni pour lui-même, ce qui n'eut fait que l'exaspérer, ni pour Morel, ce qui lui eut paru plus grave. Il reprit son calme et comme il était encore sous l'influence du passage de Vénus androgyne, par moments, il souriait faiblement aux Verdurin sans prendre la peine d'ouvrir la bouche, en déplissant seulement un coin de lèvres, et pour une seconde allumait câlinement ses yeux, lui si féru de virilité, exactement comme eut fait sa belle-sœur la duchesse de Guermantes. « Vous chassez beaucoup, Monsieur ? dit Mme Verdurin avec mépris à M. de Cambremer. — Est-ce que Ski

vous a raconté qu'il nous en est arrivé une excellente?
demanda Cottard à la patronne. — Je chasse surtout
dans la forêt de Chantepie, répondit M. de Cambremer. — Non, je n'ai rien raconté, dit Ski. — Mérite-
t-elle son nom ? » demanda Brichot à M. de Cambremer, après m'avoir regardé du coin de l'œil car il
m'avait promis de parler étymologies, tout en me
demandant de dissimuler aux Cambremer le mépris
que lui inspiraient celles du curé de Combray.
« C'est sans doute que je ne suis pas capable de comprendre, mais je ne saisis pas votre question, dit
M. de Cambremer — Je veux dire : Est-ce qu'il y
chante beaucoup de pies? » répondit Brichot. Cottard
cependant souffrait que Mme Verdurin ignorât
qu'ils avaient failli manquer le train. « Allons, voyons,
dit Mme Cottard à son mari, pour l'encourager,
raconte ton odyssée. — En effet elle sort de l'ordinaire, dit le docteur qui recommença son récit.
Quand j'ai vu que le train était en gare je suis resté
médusé. Tout cela par la faute de Ski. Vous êtes
plutôt bizarroïde dans vos renseignements, mon
cher ! Et Brichot qui nous attendait à la gare !
— Je croyais, dit l'universitaire, en jetant autour de
lui ce qui lui restait de regard et en souriant de ses
lèvres minces, que si vous étiez attardé à Graincourt,
c'est que vous aviez rencontré quelque péripatéti-
cienne. — Voulez-vous vous taire, si ma femme
vous entendait, dit le professeur. La femme à moâ,
il est jalouse. — Ah ! ce Brichot, s'écria Ski
en qui l'égrillarde plaisanterie de Brichot éveillait
la gaieté de tradition, il est toujours le même ;
bien qu'il ne sût pas à vrai dire si l'universitaire
avait jamais été polisson. Et pour ajouter à ces
paroles consacrées le geste rituel, il fit mine de ne

pouvoir résister au désir de lui pincer la jambe.
« Il ne change pas ce gaillard-là », continua Ski, et
sans penser à ce que la quasi cécité de l'universitaire
donnait de triste et de comique à ces mots, il ajouta :
« Toujours un petit œil pour les femmes ». « Voyez-
vous, dit M. de Cambremer, ce que c'est que de
rencontrer un savant. Voilà quinze ans que je chasse
dans la forêt de Chantepie et jamais je n'avais
réfléchi à ce que son nom voulait dire ». Mme de
Cambremer jeta un regard sévère à son mari ;
elle n'aurait pas voulu qu'il s'humiliât ainsi devant
Brichot. Elle fut plus mécontente encore quand
à chaque expression « toute faite » qu'employait
Cancan, Cottard, qui en connaissait le fort et le
faible parce qu'il les avait laborieusement apprises,
démontrait au marquis, lequel confessait sa bêtise,
qu'elles ne voulaient rien dire : « Pourquoi : bête
comme chou ? Croyez-vous que les choux soient
plus bêtes qu'autre chose ? Vous dites : répéter
trente-six fois la même chose. Pourquoi particulièrement trente-six ? Pourquoi : dormir comme un
pieu ? Pourquoi : Tonnerre de Brest ? Pourquoi : faire
les 400 coups ? » Mais alors la défense de M. de Cambremer était prise par Brichot qui expliquait l'origine de chaque locution. Mais Mme de Cambremer
était surtout occupée à examiner les changements
que les Verdurin avaient apportés à la Raspelière,
afin de pouvoir en critiquer certains, en importer à
Féterne d'autres, ou peut-être les mêmes. « Je me
demande ce que c'est que ce lustre qui s'en va tout
de traviole. J'ai peine à reconnaître ma vieille Raspelière », ajouta-t-elle d'un air familièrement aristocratique, comme elle eut parlé d'un serviteur dont
elle eut prétendu moins désigner l'âge que dire qu'il

l'avait vu naître. Et comme elle était un peu livresque dans son langage : « Tout de même, ajouta-t-elle à mi-voix, il me semble que si j'habitais chez les autres, j'aurais quelque vergogne à tout changer ainsi ». « C'est malheureux que vous ne soyiez pas venus avec eux », dit Mme Verdurin à M. de Charlus et à Morel, espérant que M. de Charlus était de « revue » et se plierait à la règle d'arriver tous par le même train. « Vous êtes sûr que Chantepie veut dire la pie qui chante, Chochotte ? » ajouta-t-elle pour montrer qu'en grande maîtresse de maison elle prenait part à toutes les conversations à la fois. « Parlez-moi donc un peu de ce violoniste, me dit Mme de Cambremer, il m'intéresse ; j'adore la musique, et il me semble que j'ai entendu parler de lui, faites mon instruction ». Elle avait appris que Morel était venu avec M. de Charlus et voulait, en faisant venir le premier, tâcher de se lier avec le second. Elle ajouta pourtant, pour que je ne pusse deviner cette raison : « M. Brichot aussi m'intéresse ». Car si elle était fort cultivée, de même que certaines personnes prédisposées à l'obésité mangent à peine, et marchent toute la journée sans cesser d'engraisser à vue d'œil, de même Mme de Cambremer avait beau approfondir et surtout à Féterne une philosophie de plus en plus ésotérique, une musique de plus en plus savante, elle ne sortait de ces études que pour machiner des intrigues qui lui permissent de « couper » les amitiés bourgeoises de sa jeunesse et de nouer des relations qu'elle avait cru d'abord faire partie de la société de sa belle famille et qu'elle s'était aperçue ensuite être situées beaucoup plus haut et beaucoup plus loin. Un philosophe qui n'était pas assez moderne pour elle, Leibnitz, a dit que le trajet est long de l'intelligence au cœur. Ce trajet, Mme de Cambremer n'avait pas été plus que son frère, de force à le parcourir. Ne quittant la lecture de Stuart Mill que pour celle de Lachelier, au fur et à mesure qu'elle croyait moins à la réalité du monde extérieur, elle mettait plus d'acharnement à chercher à s'y faire, avant de mourir, une bonne position. Éprise d'art réaliste, aucun objet ne lui paraissait assez humble pour servir de modèle au peintre ou à l'écrivain. Un tableau ou un roman mondain lui eussent donné la nausée ; un moujick de Tolstoï, un paysan de Millet était l'extrême limite sociale qu'elle ne permettait pas à l'artiste de dépasser. Mais franchir celle qui bornait ses propres relations, s'élever jusqu'à la fréquentation de duchesses, était le but de tous ses efforts, tant le traitement spirituel auquel elle se soumettait par le moyen de l'étude des chefs-d'œuvre, restait inefficace contre le snobisme congénital et morbide qui se développait chez elle. Celui-ci avait même fini par guérir certains penchants à l'avarice et à l'adultère auxquels étant jeune elle était encline, pareil en cela à ces états pathologiques singuliers et permanents qui semblent immuniser ceux qui en sont atteints contre les autres maladies. Je ne pouvais du reste m'empêcher en l'entendant parler de rendre justice, sans y prendre aucun plaisir, au raffinement de ses expressions. C'étaient celles qu'ont, à une époque donnée, toutes les personnes d'une même envergure intellectuelle, de sorte que l'expression raffinée fournit aussitôt comme l'arc de cercle, le moyen de décrire et de limiter toute la circonférence. Aussi ces expressions font-elles que les personnes qui les emploient m'ennuient immédiatement

comme déjà connues, mais aussi passent pour supérieures, et me furent souvent offertes comme voisines
délicieuses et inappréciées. « Vous n'ignorez pas,
Madame, que beaucoup de régions forestières tirent
leur nom des animaux qui les peuplent. A côté de la
forêt de Chantepie, vous avez le bois de Chantereine.
— Je ne sais pas de quelle reine il s'agit, mais vous
n'êtes pas galant pour elle, dit M. de Cambremer.
— Attrapez, Chochotte, dit Mme Verdurin. Et à part
cela, le voyage s'est bien passé ? — Nous n'avons
rencontré que de vagues humanités qui remplis-
saient le train. Mais je réponds à la question de
M. de Cambremer ; reine n'est pas ici la femme d'un
roi, mais la grenouille. C'est le nom qu'elle a gardé
longtemps dans ce pays comme en témoigne la
station de Renneville qui devrait s'écrire Reine-
ville. — Il me semble que vous avez là une belle
bête », dit M. de Cambremer à Mme Verdurin, en
montrant un poisson. C'était là un de ces compli-
ments à l'aide desquels il croyait payer son écot
à un dîner, et déjà rendre sa politesse. « Les inviter
est inutile, disait-il souvent en parlant de tels
de leurs amis à sa femme. Ils ont été enchantés de
nous avoir. C'étaient eux qui me remerciaient ».
— D'ailleurs je dois vous dire que je vais presque
chaque jour à Renneville depuis bien des années,
et je n'y ai vu pas plus de grenouilles qu'ailleurs.
Madame de Cambremer avait fait venir ici le curé
d'une paroisse où elle a de grands biens et qui a la
même tournure d'esprit que vous, à ce qu'il semble.
Il a écrit un ouvrage. — Je crois bien, je l'ai lu avec
infiniment d'intérêt », répondit hypocritement Brichot. La satisfaction que son orgueil recevait indirectement de cette réponse, fit rire longuement

185

M. de Cambremer. « Ah ! eh bien, l'auteur, comment dirais-je, de cette géographie, de ce glossaire, épilogue longuement sur le nom d'une petite localité dont nous étions autrefois, si je puis dire, les seigneurs, et qui se nomme Pont-à-Couleuvre. Or je ne suis évidemment qu'un vulgaire ignorant à côté de ce puits de science, mais je suis bien allé mille fois à Pont-à-Couleuvre pour lui une, et du diable si j'y ai jamais vu un seul de ces vilains serpents, je dis vilains, malgré l'éloge qu'en fait le bon La Fontaine (« *L'homme et la couleuvre* était une des deux fables) — Vous n'en avez pas vu, et c'est vous qui avez vu juste, répondit Brichot. Certes, l'écrivain dont vous parlez connaît à fond son sujet, il a écrit un livre remarquable. — Voire ! s'exclama Mme de Cambremer, ce livre, c'est bien le cas de le dire, est un véritable travail de bénédictin — Sans doute il a consulté quelques pouillés (on entend par là les listes des bénéfices et des cures de chaque diocèse), ce qui a pu lui fournir le nom des patrons laïcs et des collateurs ecclésiastiques. Mais il est d'autres sources. Un de mes plus savants amis y a puisé. Il a trouvé que le même lieu était dénommé Pont-à-Quileuvre. Ce nom bizarre l'incita à remonter plus haut encore, à un texte latin où le pont que votre ami croit infesté de couleuvres est désigné : *Pons cui aperi*. Pont fermé qui ne s'ouvrait que moyennant une honnête rétribution. — Vous parlez de grenouilles. Moi, en me trouvant au milieu de personnes si savantes, je me fais l'effet de la grenouille devant l'aréopage » (c'était la seconde fable), dit Cancan qui faisait souvent en riant beaucoup, cette plaisanterie grâce à laquelle il croyait à la fois par humilité et avec à-propos, faire profession d'ignorance et étalage de savoir. Quant à Cottard, bloqué par le silence de M. de Charlus et essayant de se donner de l'air des autres côtés, il se tourna vers moi et me fit une de ces questions qui frappaient ses malades s'il était tombé juste et montrait ainsi qu'il était pour ainsi dire dans leur corps ; si au contraire il tombait à faux, lui permettait de rectifier certaines théories, d'élargir les points de vue anciens. « Quand vous arrivez à ces sites relativement élevés comme celui où nous nous trouvons en ce moment, remarquez-vous que cela augmente votre tendance aux étouffements », me demanda-t-il, certain ou de faire admirer, ou de compléter son instruction. M. de Cambremer entendit la question et sourit. « Je ne peux pas vous dire comme ça m'amuse d'apprendre que vous avez des étouffements », me jeta-t-il à travers la table. Il ne voulait pas dire par cela que cela l'égayait, bien que ce fut vrai aussi. Car cet homme excellent ne pouvait cependant pas entendre parler du malheur d'autrui sans un sentiment de bien-être et un spasme d'hilarité qui faisaient vite place à la pitié d'un bon cœur. Mais sa phrase avait un autre sens que précisa celle qui la suivit : « Ça m'amuse, me dit-il, parce que justement ma sœur en a aussi ». En somme cela l'amusait comme s'il m'avait entendu citer comme un de mes amis quelqu'un qui eut fréquenté beaucoup chez eux. « Comme le monde est petit », fut la réflexion qu'il formula mentalement et que je vis écrite sur son visage souriant quand Cottard me parla de mes étouffements. Et ceux-ci devinrent à dater de ce dîner comme une sorte de relation commune et dont M. de Cambremer ne manquait jamais de me demander des nouvelles, ne fût-ce que pour en donner à sa sœur. Tout en répondant aux questions que sa femme me posait sur Morel, je pensais à une conversation que j'avais eue avec ma mère dans l'après-midi. Comme tout en ne me déconseillant pas d'aller chez les Verdurin si cela pouvait me distraire, elle me rappelait que c'était un milieu qui n'aurait pas plu à mon grand-père et lui eut fait crier : « A la garde », ma mère avait ajouté : « Écoute, le président Toureuil et sa femme m'ont dit qu'ils avaient déjeuné avec Mme Bontemps. On ne m'a rien demandé. Mais j'ai cru comprendre qu'un mariage entre Albertine et toi serait le rêve de sa tante. Je crois que la vraie raison est que tu leur es à tous très sympathique. Tout de même, le luxe qu'ils croient que tu pourrais lui donner, les relations qu'on sait plus ou moins que nous avons, je crois que tout cela n'y est pas étranger, quoique secondaire. Je ne t'en aurais pas parlé, parce que je n'y tiens pas, mais comme je me figure qu'on t'en parlera, j'ai mieux aimé prendre les devants. — Mais toi, comment la trouves-tu ? avais-je demandé à ma mère. — Mais moi, ce n'est pas moi qui l'épouserai. Tu peux certainement faire mille fois mieux comme mariage. Mais je crois que ta grand'mère n'aurait pas aimé qu'on t'influence. Actuellement je ne peux pas te dire comment je trouve Albertine, je ne la trouve pas. Je te dirai comme Madame de Sévigné : « Elle a de bonnes qualités, du moins je le crois. Mais dans ce commencement, je ne sais la louer que par des négatives. Elle n'est point ceci, elle n'a point l'accent de Rennes. Avec le temps, je dirai peut-être : elle est cela. Et je la trouverai toujours bien si elle doit te rendre heureux. » Mais par ces mots mêmes qui

remettaient entre mes mains de décider de mon
bonheur, ma mère m'avait mis dans cet état de
doute où j'avais déjà été quand mon père, m'ayant
permis d'aller à *Phèdre* et surtout d'être homme de
lettres, je m'étais senti tout à coup une responsabilité trop grande, la peur de le peiner, et cette
mélancolie qu'il y a quand on cesse d'obéir à des
ordres qui, au jour le jour, vous cachent l'avenir,
de se rendre compte qu'on a enfin commencé de
vivre pour de bon, comme une grande personne,
la vie, la seule vie qui soit à la disposition de chacun
de nous.

Peut-être le mieux serait-il d'attendre un peu,
de commencer par voir Albertine comme par le
passé pour tâcher d'apprendre si je l'aimais vraiment. Je pourrais l'amener chez les Verdurin pour
la distraire, et ceci me rappela que je n'y étais
venu moi-même ce soir que pour savoir si Mme Putbus y habitait ou allait y venir. En tous cas, elle ne
dînait pas. « A propos de votre ami Saint-Loup,
me dit Mme de Cambremer, usant ainsi d'une
expression qui marquait plus de suite dans les idées
que ses phrases ne l'eussent laissé croire, car si elle
me parlait de musique elle pensait aux Guermantes ;
vous savez que tout le monde parle de son mariage
avec la nièce de la princesse de Guermantes. Je vous
dirai que pour ma part, de tous ces potins mondains,
je me préoccupe *mie*. » Je fus pris de la crainte d'avoir
parlé sans sympathie devant Robert de cette jeune
fille faussement originale, et dont l'esprit était
aussi médiocre que le caractère était violent. Il n'y a
presque pas une nouvelle que nous apprenions qui
ne nous fasse regretter un de nos propos. Je répondis
à Mme de Cambremer, ce qui du reste était vrai,

que je n'en savais rien, et que d'ailleurs la fiancée me paraissait encore bien jeune. « C'est peut-être pour cela que ce n'est pas encore officiel, en tous cas on le dit beaucoup. — J'aime mieux vous prévenir, dit sèchement Mme Verdurin à Mme de Cambremer, ayant entendu que celle-ci m'avait parlé de Morel, et quand elle avait baissé la voix pour me parler des fiançailles de Saint-Loup ayant cru qu'elle m'en parlait encore. Ce n'est pas de la musiquette qu'on fait ici. En art vous savez, les fidèles de mes mercredis, mes enfants comme je les appelle, c'est effrayant ce qu'ils sont avancés, ajouta-t-elle avec un air d'orgueilleuse terreur. Je leur dis quelquefois : Mes petites bonnes gens, vous marchez plus vite que votre patronne à qui les audaces ne passent pas pourtant pour avoir jamais fait peur. Tous les ans ça va un peu plus loin ; je vois bientôt le jour où ils ne marcheront plus pour Wagner et pour d'Indy. — Mais c'est très bien d'être avancé, on ne l'est jamais assez », dit Mme de Cambremer, tout en inspectant chaque coin de la salle à manger, en cherchant à reconnaître les choses qu'avait laissées sa belle-mère, celles qu'avait apportées Mme Verdurin, et à prendre celle-ci en flagrant délit de faute de goût. Cependant, elle cherchait à me parler du sujet qui l'intéressait le plus, M. de Charlus. Elle trouvait touchant qu'il protégeât un violoniste. « Il a l'air intelligent. — Même d'une verve extrême pour un homme déjà un peu âgé, dis-je. — Agé ? Mais il n'a pas l'air âgé, regardez, le cheveu est resté jeune ». (Car depuis trois ou quatre ans le mot cheveu avait été employé au singulier par un de ces inconnus qui sont les lanceurs des modes littéraires, et toutes les personnes ayant la longueur

de rayon de Mme de Cambremer disaient « le cheveu »),
non sans un sourire affecté. A l'heure actuelle on dit
encore « le cheveu », mais de l'excès du singulier,
renaîtra le pluriel). « Ce qui m'intéresse surtout
chez M. de Charlus, ajouta-t-elle, c'est qu'on sent
chez lui le don. Je vous dirai que je fais bon
marché du savoir. Ce qui s'apprend ne m'intéresse pas ». Ces paroles ne sont pas en contra-
diction avec la valeur particulière de Mme de Cambremer qui était précisément imitée et acquise.
Mais justement une des choses qu'on devait savoir
à ce moment-là, c'est que le savoir n'est rien et
ne pèse pas un fétu à côté de l'originalité. Mme de
Cambremer avait appris, comme le reste qu'il ne
faut rien apprendre. « C'est pour cela, me dit-elle,
que Brichot qui a son côté curieux, car je ne fais pas fi
d'une certaine érudition savoureuse, m'intéresse
pourtant beaucoup moins ». Mais Brichot, à ce
moment-là, n'était occupé que d'une chose ; entendant qu'on parlait musique, il tremblait que le
sujet ne rappelât à Mme Verdurin la mort de
Dechambre. Il voulait dire quelque chose pour
écarter ce souvenir funeste. M. de Cambremer lui
en fournit l'occasion par cette question : « Alors,
les lieux boisés portent toujours des noms d'animaux ? — Que non pas, répondit Brichot, heureux
de déployer son savoir devant tant de nouveaux
parmi lesquels, je lui avais dit qu'il était sûr d'en
intéresser au moins un. « Il suffit de voir combien,
dans les noms de personnes elles-mêmes, un arbre
est conservé, comme une fougère dans de la houille.
Un de nos pères conscrits s'appelle M. de Saulces de
Freycinet, ce qui signifie, sauf erreur, lieu planté
de saules et de frênes, *salix et fraxinetum* ; son

neveu M. de Selves réunit plus d'arbres encore, puisqu'il se nomme de Selves, *sylva* ». Saniette voyait avec joie la conversation prendre un tour si animé. Il pouvait, puisque Brichot parlait tout le temps, garder un silence qui lui éviterait d'être l'objet des brocards de M. et Mme Verdurin. Et devenu plus sensible encore dans sa joie d'être délivré, il avait été attendri d'entendre M. Verdurin, malgré la solennité d'un tel dîner dire au maître d'hôtel de mettre une carafe d'eau près de M. Saniette qui ne buvait pas autre chose. (Les généraux qui font tuer le plus de soldats tiennent à ce qu'ils soient bien nourris.) Enfin Mme Verdurin avait une fois souri à Saniette. Décidément, c'étaient de bonnes gens. Il ne serait plus torturé. A ce moment le repas fut interrompu par un convive que j'ai oublié de citer, un illustre philosophe norvégien qui parlait le français très bien mais très lentement, pour la double raison d'abord que l'ayant appris depuis peu et ne voulant pas faire de fautes, (il en faisait pourtant quelques-unes), il se reportait pour chaque mot à une sorte de dictionnaire intérieur, ensuite parce qu'en tant que métaphysicien, il pensait toujours ce qu'il voulait dire, pendant qu'il le disait, ce qui, même chez un Français, est une cause de lenteur. C'était du reste un être délicieux, quoique pareil en apparence à beaucoup d'autres, sauf sur un point. Cet homme au parler si lent (il y avait un silence entre chaque mot) devenait d'une rapidité vertigineuse pour s'échapper dès qu'il avait dit adieu. Sa précipitation faisait croire la première fois qu'il avait la colique ou encore un besoin plus pressant.

« Mon cher — collègue, dit-il à Brichot, après

avoir délibéré dans son esprit si collègue était le
le terme qui convenait, j'ai une sorte de — désir
pour savoir s'il y a d'autres arbres dans la — no-
menclature de votre belle langue — française. —
latine — normande. Madame (il voulait dire Madame Verdurin quoiqu'il n'osât la regarder) m'a
dit que vous saviez toutes choses. N'est-ce pas
précisément le moment ? — Non, c'est le moment
de manger », interrompit Mme Verdurin qui voyait
que le dîner n'en finissait pas. « Ah ! bien, répondit
le Scandinave baissant la tête dans son assiette,
avec un sourire triste et résigné. Mais je dois faire
observer à Madame que si je me suis permis ce ques-
tionnaire — pardon, ce questation, — c'est que je
dois retourner demain à Paris pour dîner chez la
Tour d'Argent ou chez l'Hôtel Meurice. Mon confrère — français, — M. Boutroux, doit nous y parler
des séances de spiritisme — pardon, des évocations
spiritueuses qu'il a contrôlées. — Ce n'est pas si
bon qu'on dit la Tour d'Argent, dit Mme Verdurin
agacée. J'y ai même fait des dîners détestables ».
« Mais est-ce que je me trompe, est-ce que la nourriture qu'on mange chez Madame n'est pas de la
plus fine cuisine française ? » « Mon Dieu, ce n'est
pas positivement mauvais, répondit Mme Verdurin
radoucie. Et si vous venez mercredi prochain ce
sera meilleur ». « Mais je pars lundi pour Alger,
et de là je vais à Cap. Et quand je serai à Cap de
Bonne-Espérance, je ne pourrai plus rencontrer
mon illustre collègue — pardon, je ne pourrai plus
rencontrer mon confrère. » Et il se mit par obéissance, après avoir fourni ces excuses rétrospectives,
à manger avec une rapidité vertigineuse. Mais
Brichot était trop heureux de pouvoir donner

d'autres étymologies végétales et il répondit, intéressant tellement le norvégien que celui-ci cessa
de nouveau de manger, mais en faisant signe qu'on
pouvait ôter son assiette pleine et passer au plat
suivant : « Un des quarante, dit Brichot, a nom
Houssaye, ou lieu planté de houx ; dans celui d'un
fin diplomate, d'Ormesson, vous retrouvez l'orme,
l'*ulmus* cher à Virgile et qui a donné son nom à la
ville d'Ulm ; dans celui de ses collègues, M. de la
Boulaye, le bouleau ; M. d'Aunay, l'aune, M. de
Bussière, le buis, M. Albaret, l'aubier (je me promis de le dire à Céleste), M. de Cholet, le choux,
et le pommier dans le nom de M. de la Pomme-
raye que nous entendîmes conférencier, Saniette
vous en souvient-il, du temps que le bon Porel
avait été envoyé aux confins du monde, comme
proconsul en Odéonie ? — Vous disiez que Cholet
vient de chou, dis-je à Brichot. Est-ce qu'une station où j'ai passé avant d'arriver à Doncières,
Saint-Frichoux, vient aussi de chou ? — Non,
Saint-Frichoux, c'est *Sanctus Fructuosus*, comme
Sanctus Ferreolus donna Saint-Fargeau, mais ce
n'est pas normand du tout. — Il sait tlop de choses,
il nous ennuie, gloussa doucement la princesse.
— Il y a tant d'autres noms qui m'intéressent,
mais je ne peux pas tout vous demander en une fois ».
Et me tournant vers Cottard : « Est-ce que Madame
Putbus est ici », lui demandai-je. Au nom de Saniette prononcé par Brichot, M. Verdurin lança
à sa femme et à Cottard un regard ironique qui
démonta le timide. « Non, Dieu merci, répondit
Mme Verdurin qui avait entendu ma question.
J'ai tâché de dériver ses villégiatures vers Venise,
nous en sommes débarrassés pour cette année ».

SODOME ET GOMORRHE

« Je vais avoir moi-même droit à deux arbres, dit M. de Charlus, car j'ai à peu près retenu une petite maison entre Saint-Martin-du-Chêne et Saint-Pierre-des-Ifs. — Mais c'est très près d'ici, j'espère que vous viendrez souvent en compagnie de Charlie Morel. Vous n'aurez qu'à vous entendre avec notre petit groupe pour les trains, vous êtes à deux pas de Doncières », dit Mme Verdurin qui détestait qu'on ne vînt pas par le même train et aux heures où elle envoyait des voitures. Elle savait combien la montée à la Raspelière, même en faisant le tour par des lacis, derrière Féterne, ce qui retardait d'une demi-heure, était dure, elle craignait que ceux qui feraient bande à part ne trouvassent pas de voitures pour les conduire ou même étant en réalité restés chez eux puissent prendre le prétexte de n'en avoir pas trouvé à Dou-ville-Féterne, et de ne pas s'être senti la force de faire une telle ascension à pied. A cette invitation M. de Charlus se contenta de répondre par une muette inclinaison. « Il ne doit pas être commode tous les jours, il a un air pincé, chuchota à Ski le docteur qui étant resté très simple malgré une couche superficielle d'orgueil, ne cherchait pas à cacher que Charlus le snobait. Il ignore sans doute que dans toutes les villes d'eaux et même à Paris dans les cliniques, les médecins, pour qui je suis naturellement le « grand chef », tiennent à honneur de me présenter à tous les nobles qui sont là et qui n'en mènent pas large. Cela rend même assez agréable pour moi le séjour des stations balnéaires, ajouta-t-il d'un air léger. Même à Doncières le major du régiment, qui est le médecin traitant du colonel, m'a invité à déjeuner avec lui en me disant que j'étais en

situation de dîner avec le général. Et ce général
est un monsieur *de* quelque chose. Je ne sais pas
si ses parchemins sont plus ou moins anciens que
ceux de ce baron. — Ne vous montez pas le bourri-
chon, c'est une bien pauvre couronne », répondit
Ski à mi-voix, et il ajouta quelque chose de confus
avec un verbe où je distinguai seulement les dernières syllabes « arder », occupé que j'étais d'écouter
ce que Brichot disait à M. de Charlus. « Non probablement j'ai le regret de vous le dire, vous n'avez qu'un
seul arbre, car si Saint-Martin-du-Chêne est évidemment *Sanctus Martinus juxte quercum*, en revanche
le mot *if* peut être simplement la racine, *ave, eve*,
qui veut dire humide comme dans Aveyron, Lodève,
Yvette, et que vous voyez subsister dans nos éviers
de cuisine. C'est l' « eau » qui en breton se dit Ster,
Stermaria, Sterlaer, Sterbouest, Ster-en-Dreuchen ».
Je n'entendis pas la fin, car quelque plaisir que j'eusse
eu à réentendre le nom de Stermaria, malgré moi
j'entendais Cottard près duquel j'étais qui disait
tout bas à Ski : « Ah ! mais je ne savais pas. Alors
c'est un monsieur qui sait se retourner dans la vie.
Comment ! il est de la confrérie ! Pourtant il n'a pas
les yeux bordés de jambon. Il faudra que je fasse
attention à mes pieds sous la table, il n'aurait qu'à
en pincer pour moi. Du reste, cela ne m'étonne qu'à
moitié. Je vois plusieurs nobles à la douche, dans le
costume d'Adam, ce sont plus ou moins des dégé-
nérés. Je ne leur parle pas parce qu'en somme je suis
fonctionnaire et que cela pourrait me faire du tort.
Mais ils savent parfaitement qui je suis ». Saniette,
que l'interpellation de Brichot avait effrayé, commençait à respirer comme quelqu'un qui a peur de
l'orage et qui voit que l'éclair n'a été suivi d'aucun

bruit de tonnerre, quand il entendit M. Verdurin le questionner tout en attachant sur lui un regard qui ne lâchait pas le malheureux tant qu'il parlait, de façon à le décontenancer tout de suite et à ne pas lui permettre de reprendre ses esprits. « Mais vous nous aviez toujours caché que vous fréquentiez les matinées de l'Odéon, Saniette ? » Tremblant comme une recrue devant un sergent tourmenteur, Saniette répondit, en donnant à sa phrase les plus petites dimensions qu'il put afin qu'elle eût plus de chance d'échapper aux coups : « Une fois, à la Chercheuse. — Qu'est-ce qu'il dit », hurla M. Verdurin, d'un air à la fois écœuré et furieux, en fronçant les sourcils comme s'il n'avait pas assez de toute son attention pour comprendre quelque chose d'inintelligible. D'abord on ne comprend pas ce que vous dites, qu'est-ce que vous avez dans la bouche ? demanda M. Verdurin de plus en plus violent, et faisant allusion au défaut de prononciation de Saniette. « Pauvre Saniette, je ne veux pas que vous le rendiez malheureux », dit Mme Verdurin sur un ton de fausse pitié et pour ne laisser un doute à personne sur l'intention insolente de son mari. « J'étais à la Ch..., Che, — che, che, tâchez de parler clairement, dit M. Verdurin, je ne vous entends même pas ». Presque aucun des fidèles ne se retenait de s'esclaffer et ils avaient l'air d'une bande d'anthropophages chez qui une blessure faite à un blanc a réveillé le goût du sang. Car l'instinct d'imitation et l'absence de courage gouvernent les sociétés comme les foules. Et tout le monde rit de quelqu'un dont on voit se moquer, quitte à le vénérer dix ans plus tard dans un cercle où il est admiré. C'est de la même façon que le peuple chasse ou acclame les rois. « Voyons, ce n'est pas sa faute, dit Mme Verdurin. — Ce n'est pas la mienne non plus, on ne dîne pas en ville quand on ne peut plus articuler. — J'étais à la *Chercheuse d'esprit* de Favart. — Quoi ? c'est la *Chercheuse d'esprit* que vous appelez la *Chercheuse* ? Ah ! c'est magnifique, j'aurais pu chercher cent ans sans trouver », s'écria M. Verdurin qui pourtant aurait jugé du premier coup que quelqu'un n'était pas lettré, artiste, « n'en était pas », s'il l'avait entendu dire le titre complet de certaines œuvres. Par exemple il fallait dire le *Malade,* le *Bourgeois* ; et ceux qui auraient ajouté « imaginaire » ou « gentilhomme » eussent témoigné qu'ils n'étaient pas de la « boutique », de même que dans un salon, quelqu'un prouve qu'il n'est pas du monde en disant : M. de Montesquiou-Fezensac pour M. de Montesquiou. « Mais ce n'est pas si extraordinaire », dit Saniette essoufflé par l'émotion mais souriant, quoiqu'il n'en ait pas envie. Mme Verdurin éclata : « Oh ! si, s'écria-t-elle en ricanant. Soyez convaincu que personne au monde n'aurait pu deviner qu'il s'agissait de la *Chercheuse d'Esprit.* » M. Verdurin reprit d'une voix douce et s'adressant à la fois à Saniette et à Brichot : « C'est une jolie pièce d'ailleurs la *Chercheuse d'Esprit* ». Prononcée sur un ton sérieux cette simple phrase, où on ne pouvait trouver trace de méchanceté, fit à Saniette autant de bien, et excita chez lui autant de gratitude qu'une amabilité. Il ne put proférer une seule parole et garda un silence heureux. Brichot fut plus loquace. « Il est vrai, répondit-il à M. Verdurin, et si on la faisait passer pour l'œuvre de quelque auteur sarmate ou scandinave, on pourrait poser

la candidature de la *Chercheuse d'Esprit* à la
situation vacante de chef-d'œuvre. Mais soit dit
sans manquer de respect aux mânes du gentil
Favart, il n'était pas de tempérament ibsénien.
(Aussitôt il rougit jusqu'aux oreilles en pensant
au philosophe norvégien, lequel avait un air malheureux parce qu'il cherchait en vain d'identifier
quel végétal pouvait être le buis que Brichot avait
cité tout à l'heure à propos de Bussière.) D'ailleurs,
la satrapie de Porel étant maintenant occupée par
un fonctionnaire qui est un tolstoïsant de rigoureuse
observance, il se pourrait que nous vissions *Anna
Karénine* ou *Résurrection* sous l'architrave odéo-
nienne. — Je sais le portrait de Favart dont vous
voulez parler, dit M. de Charlus. J'en ai vu une
très belle épreuve chez la comtesse Molé ». Le nom
de la comtesse Molé produisit une forte impression
sur Mme Verdurin. « Ah ! vous allez chez Mme de
Molé », s'écria-t-elle. Elle pensait qu'on disait
la comtesse Molé, Madame Molé, simplement par
abréviation, comme elle entendait dire les Rohan,
ou par dédain, comme elle-même disait : Madame
La Trémoïlle. Elle n'avait aucun doute que la
comtesse Molé connaissant la reine de Grèce et la
princesse de Caprarola eût autant que personne
droit à la particule, et pour une fois elle était décidée
à la donner à une personne si brillante et qui s'était
montrée fort aimable pour elle. Aussi, pour bien
montrer qu'elle avait parlé ainsi à dessein et ne
marchandait pas ce « de » à la comtesse, elle reprit :
« Mais je ne savais pas du tout que vous connaissiez
Madame de Molé ! » comme si c'avait été doublement extraordinaire et que M. de Charlus connût
cette dame, et que Mme Verdurin ne sût pas qu'il

la connaissait. Or le monde, ou du moins ce que M. de Charlus appelait ainsi, forme un tout relativement homogène et clos. Autant il est compréhensible que dans l'immensité disparate de la bourgeoisie un avocat dise à quelqu'un qui connaît un de ses camarades de collège : « Mais comment diable connaissez-vous un tel ? », en revanche s'étonner qu'un Français connut le sens du mot temple ou forêt ne serait guère plus extraordinaire que d'admirer les hasards qui avaient pu conjoindre M. de Charlus et la comtesse Molé. De plus, même si une telle connaissance n'eût pas tout naturellement découlé des lois mondaines, si elle eût été fortuite, comment eût-il été bizarre que Mme Verdurin l'ignorât puisqu'elle voyait M. de Charlus pour la première fois, et que ses relations avec Mme Molé étaient loin d'être la seule chose qu'elle ne sût pas relativement à lui, de qui, à vrai dire, elle ne savait rien. « Qu'est-ce qui jouait cette *Chercheuse d'Esprit*, mon petit Saniette ? » demanda M. Verdurin. Bien que sentant l'orage passé, l'ancien archiviste hésitait à répondre : « Mais aussi, dit Mme Verdurin, tu l'intimides, tu te moques de tout ce qu'il dit, et puis tu veux qu'il réponde. Voyons, dites qui jouait ça, on vous donnera de la galantine à emporter », dit Mme Verdurin, faisant une méchante allusion à la ruine où Saniette s'était précipité lui-même en voulant en tirer un ménage de ses amis. « Je me rappelle seulement que c'était Mme Samary qui faisait la Zerbine, dit Saniette. — La Zerbine ? Qu'est-ce que c'est que ça, cria M. Verdurin comme s'il y avait le feu. — C'est un emploi de vieux répertoire, voir le Capitaine Fracasse, comme qui dirait le Tranche Montagne, le Pédant. — Ah ! le pédant, c'est vous.

La Zerbine ! Non, mais il est toqué », s'écria M. Verdurin. Mme Verdurin regarda ses convives en riant comme pour excuser Saniette. « La Zerbine, il s'imagine que tout le monde sait aussitôt ce que cela veut dire. Vous êtes comme M. de Longepierre, l'homme le plus bête que je connaisse, qui nous disait familièrement l'autre jour « le Banat ». Personne n'a su de quoi il voulait parler. Finalement on a appris que c'était une province de Serbie ». Pour mettre fin au supplice de Saniette, qui me faisait plus de mal qu'à lui, je demandai à Brichot s'il savait ce que signifiait Balbec. « Balbec est probablement une corruption de Dalbec, me dit-il. Il faudrait pouvoir consulter les chartes des rois d'Angleterre, suzerains de la Normandie, car Balbec dépendait de la baronnie de Douvres, à cause de quoi on disait souvent Balbec d'Outre-Mer, Balbec-en-Terre. Mais la baronnie de Douvres elle-même relevait de l'évêché de Bayeux et malgré des droits qu'eurent momentanément les Templiers sur l'abbaye à partir de Louis d'Harcourt, patriarche de Jérusalem et évêque de Bayeux, ce furent les évêques de ce diocèse qui furent collateurs aux biens de Balbec. C'est ce que m'a expliqué le doyen de Doville, homme chauve, éloquent, chimérique et gourmet qui vit dans l'obédience de Brillat-Savarin, et m'a exposé avec des termes un tantinet sybillins d'incertaines pédagogies tout en me faisant manger d'admirables pommes de terre frites. » Tandis que Brichot souriait pour montrer ce qu'il y avait de spirituel à unir des choses aussi disparates et à employer pour des choses communes un langage ironiquement élevé, Saniette cherchait à placer quelque trait d'esprit qui pût le relever de son effon-

drement de tout à l'heure. Le trait d'esprit était
ce qu'on appelait un « à peu près » mais qui avait
changé de forme car il y a une évolution pour les
calembours comme pour les genres littéraires, les
épidémies qui disparaissent remplacées par d'autres, etc... Jadis la forme de l'« à peu près » était
le « comble ». Mais elle était surannée, personne
ne l'employait plus, il n'y avait plus que Cottard
pour dire encore parfois au milieu d'une partie de
« piquet » : « Savez-vous quel est le comble de la distraction, c'est de prendre l'édit de Nantes pour une
Anglaise ». Les combles avaient été remplacés par
les surnoms. Au fond, c'était toujours le vieil « à peu
près », mais comme le surnom était à la mode on
ne s'en apercevait pas. Malheureusement pour
Saniette, quand ces « à peu près » n'étaient pas de
lui et d'habitude inconnus au petit noyau, il les
débitait si timidement que malgré le rire dont il les
faisait suivre pour signaler leur caractère humo-
ristique, personne ne les comprenait. Et si au contraire le mot était de lui, comme il l'avait généralement trouvé en causant avec un des fidèles, celui-ci
l'avait répété en se l'appropriant, le mot était alors
connu, mais non comme étant de Saniette. Aussi
quand il glissait un de ceux-là on le reconnaissait,
mais, parce qu'il en était l'auteur, on l'accusait de
plagiat. « Or donc, continua Brichot, Bec en normand est ruisseau ; il y a l'abbaye du Bec, Mobec
le ruisseau du marais (Mor ou Mer voulait dire
marais, comme dans Morville, ou dans Bricquemar,
Alvimare Cambremer). Bricquebec le ruisseau de
la hauteur venant de Briga, lieu fortifié, comme
dans Bricqueville, Bricquebosc, le Bric, Briand,
ou bien brice, pont qui est le même que bruck

en allemand (Innspruck) et qu'en anglais bridge qui termine tant de noms de lieux (Cambridge etc.). Vous avez encore en Normandie bien d'autres bec : Caudebec, Bolbec, le Robec, le Bec-Hellouin, Becquerel. C'est la forme normande du germain Bach, Offenbach, Anspach. Varaguebec, du vieux mot varaigne, équivalent de garenne, bois, étangs réservés. Quant à Dal, reprit Brichot, c'est une forme de thal, vallée : Darnetal, Rosendal et même jusque près de Louviers, Becdal. La rivière qui a donné son nom à Dalbec est d'ailleurs charmante. Vue d'une falaise (fels en allemand, vous avez même non loin d'ici, sur une hauteur la jolie ville de Falaise), elle voisine les flèches de l'église, située en réalité à une grande distance, et à l'air de les refléter. — Je crois bien, dis-je, c'est un effet qu'Elstir aime beaucoup. J'en ai vu plusieurs esquisses chez lui. — Elstir ! Vous connaissez Tiche, s'écria Mme Verdurin. Mais vous savez que je l'ai connu dans la dernière intimité. Grâce au ciel je ne le vois plus. Non, mais demandez à Cottard, à Brichot, il avait son couvert mis chez moi, il venait tous les jours. Et voilà un dont on peut dire que ça ne lui a pas réussi de quitter notre petit noyau. Je vous montrerai tout à l'heure des fleurs qu'il a peintes pour moi ; vous verrez quelle différence avec ce qu'il fait aujourd'hui et que je n'aime pas du tout, mais pas du tout ! Mais comment ! je lui avais fait faire un portrait de Cottard, sans compter tout ce qu'il a fait d'après moi. — Et il avait fait au professeur des cheveux mauves, dit Mme Cottard, oubliant qu'alors son mari n'était même pas agrégé. Je ne sais, Monsieur, si vous trouvez que mon mari a des cheveux mauves. — Ça ne fait rien », dit

Mme Verdurin en levant le menton d'un air de dédain pour Mme Cottard et d'admiration pour celui dont elle parlait, « c'était d'un fier coloriste, d'un beau peintre. Tandis que, ajouta-t-elle en s'adressant de nouveau à moi, je ne sais pas si vous appelez cela de la peinture, toutes ces grandes diablesses de composition, ces grandes machines qu'il expose depuis qu'il ne vient plus chez moi. Moi, j'appelle cela du barbouillé, c'est d'un poncif, et puis ça manque de relief, de personnalité. Il y a de tout le monde là-dedans. — Il restitue la grâce du xviiie, mais moderne, dit précipitamment Saniette, tonifié et remis en selle par mon amabilité. — Mais j'aime mieux Helleu. — Il n'y a aucun rapport avec Helleu, dit Mme Verdurin. — Si, c'est du xviiie siècle fébrile. C'est un Watteau à vapeur, et il se mit à rire. — Oh ! connu, archi connu, il y a des années qu'on me le ressert », dit M. Verdurin à qui en effet Ski l'avait raconté autrefois, mais comme fait par lui-même. « Ce n'est pas de chance que pour une fois que vous prononcez intelligiblement quelque chose d'assez drôle, ce ne soit pas de vous. — Ça me fait de la peine, reprit Mme Verdurin, parce que c'était quelqu'un de doué, il a gâché un joli tempérament de peinture. Ah ! s'il était resté ici. Mais il serait devenu le premier paysagiste de notre temps. Et c'est une femme qui l'a conduit si bas ! Ça ne m'étonne pas d'ailleurs, car l'homme était agréable, mais vulgaire. Au fond c'était un médiocre. Je vous dirai que je l'ai senti tout de suite. Dans le fond, il ne m'a jamais intéressée. Je l'aimais bien, c'était tout. D'abord, il était d'un sale. Vous aimez beaucoup ça, vous, les gens qui ne se lavent jamais ? — Qu'est-ce que c'est que cette chose si jolie de ton que nous mangeons ? demanda Ski. — Cela s'appelle de la mousse à la fraise, dit Mme Verdurin. — Mais c'est ra-vis-sant. Il faudrait faire déboucher des bouteilles de Château-Margaux, de Château-Laffite, de Porto. — Je ne peux pas vous dire comme il m'amuse, il ne boit que de l'eau, dit Mme Verdurin pour dissimuler sous l'agrément qu'elle trouvait à cette fantaisie l'effroi que lui causait cette prodigalité. — Mais ce n'est pas pour boire, reprit Ski, vous en remplirez tous nos verres, on apportera de merveilleuses pêches, d'énormes brugnons, là, en face du soleil couché ; ça sera luxuriant comme un beau Véronèse. — Ça coûtera presque aussi cher, murmura M. Verdurin. Mais enlevez ces fromages si vilains de ton, dit-il en essayant de retirer l'assiette du patron qui défendit son gruyère de toutes ses forces. — Vous comprenez que je ne regrette pas Elstir, me dit Mme Verdurin, celui-ci est autrement doué. Elstir, c'est le travail, l'homme qui ne sait pas lâcher sa peinture quand il en a envie. C'est le bon élève, la bête à concours. Ski, lui, ne connaît que sa fantaisie. Vous le verrez allumer sa cigarette au milieu du dîner. — Au fait, je ne sais pas pourquoi vous n'avez pas voulu recevoir sa femme, dit Cottard, il serait ici comme autrefois. — Dites-donc, voulez-vous être poli, vous, je ne reçois pas de gourgandines, Monsieur le Professeur, dit Mme Verdurin qui avait au contraire fait tout ce qu'elle avait pu pour faire revenir Elstir, même avec sa femme. Mais avant qu'ils fussent mariés elle avait cherché à les brouiller, elle avait dit à Esltir que la femme qu'il aimait était bête, sale, légère, avait volé. Pour une fois elle n'avait pas réussi la rupture. C'est avec le salon Verdurin qu'Elstir avait rompu ; et il s'en félicitait comme les convertis bénissent la maladie ou le revers qui les a jetés dans la retraite et leur a fait connaître la voie du salut. « Il est magnifique, le Professeur, dit-elle. Déclarez plutôt que mon salon est une maison de rendez-vous. Mais on dirait que vous ne savez pas ce que c'est que Madame Elstir. J'aimerais mieux recevoir la dernière des filles ! Ah ! non, je ne mange pas de ce pain-là. D'ailleurs je vous dirai que j'aurais été d'autant plus bête de passer sur la femme que le mari ne m'intéresse plus, c'est démodé, ce n'est même plus dessiné. — C'est extraordinaire pour un homme d'une pareille intelligence, dit Cottard. — Oh ! non, répondit Mᵐᵉ Verdurin, même à l'époque où il avait du talent, car il en a eu, le gredin, et à revendre, ce qui agaçait chez lui c'est qu'il n'était aucunement intelligent. » Mᵐᵉ Verdurin, pour porter ce jugement sur Elstir, n'avait pas attendu leur brouille et qu'elle n'aimât plus sa peinture. C'est que, même au temps où il faisait partie du petit groupe, il arrivait qu'Elstir passait des journées entières avec telle femme qu'à tort ou à raison Mᵐᵉ Verdurin trouvait « bécasse », ce qui à son avis, n'était pas le fait d'un homme intelligent. « Non, dit-elle d'un air d'équité, je crois que sa femme et lui sont très bien faits pour aller ensemble. Dieu sait que je ne connais pas de créature plus ennuyeuse sur la terre et que je deviendrais enragée s'il me fallait passer deux heures avec elle. Mais on dit qu'il la trouve très intelligente. C'est qu'il faut bien l'avouer, notre *Tiche* était surtout *excessivement bête* ! Je l'ai vu épaté par des personnes que vous n'imaginez pas, par de braves idiotes dont on n'aurait jamais voulu dans notre petit clan. Hé bien ! il leur écrivait, il discutait avec elles, lui, Elstir ! Ça n'empêche pas des côtés charmants, ah ! charmants, charmants et délicieusement absurdes naturellement ». Car Mme Verdurin était persuadée que les hommes vraiment remarquables font mille folies. Idée fausse où il y a pourtant quelque vérité. Certes les « folies » des gens sont insupportables. Mais un déséquilibre qu'on ne découvre qu'à la longue est la conséquence de l'entrée dans un cerveau humain de délicatesses pour lesquelles il n'est pas habituellement fait. En sorte que les étrangetés des gens charmants exaspèrent, mais qu'il n'y a guère de gens charmants qui ne soient, par ailleurs, étranges. « Tenez, je vais pouvoir vous montrer tout de suite ses fleurs », me dit-elle en voyant que son mari lui faisait signe qu'on pouvait se lever de table. Et elle reprit le bras de M. de Cambremer. M. Verdurin voulut s'en excuser auprès de M. de Charlus, dès qu'il eût quitté Mme de Cambremer, et lui donner ses raisons, surtout pour le plaisir de causer de ces nuances mondaines avec un homme titré momentanément l'inférieur de ceux qui lui assignaient la place à laquelle ils jugeaient qu'il avait droit. Mais d'abord il tint à montrer à M. de Charlus qu'intellectuellement il l'estimait trop pour penser qu'il pût faire attention à ces bagatelles : « Excusez-moi de vous parler de ces riens, commença-t-il, car je suppose bien le peu de cas que vous en faite. Les esprits bourgeois y font attention, mais les autres, les artistes, les gens qui en sont vraiment, s'en fichent. Or dès les premiers mots que nous avons échangés, j'ai compris que vous en étiez ! » M. de Charlus qui donnait à cette locution un sens fort différent, eut un haut-le-corps. Après les œillades du docteur, l'injurieuse franchise du Patron le suffoquait. « Ne protestez pas, cher Monsieur, vous en êtes, c'est clair comme le jour, reprit M. Verdurin. Remarquez que je ne sais pas si vous exercez un art quelconque, mais ce n'est pas nécessaire. Ce n'est pas toujours suffisant. Degrange qui vient de mourir jouait parfaitement avec le plus robuste mécanisme, mais n'en était pas, on sentait tout de suite qu'il n'en était pas. Brichot n'en est pas. Morel en est, ma femme en est, je sens que vous en êtes... » — « Qu'alliez-vous me dire, interrompit M. de Charlus qui commençait à être rassuré sur ce que voulait signifier M. Verdurin, mais qui préférait qu'il criât moins haut ces paroles à double sens. « Nous vous avons mis seulement à gauche, répondit M. de Verdurin. » M. de Charlus, avec un sourire compréhensif, bonhomme et insolent, répondit : « Mais voyons ! Cela n'a aucune importance, *ici !* » Et il eut un petit rire qui lui était spécial — un rire qui lui venait probablement de quelque grand'mère bavaroise ou lorraine, qui le tenait elle-même, tout identique, d'une aïeule, de sorte qu'il sonnait ainsi, inchangé, depuis pas mal de siècles dans de vieilles petites cours de l'Europe, et qu'on goûtait sa qualité précieuse comme celle de certains instruments anciens devenus rarissimes. Il y a des moments où pour peindre complètement quelqu'un il faudrait que l'imitation phonétique se joignît à la description, et celle du personnage que faisait M. de Charlus risque d'être incomplète par le manque de ce petit rire si fin, si léger, comme certaines œuvres de Bach ne sont jamais rendues exactement parce que les orchestres manquent de ces « petites trompettes » au son si particulier, pour lesquelles l'auteur a écrit telle ou telle partie. « Mais, expliqua M. Verdurin blessé, c'est à dessein. Je n'attache aucune importance aux titres de noblesse, ajouta-t-il, avec ce sourire dédaigneux que j'ai vu à tant de personnes que j'ai connues, à l'encontre de ma grand'mère et de ma mère, avoir pour toutes les choses qu'ils ne possèdent pas, devant ceux, qui ainsi, pensent-ils, ne pourront pas se faire à l'aide d'elles une supériorité sur eux. Mais enfin puisqu'il y avait justement M. de Cambremer et qu'il est Marquis, comme vous n'êtes que Baron... — Permettez, répondit M. de Charlus avec un air de hauteur à M. Verdurin étonné, je suis aussi Duc de Brabant. Damoiseau de Montargis, Prince d'Oléron, de Carency, de Viazeggio et des Dunes. D'ailleurs cela ne fait absolument rien. Ne vous tourmentez pas, ajouta-t-il en reprenant son fin sourire qui s'épanouit sur ces derniers mots : J'ai tout de suite vu que vous n'aviez pas l'habitude. »

Mme Verdurin vint à moi pour me montrer les fleurs d'Elstir. Si cet acte devenu depuis longtemps si indifférent pour moi, aller dîner en ville, ne m'avait au contraire, sous la forme qui le renouvelait entièrement d'un voyage le long de la côte, suivi d'une montée en voiture jusqu'à deux cents mètres au-dessus de la mer, procuré une sorte d'ivresse, celle-ci ne s'était pas dissipée à la Raspelière. « Tenez, regardez-moi ça, me dit la Patronne, en me montrant de grosses et magnifiques roses d'Elstir, mais dont l'onctueux écarlate et la blancheur fouettée s'enlevaient avec un relief un peu trop crémeux sur la jardinière où elles étaient posées. Croyez-vous qu'il aurait encore assez de patte pour attraper ça ?

Est ce assez fort ! Et puis, c'est beau comme matière,
ça serait amusant à tripoter. Je ne peux pas vous
dire comme c'était amusant de les lui voir peindre.
On sentait que ça l'intéressait de chercher cet effet-
là. » Et le regard de la Patronne s'arrêta rêveuse-
ment sur ce présent de l'artiste où se trouvaient
résumés, non seulement son grand talent, mais leur
longue amitié qui ne survivait plus qu'en ces souvenirs qu'il lui en avait laissés ; derrière les fleurs
autrefois cueillies par lui pour elle même, elle
croyait revoir la belle main qui les avait peintes, en
une matinée, dans leur fraîcheur, si bien que, les
unes sur la table, l'autre adossé à un fauteuil de la
salle à manger avaient pu figurer en tête-à-tête
pour le déjeuner de la Patronne, les roses encore
vivantes et leur portrait à demi ressemblant. A demi
seulement, Elstir ne pouvant regarder une fleur
qu'en la transplantant d'abord dans ce jardin
intérieur où nous sommes forcés de rester toujours.
Il avait montré dans cette aquarelle l'apparition
des roses qu'il avait vues et que sans lui on n'eût
connues jamais ; de sorte qu'on peut dire que
c'était une variété nouvelle dont ce peintre, comme
un ingénieux horticulteur, avait enrichi la famille
des Roses. « Du jour où il a quitté le petit noyau, ça
a été un homme fini. Il paraît que mes dîners lui
faisaient perdre du temps, que je nuisais au déve-
loppement de son *génie*, dit-elle sur un ton d'ironie.
Comme si la fréquentation d'une femme comme moi
pouvait ne pas être salutaire à un artiste, s'écria-
t-elle dans un mouvement d'orgueil. » Tout près de
nous, M. de Cambremer qui était déjà assis esquissa,
en voyant M. de Charlus debout, le mouvement de
se lever et de lui donner sa chaise. Cette offre ne

correspondait peut-être dans la pensée du marquis qu'à une intention de vague politesse. M. de Charlus préféra y attacher la signification d'un devoir que le simple gentilhomme savait qu'il avait à rendre à un prince, et ne crut pas pouvoir mieux établir son droit à cette préséance qu'en la déclinant. Aussi s'écria-t-il : « Mais comment donc ! Je vous en prie ! Par exemple ! » Le ton astucieusement véhément de cette protestation avait déjà quelque chose de fort « Guermantes » qui s'accusa davantage dans le geste, impératif, inutile et familier avec lequel M. de Charlus pesa de ses deux mains et comme pour le forcer à se rasseoir, sur les épaules de M. de Cambremer qui ne s'était pas levé : « Ah ! voyons, mon cher, insista le Baron, il ne manquerait plus que ça ! Il n'y a pas de raison ! de notre temps on réserve ça aux princes du sang. » Je ne touchai pas plus les Cambremer que Mme Verdurin par mon enthousiasme pour leur maison. Car j'étais froid devant des beautés qu'ils me signalaient et m'exaltais de réminiscences confuses ; quelquefois même je leur avouais ma déception ne trouvant pas quelque chose conforme à ce que son nom m'avait fait imaginer. J'indignai Mme de Cambremer en lui disant que j'avais cru que c'était plus campagne. En revanche je m'arrêtai avec extase à renifler l'odeur d'un vent coulis qui passait par la porte. « Je vois que vous aimez les courants d'air, me dirent ils. » Mon éloge du morceau de lustrine verte bouchant un carreau cassé n'eut pas plus de succès : « Mais quelle horreur ! s'écria la Marquise. » Le comble fut quand je dis : « Ma plus grande joie a été quand je suis arrivé. Quand j'ai entendu résonner mes pas dans la galerie, je ne sais pas dans quel bureau de mairie de village,

où il y a la carte du canton, je me crus entré. » Cette
fois Mme de Cambremer me tourna résolument le dos.
« Vous n'avez pas trouvé tout cela trop mal arrangé,
lui demanda son mari avec la même sollicitude
apitoyée que s'il se fut informé comment sa femme
avait supporté une triste cérémonie. Il y a de belles
choses. » Mais comme la malveillance, quand les
règles fixes d'un goût sûr ne lui imposent pas de
bornes irévitables trouve tout à critiquer, de leur personne ou de leur maison, chez les gens qui vous ont
supplantés : « Oui, mais elles ne sont pas à leur place.
Et voire, sont-elles si belles que ça. — Vous avez
remarqué, dit M. de Cambremer avec une tristesse que
contenait quelque fermeté, il y a des toiles de Jouy
qui montrent la corde, des choses tout usées dans ce
salon ! — Et cette pièce d'étoffe avec ses grosses
roses comme un couvre-pied de paysanne, « dit
Mme de Cambremer, dont la culture toute postiche
s'appliquait exclusivement à la philosophie idéaliste,
à la peinture impressioniste et à la musique de
Debussy. Et pour ne pas requérir uniquement au
nom du luxe mais aussi du goût : « Et ils ont mis des
brise-bise ! Quelle faute de style ! Que voulez-vous
ces gens, ils ne savent pas, où auraient-ils appris ?
ça doit être de gros commerçants retirés. C'est
déjà pas mal pour eux. — Les chandeliers m'ont
paru beaux », dit le marquis, sans qu'on sut pourquoi il exceptait les chandeliers, de même qu'iné-
vitablement, chaque fois qu'on parlait d'une église,
que ce fut la cathédrale de Chartres, de Reims,
d'Amiens, ou l'église de Balbec, ce qu'il s'empressait
toujours de citer comme admirables c'était : « le
buffet d'orgue, la chaire et les œuvres de miséri-
corde ». « Quant au jardin, n'en parlons pas, dit

Mme de Cambremer. C'est un massacre. Ces allées qui s'en vont tout de guingois ». Je profitai de ce que Mme Verdurin servait le café pour aller jeter un coup d'œil sur la lettre que M. de Cambremer m'avait remise, et où sa mère m'invitait à dîner. Avec ce rien d'encre, l'écriture traduisait une individualité désormais pour moi reconnaissable entre toutes, sans qu'il y eut plus besoin de recourir à l'hypothèse de plumes spéciales, que des couleurs rares et mystérieusement fabriquées ne sont nécessaires au peintre pour exprimer sa vision originale. Même un paralysé atteint d'agraphie après une attaque et réduit à regarder les caractères comme un dessin sans savoir les lire, aurait compris que Mme de Cambremer appartenait à une vieille famille où la culture enthousiaste des lettres et des arts avait donné un peu d'air aux traditions aristocratiques. Il aurait deviné aussi vers quelles années la marquise avait appris simultanément à écrire et à jouer Chopin. C'était l'époque où les gens bien élevés observaient la règle d'être aimables et celle dite des trois adjectifs. Mme de Cambremer les combinait toutes les deux. Un adjectif louangeux ne lui suffisait pas, elle le faisait suivre (après un petit tiret) d'un second, puis (après un deuxième tiret) d'un troisième. Mais ce qui lui était particulier, c'est que contrairement au but social et littéraire qu'elle se proposait, la succession des trois épithètes revêtait dans les billets de Mme de Cambremer l'aspect non d'une progression, mais d'un diminuendo. Mme de Cambremer me dit dans cette première lettre qu'elle avait vu Saint-Loup et avait encore plus apprécié que jamais ses qualités « uniques, rares, réelles », et qu'il devait

213

revenir avec un de ses amis, (précisément celui qui aimait la belle-fille), et que si je voulais venir avec ou sans eux dîner à Féterne elle en serait « ravie — heureuse — contente ». Peut-être était-ce parce que le désir d'amabilité n'étant pas égalé chez elle par la fertilité de l'imagination et la richesse du vocabulaire que cette dame tenait à pousser trois exclamations, n'avait la force de donner dans la deuxième et la troisième qu'un écho affaibli de la première. Qu'il y eût eu seulement un quatrième adjectif et de l'amabilité initiale, il ne serait rien resté. Enfin par une certaine simplicité raffinée qui n'avait pas dû être sans produire une impression considérable dans la famille et même le cercle des relations, Mᵐᵉ de Cambremer avait pris l'habitude de substituer au mot qui pouvait finir par avoir l'air mensonger, de sincère, celui de vrai. Et pour bien montrer qu'il s'agissait en effet de quelque chose de sincère, elle rompait l'alliance conventionnelle qui eut mis « vrai » avant le substantif, et le plantait bravement après. Ses lettres finissaient par : Croyez à mon amitié vraie. Croyez à ma sympathie vraie. Malheureusement c'était tellement devenu une formule que cette affectation de franchise donnait plus l'impression de la politesse menteuse que les antiques formules au sens desquelles on ne songe plus. J'étais d'ailleurs gêné pour lire par le bruit confus des conversations que dominait la voix plus haute de M. de Charlus n'ayant pas lâché son sujet et disant à M. de Cambremer : « Vous me faisiez penser en voulant que je prisse votre place, à un Monsieur qui m'a envoyé ce matin une lettre en mettant comme adressant à son Altes e, le Baron de Charlus, et qui la commençait par : Monsei-

gneur. — En effet, votre correspondant exagérait
un peu, répondit M. de Cambremer en se livrant
à une discrète hilarité. M. de Charlus l'avait pro-
voquée ; il ne la partagea pas. — Mais dans le
fond, mon cher, dit-il, remarquez que héraldique-
ment parlant, c'est lui qui est dans le vrai, je n'en
fais pas une question de personne vous pensez bien.
J'en parle comme s'il s'agissait d'un autre. Mais que
voulez-vous, l'histoire est l'histoire, nous n'y pouvons rien et il ne dépend pas de nous de la refaire.
Je ne vous citerai pas l'empereur Guillaume qui à
Kiel n'a jamais cessé de me donner du Monseigneur.
J'ai ouï dire qu'il appelait ainsi tous les ducs français, ce qui est abusif, et ce qui est peut-être simplement une délicate attention qui, par-dessus notre tête,
vise la France. — Délicate et plus ou moins sincère,
dit M. de Cambremer. — Ah ! je ne suis pas de votre
avis. Remarquez que personnellement un seigneur
de dernier ordre comme ce Hohenzollern, de plus
protestant, et qui a dépossédé mon cousin le roi
d'Hanovre n'est pas pour me plaire, ajouta M. de
Charlus auquel le Hanovre semblait tenir plus à
cœur que l'Alsace-Lorraine. Mais je crois le penchant
qui porte l'Empereur vers nous profondément sincère. Les imbéciles vous diront que c'est un Empereur de théâtre. Il est au contraire merveilleusement
intelligent, il ne s'y connaît pas en peinture, et il a
forcé M. Tschudi de retirer les Elstir des musées
nationaux. Mais Louis XIV n'aimait pas les maîtres
hollandais, avait aussi le goût de l'apparat, et a été
somme toute un grand souverain. Encore Guillaume II a-t-il armé son pays au point de vue militaire et naval, comme Louis XIV n'avait pas fait
et j'espère que son règne ne connaîtra jamais

les revers qui ont assombri sur la fin le règne de
celui qu'on appelle banalement le Roi Soleil. La
République a commis une grande faute à mon avis
en repoussant les amabilités du Hohenzollern ou
en ne les lui rendant qu'au compte-gouttes. Il s'en
rend lui-même très bien compte et dit, avec ce don
d'expression qu'il a : Ce que je veux c'est ma poignée
de mains, ce n'est pas un coup de chapeau. Comme
homme, il est vil ; il a abandonné, livré, renié ses
meilleurs amis dans des circonstances où son silence
a été aussi misérable que le leur a été grand, continua M. de Charlus, qui emporté toujours sur sa
pente glissait vers l'affaire Eulenbourg, et se rappelait le mot que lui avait dit l'un des inculpés les
plus hauts placés : « Faut-il que l'Empereur ait
confiance en notre délicatesse pour avoir osé permettre un pareil procès. Mais d'ailleurs il ne s'est
pas trompé en ayant eu foi dans notre discrétion.
Jusque sur l'échafaud nous aurions fermé la bouche. »
Du reste tout cela n'a rien à voir avec ce que je
voulais dire, à savoir qu'en Allemagne, princes
médiatisés nous sommes Durchlaucht, et qu'en
France notre rang d'Altesse était publiquement
reconnu. Saint-Simon prétend que nous l'avions
pris par abus, ce en quoi il se trompe parfaitement.
La raison qu'il en donne, à savoir que Louis XIV
nous fit faire défense de l'appeler le roi très chrétien,
et nous ordonna de l'appeler le Roi tout court,
prouve simplement que nous relevions de lui et
nullement que nous n'avions pas la qualité de
prince. Sans quoi, il aurait fallu le dénier au Duc de
Lorraine et à combien d'autres. D'ailleurs plusieurs
de nos titres viennent de la Maison de Lorraine par
Thérèse d'Espinoy, ma bisaïeule qui était la fille du

damoiseau de Commercy. » S'étant aperçu que
Morel l'écoutait, M. de Charlus développa plus
amplement les raisons de sa prétention. « J'ai fait
observer à mon frère que ce n'est pas dans la troisième partie du Gotha, mais dans la deuxième, pour
ne pas dire dans la première, que la notice sur notre
famille devrait se trouver, dit il sans se rendre
compte que Morel ne savait pas ce qu'était le Gotha.
Mais c'est lui que ça regarde, il est mon chef d'armes
et du moment qu'il le trouve bon ainsi et qu'il laisse
passer la chose, je n'ai qu'à fermer les yeux. —
M. Brichot m'a beaucoup intéressé, dis-je à Mme Verdurin qui venait à moi, et tout en mettant la lettre
de Mme de Cambremer dans ma poche : « C'est un
esprit cultivé et un brave homme, me répondit-elle
froidement. Il manque évidemment d'originalité
et de goût, il a une terrible mémoire. On disait des
« aïeux » des gens que nous avons ce soir, les émigrés,
qu'ils n'avaient rien oublié. Mais ils avaient du moins
l'excuse, dit-elle en prenant à son compte un mot de
Swann, qu'ils n'avaient rien appris. Tandis que Brichot sait tout, et nous jette à la tête pendant le
dîner des piles de dictionnaire. Je crois que vous
n'ignorez plus rien de ce que veut dire le nom de
telle ville, de tel village. » Pendant que Mme Verdurin
parlait, je pensais que je m'étais promis de lui demander quelque chose, mais je ne pouvais me rappeler ce que c'était. « Je suis sûr que vous parlez de
Brichot. Hein, Chantepie, et Freycinet, il ne vous a
fait grâce de rien. Je vous ai regardée ma petite
Patronne. — Je vous ai bien vu, j'ai failli éclater. « Je
ne saurais dire aujourd'hui comment Mme Verdurin
était habillée ce soir-là. Peut-être au moment ne
le savais-je pas davantage, car je n'ai pas l'esprit

d'observation. Mais sentant que sa toilette n'était
pas sans prétention je lui dis quelque chose d'aimable et même d'admiratif. Elle était comme
presque toutes les femmes, lesquelles s'imaginent
qu'un compliment qu'on leur fait est la stricte
expression de la vérité et que c'est un jugement
qu'on porte impartialement, irrésistiblement, comme
s'il s'agissait d'un objet d'art ne se rattachant pas
à une personne. Aussi fût-ce avec un sérieux qui
me fit rougir de mon hypocrisie qu'elle me posa cette
orgueilleuse et naïve question, habituelle en pareilles
circonstances : « Cela vous plaît ? — Vous parlez
de Chantepie, je suis sûr », dit M. Verdurin s'approchant de nous. J'avais été seul, pensant à ma lustrine verte et à une odeur de bois, à ne pas remarquer qu'en énumérant ces étymologies, Brichot
avait fait rire de lui. Et comme les impressions qui
donnaient pour moi leur valeur aux choses étaient
de celles que les autres personnes ou n'éprouvent
pas, ou refoulent sans y penser comme insignifiantes,
et que par conséquent si, j'avais pu les communiquer elles fussent restées incomprises ou auraient
été dédaignées, elles étaient entièrement inutili-
sables pour moi et avaient de plus l'inconvénient
de me faire passer pour stupide aux yeux de
Mme Verdurin qui voyait que j'avais « gobé » Brichot, comme je l'avais déjà paru à Mme de Guermantes parce que je me plaisais chez Mme d'Ar-
pajon. Pour Brichot pourtant il y avait une autre
raison. Je n'étais pas du petit clan. Et dans tout
clan, qu'il soit mondain, politique, littéraire, on
contracte une facilité perverse à découvrir dans une
conversation, dans un discours officiel, dans une nouvelle, dans un sonnet, tout ce que l'honnête lecteur

n'aurait jamais songé à y voir. Que de fois il m'est arrivé, lisant avec une certaine émotion un conte habilement filé par un académicien disert et un peu vieillot d'être sur le point de dire à Bloch ou à Mme de Guermantes : « Comme c'est joli ! » quand avant que j'eusse ouvert la bouche ils s'écriaient chacun dans un langage différent : « Si vous voulez passer un bon moment, lisez un conte de un tel. La stupidité humaine n'a jamais été aussi loin ». Le mépris de Bloch provenait surtout de ce que certains effets de style, agréables du reste, étaient un peu fanés ; celui de Mme de Guermantes de ce que le conte semblait prouver justement le contraire de ce que voulait dire l'auteur pour des raisons du fait qu'elle avait l'ingéniosité de déduire mais auxquelles je n'eusse jamais pensé. Je fus aussi surpris de voir l'ironie que cachait l'amabilité apparente des Verdurin pour Brichot que d'entendre quelques jours plus tard à Féterne les Cambremer me dire, devant l'éloge enthousiaste que je faisais de la Raspelière : « Ce n'est pas possible que vous soyiez sincère, après ce qu'ils en ont fait ». Il est vrai qu'ils avouèrent que la vaisselle était belle. Pas plus que les choquants brise-bise, je ne l'avais vue. « Enfin, maintenant, quand vous retournerez à Balbec, vous saurez ce que Balbec signifie, dit ironiquement M. Verdurin. » C'était justement les choses que m'apprenait Brichot qui m'intéressaient. Quant à ce qu'on appelait son esprit, il était exactement le même qui avait été si goûté autrefois dans le petit clan. Il parlait avec la même irritante facilité, mais ses paroles ne portaient plus, avaient à vaincre un silence hostile ou de désagréables échos ; ce qui avait changé était, non ce qu'il débitait, mais l'acoustique du salon

et les dispositions du public. « Gare », dit à mi-voix
Mme Verdurin en montrant Brichot. Celui-ci ayant
gardé l'ouïe plus perçante que la vue, jeta sur la
Patronne un regard vite détourné de myope et de
philosophe. Si ses yeux étaient moins bons, ceux de
son esprit jetaient en revanche sur les choses un
plus large regard. Il voyait le peu qu'on pouvait
attendre des affections humaines, il s'y était résigné.
Certes il en souffrait. Il arrive que, même celui qui
un seul soir, dans un milieu où il a l'habitude de
plaire, devine qu'on l'a trouvé ou trop frivole, ou
trop pédant, ou trop gauche, ou trop cavalier, etc...
rentre chez lui malheureux. Souvent c'est à cause
d'une question d'opinions, de système, qu'il a paru
à d'autres absurde ou vieux-jeu. Souvent il sait à
merveille que ces autres ne le valent pas. Il pourrait
aisément disséquer les sophismes à l'aide desquels
on l'a condamné tacitement, il veut aller faire une
visite, écrire une lettre : plus sage il ne fait rien,
attend l'invitation de la semaine suivante. Parfois
aussi ces disgrâces au lieu de finir en une soirée,
durent des mois. Dues à l'instabilité des jugements
mondains, elles l'augmentent encore. Car celui qui
sait que Mme X le méprise, sentant qu'on l'estime
chez Mme Y., la déclare bien supérieure et émigre
dans son salon. Au reste ce n'est pas le lieu de peindre
ici ces hommes, supérieurs à la vie mondaine mais
n'ayant pas su se réaliser en dehors d'elle, heureux
d'être reçus, aigris d'être méconnus, découvrant
chaque année les tares de la maîtresse de maison
qu'ils encensaient, et le génie de celle qu'ils n'avaient
pas appréciée à sa valeur, quitte à revenir à leurs
premières amours quand ils auront souffert des
inconvénients qu'avaient aussi les secondes et

que ceux des premières seront un peu oubliés. On peut juger par ces courtes disgrâces du chagrin que causait à Brichot celle qu'il savait définitive. Il n'ignorait pas que Mme Verdurin riait parfois publiquement de lui, même de ses infirmités, et sachant le peu qu'il faut attendre des affections humaines, s'y étant soumis, il ne considérait pas moins la Patronne comme sa meilleure amie. Mais à la rougeur qui couvrit le visage de l'universitaire, Madame Verdurin comprit qu'il l'avait entendue et se promit d'être aimable pour lui pendant la soirée. Je ne pus m'empêcher de lui dire qu'elle l'était bien peu pour Saniette. « Comment, pas gentille ! Mais il nous adore, vous ne savez pas ce que nous sommes pour lui. Mon mari est quelquefois un peu agacé de sa stupidité et il faut avouer qu'il y a de quoi, mais dans ces moments-là, pourquoi ne se rebiffe-t-il pas davantage, au lieu de prendre ces airs de chien couchant? Ce n'est pas franc. Je n'aime pas cela. Ça n'empêche pas que je tâche toujours de calmer mon mari parce que s'il allait trop loin, Saniette n'aurait qu'à ne pas revenir ; et cela je ne le voudrais pas parce que je vous dirai qu'il n'a plus un sou, il a besoin de ses dîners. Et puis, après tout, si il se froisse, qu'il ne revienne pas, moi ce n'est pas mon affaire, quand on a besoin des autres on tâche de ne pas être aussi idiot. — Le Duché d'Aumale a été longtemps dans notre famille avant d'entrer dans la maison de France, expliquait M. de Charlus à M. de Cambremer, devant Morel ébahi et auquel à vrai dire toute cette dissertation était sinon adressée du moins destinée. Nous avions le pas sur tous les princes étrangers ; je pourrais vous en donner cent exemples. La Princesse de Croy ayant voulu à

l'enterrement de Monsieur se mettre à genoux après
ma trisaïeule, celle-ci lui fit vertement remarquer
qu'elle n'avait pas droit au carreau, le fit retirer
par l'officier de service et porta la chose au Roi, qui
ordonna à Mme de Croy d'aller faire des excuses à
Mme de Guermantes chez elle. Le Duc de Bourgogne
étant venu chez nous avec les huissiers, la baguette
levée, nous obtînmes du roi de la faire abaisser. Je
sais qu'il y a mauvaise grâce à parler des vertus des
siens. Mais il est bien connu que les nôtres ont toujours été de l'avant à l'heure du danger. Notre cri
d'armes quand nous avons quitté celui des Ducs de
Brabant, a été « Passavant ». De sorte qu'il est en
somme assez légitime que ce droit d'être partout
les premiers que nous avions revendiqué pendant
tant de siècles à la guerre, nous l'ayons obtenu ensuite
à la Cour. Et dame, il nous y a toujours été reconnu.
Je vous citerai encore comme preuve la Princesse
de Baden. Comme elle s'était oubliée jusqu'à vouloir
disputer son rang à cette même Duchesse de Guermantes, de laquelle je vous parlais tout à l'heure, et
avait voulu entrer la première chez le Roi en profitant d'un mouvement d'hésitation qu'avait peut-
être eu ma parente (bien qu'il n'y en eût pas à avoir)
le Roi cria vivement : « Entre, entrez, ma cousine,
Mme de Baden sait trop ce qu'elle vous doit ». Et
c'est comme Duchesse de Guermantes qu'elle avait
ce rang, bien que par elle-même elle fut d'assez
grande naissance puisqu'elle était par sa mère nièce
de la Reine de Pologne, de la Reine d'Hongrie,
de l'Électeur Palatin, du Prince de Savoie-Cari-
gnan et du Prince d'Hanovre, ensuite Roi d'Angleterre. — *Mæcenas atavis edite regibus !* dit Brichot
en s'adressant à M. de Charlus qui répondit par une

légère inclinaison de tête à cette politesse. « Qu'est-ce que vous dites ? demanda Mme Verdurin à Brichot envers qui elle aurait voulu tâcher de réparer ses paroles de tout à l'heure. — Je parlais, Dieu m'en pardonne, d'un dandy qui était la fleur du gratin (Mme Verdurin fronça les sourcils), environ le siècle d'Auguste (Mme Verdurin rassurée par l'éloignement de ce gratin prit une expression plus sereine), d'un ami de Virgile et d'Horace qui poussaient la flagornerie jusqu'à lui envoyer en pleine figure ses ascendances plus qu'aristocratiques, royales, en un mot je parlais de Mécène, d'un rat de bibliothèque qui était ami d'Horace, de Virgile, d'Auguste. Je suis sûr que M. de Charlus sait très bien à tous égards qui était Mécène ». Regardant gracieusement Mme Verdurin du coin de l'œil parce qu'il l'avait entendue donner rendez-vous à Morel pour le surlendemain et qu'il craignait de ne pas être invité, « Je crois, dit M. de Charlus, que Mécène, c'était quelque chose comme le Verdurin de l'antiquité. » Mme Verdurin ne put réprimer qu'à moitié un sourire de satisfaction. Elle alla vers Morel. « Il est agréable l'ami de vos parents, lui dit-elle. On voit que c'est un homme instruit, bien élevé. Il fera bien dans notre petit noyau. Où donc demeure-t-il à Paris ? — Morel garda un silence hautain et demanda seulement à faire une partie de cartes. Mme Verdurin exigea d'abord un peu de violon. A l'étonnement général, M. de Charlus, qui ne parlait jamais des grands dons qu'il avait, accompagna, avec le style le plus pur, le dernier morceau, (inquiet, tourmenté, Schumanesque, mais enfin antérieur à la Sonate de Franck) de la Sonate pour piano et violon de Fauré. Je sentis qu'il donnerait à Morel, merveilleusement

223

doué pour le son et la virtuosité, précisément ce qui lui manquait, la culture et le style. Mais je songeai avec curiosité à ce qui unit chez un même homme une tare physique et un don spirituel. M. de Charlus n'était pas très différent de son frère, le Duc de Guermantes. Même, tout à l'heure (et cela était rare), il avait parlé un aussi mauvais français que lui. Me reprochant (sans doute pour que je parlasse en termes chaleureux de Morel à Mme Verdurin) de n'aller jamais le voir, et moi, invoquant la discrétion, il m'avait répondu : « Mais puisque c'est moi qui vous le demande, il n'y a que moi qui *pourrais m'en formaliser.* » Cela aurait pu être dit par le Duc de Guermantes. M. de Charlus n'était en somme qu'un Guermantes. Mais il avait suffi que la nature déséquilibrât suffisamment en lui le système nerveux pour qu'au lieu d'une femme, comme eût fait son frère le Duc, il préférât un berger de Virgile ou un élève de Platon, et aussitôt des qualités inconnues au duc de Guermantes et souvent liées à ce déséquilibre, avaient fait de M. de Charlus un pianiste délicieux, un peintre amateur qui n'était pas sans goût, un éloquent discoureur. Le style rapide, anxieux, charmant avec lequel M. de Charlus jouait le morceau schumanesque de la Sonate de Fauré, qui aurait pu discerner que ce style avait son correspondant — on n'ose dire sa cause — dans des parties toutes physiques, dans les défectuosités nerveuses de M. de Charlus. Nous expliquerons plus tard ce mot de défectuosités nerveuses et pour quelles raisons un grec du temps de Socrate, un romain du temps d'Auguste, pouvaient être ce qu'on sait tout en restant des hommes absolument normaux, et non des

hommes femmes comme on en voit aujourd'hui. De
même que de réelles dispositions artistiques, non
venues à terme, M. de Charlus avait, bien plus que le
Duc aimé leur mère, aimé sa femme, et même des
années après, quand on lui en parlait il avait des
larmes, mais superficielles, comme la transpiration
d'un homme trop gros, dont le front pour un rien
s'humecte de sueur. Avec la différence qu'à ceux-ci
on dit : « Comme vous avez chaud », tandis qu'on
fait semblant de ne pas voir les pleurs des autres.
On, c'est-à-dire le monde ; car le peuple s'inquiète
de voir pleurer comme si un sanglot était plus grave
qu'une hémorrhagie. La tristesse qui suivit la mort
de sa femme, grâce à l'habitude de mentir, n'excluait
pas chez M. de Charlus une vie qui n'y était pas
conforme. Plus tard même, il eut l'ignominie de
laisser entendre que pendant la cérémonie funèbre,
il avait trouvé le moyen de demander son nom et
son adresse à l'enfant de chœur. Et c'était peut-être
vrai.

Le morceau fini, je me permis de réclamer du
Franck, ce qui eut l'air de faire tellement souffrir
Mme de Cambremer que je n'insistai pas. « Vous ne
pouvez pas aimer cela, me dit-elle. » Elle demanda
à la place Fêtes de Debussy, ce qui fit crier : « Ah !
c'est sublime ! » dès la première note. Mais Morel
s'aperçut qu'il ne savait que les premières mesures
et par gaminerie, sans aucune intention de mysti-
fier, il commença une marche de Meyerbeer. Malheureusement comme il laissa peu de transitions et ne
fit pas d'annonce, tout le monde crut que c'était
encore du Debussy, et on continua à crier sublime.
Morel en révélant que l'auteur n'était pas celui de
Pelléas mais de Robert le Diable, jeta un certain

froid. Madame de Cambremer n'eut guère le temps de le ressentir pour elle-même, car elle venait de découvrir un cahier de Scarlatti et elle s'était jetée dessus avec une impulsion d'hystérique. « Oh ! jouez ça, tenez ça, c'est divin », criait-elle. Et pourtant de cet auteur longtemps dédaigné, promu depuis peu aux plus grands honneurs, ce qu'elle élisait dans son impatience fébrile, c'était un de ces morceaux maudits qui vous ont si souvent empêché de dormir et qu'une élève sans pitié recommence indéfiniment à l'étage contigu au nôtre. Mais Morel avait assez de musique, et comme il tenait à jouer aux cartes, M. de Charlus pour participer à la partie aurait voulu un whist. » Il a dit tout à l'heure au patron qu'il était Prince, dit Ski à Mᵐᵉ Verdurin, mais ce n'est pas vrai, il est d'une simple bourgeoisie de petits architectes », « Je veux savoir ce que vous disiez de Mécène. Ça m'amuse, moi, ná ! » redit Mᵐᵉ Verdurin à Brichot, par une amabilité qui grisa celui-ci. Aussi pour briller aux yeux de la Patronne et peut-être aux miens : « Mais à vrai dire, Madame, Mécène m'intéresse surtout parce qu'il est le premier apôtre de marque de ce Dieu chinois qui compte aujourd'hui en France plus de sectateurs que Brahma, que le Christ lui-même, le très puissant Dieu Jemenfou. » Mᵐᵉ Verdurin ne se contentait plus dans ces cas-là de plonger sa tête dans sa main. Elle s'abattait avec la brusquerie des insectes appelés éphémères sur la Princesse Sherbatoff ; si celle-ci était à peu de distance la Patronne s'accrochait à l'aisselle de la Princesse, y enfonçait ses ongles, et cachait pendant quelques instants sa tête comme un enfant qui joue à cache-cache. Dissimulée par cet écran protecteur, elle était censée rire aux larmes et pouvait aussi bien ne penser à rien du tout que les gens, qui pendant qu'ils font une prière un peu longue ont la sage précaution d'ensevelir leur visage dans leur main. Mme Verdurin les imitait en écoutant les quatuors de Beethoven pour montrer à la fois qu'elle les considérait comme une prière et pour ne pas laisser voir qu'elle dormait. « Je parle fort sérieusement, Madame, dit Brichot. Je crois que trop grand est aujourd'hui le nombre des gens qui passent leur temps à considérer leur nombril comme s'il était le centre du monde. En bonne doctrine, je n'ai rien à objecter à je ne sais quel nirvâna qui tend à nous dissoudre dans le grand Tout (lequel comme Munich et Oxford est beaucoup plus près de Paris qu'Asnières ou Bois-Colombes) mais il n'est ni d'un bon Français, ni même d'un bon Européen, quand les Japonais sont peut-être aux portes de notre Byzance que des anti-militaristes socialisés discutent gravement sur les vertus cardinales du vers libre. » Mme Verdurin crut pouvoir lâcher l'épaule meurtrie de la Princesse et elle laissa réapparaître sa figure, non sans feindre de s'essuyer les yeux et sans reprendre deux ou trois fois haleine. Mais Brichot voulait que j'eusse ma part de festin et ayant retenu des soutenances de thèses qu'il présidait comme personne, qu'on ne flatte jamais tant la jeunesse qu'en la morigénant, en lui donnant de l'importance, en se faisant traiter par elle de réactionnaire : « Je ne voudrais pas blasphémer les Dieux de la Jeunesse, dit-il en jetant sur moi ce regard furtif qu'un orateur accorde à la dérobée à quelqu'un présent dans l'assistance et dont il cite le nom. Je ne voudrais pas être damné comme hérétique et relaps dans la chapelle mallarméenne où notre nouvel ami, comme tous ceux de son âge, a dû servir la messe isotérique, au moins comme enfant de chœur et se montrer déliquescent ou Rose-Croix. Mais vraiment nous en avons trop vu de ces intellectuels adorant l'art avec un grand A et qui, quand il ne leur suffit plus de s'alcooliser avec du Zola, se font des piqûres de Verlaine. Devenus éthéromanes par dévotion baudelairienne, ils ne seraient plus capables de l'effort viril que la patrie peut un jour ou l'autre leur demander, anesthésiés qu'ils sont par la grande névrose littéraire dans l'atmosphère chaude, énervante, lourde de relents malsains, d'un symbolisme de fumerie d'opium. » Incapable de feindre l'ombre d'admiration pour le couplet inepte et bigarré de Brichot, je me détournai vers Ski et lui assurai qu'il se trompait absolument sur la famille à laquelle appartenait M. de Charlus ; il me répondit qu'il était sûr de son fait et ajouta que je lui avais même dit que son vrai nom était Gandin, Le gandin. « Je vous ai dit, lui répondis-je, que Mme de Cambremer était la sœur d'un ingénieur, M. Legrandin. Je ne vous ai jamais parlé de M. de Charlus. Il y a autant de rapport de naissance entre lui et Mme de Cambremer qu'entre le Grand Condé et Racine. — Ah ! je croyais » dit Ski légèrement sans plus s'excuser de son erreur que quelques heures avant de celle qui avait failli nous faire manquer le train. Est-ce que vous comptez rester longtemps sur la côte, demanda Mme Verdurin à M. de Charlus en qui elle pressentait un fidèle et qu'elle tremblait de voir rentrer trop tôt à Paris. « Mon Dieu, on ne sait jamais, répondit d'un ton nasillard et traînant M. de Charlus. J'aimerais rester jusqu'à la fin de septembre. » « Vous avez raison, dit Mme Verdurin; c'est le moment des belles tempêtes.» « A bien vrai dire ce n'est pas ce qui me déterminerait. J'ai trop négligé depuis quelque temps l'Archange St Michel, mon patron et je voudrais le dédommager en restant jusqu'à sa fête, le 29 septembre, à l'Abbaye du mont.» « Ça vous intéresse beaucoup ces affaires là, » demanda Mme Verdurin qui eut peut-être réussi à faire taire son anticléricalisme blessé, si elle n'avait craint qu'une excursion aussi longue, ne fît « lâcher » pendant 48 heures le violoniste et le Baron. « Vous êtes peut-être affligée de surdité intermittente, répondit insolemment M. de Charlus. Je vous ai dit que St Michel était un de mes glorieux patrons. » Puis, souriant avec une bienveillante extase, les yeux fixés au loin, la voix accrue par une exaltation qui me sembla plus qu'esthétique mais religieuse : « C'est si beau à l'offertoire quand Michel se tient debout près de l'autel, en robe blanche, balançant un encensoir d'or et avec un tel amas de parfums que l'odeur en monte jusqu'à Dieu ». « On pourrait y aller en bande » suggéra Mme Verdurin, malgré son horreur de la calotte. « A ce moment là, dès l'offertoire, reprit M. de Charlus qui pour d'autres raisons mais de la même manière que les bons orateurs à la Chambre, ne répondait jamais à une interruption et feignait de ne pas l'avoir entendue, ce serait ravissant de voir notre jeune ami palestrinisant et exécutant même une Aria de Bach. Il serait fou de joie, le bon Abbé aussi, et c'est le plus grand hommage, du moins le plus grand hommage public, que je puisse rendre à mon Saint Patron. Quelle édification pour les fidèles ! Nous en parlerons tout à l'heure au jeune

Angelico musical, militaire comme St Michel. »
Saniette appelé pour faire le mort déclara qu'il
ne savait pas jouer au whist. Et Cottard voyant
qu'il n'y avait plus grand temps avant l'heure du
train, se mit tout de suite à faire une partie
d'écarté avec Morel. M. Verdurin, furieux, marcha
d'un air terrible sur Saniette : « Vous ne savez
donc jouer à rien, cria-t-il, furieux d'avoir perdu
l'occasion de faire un whist, et ravi d'en avoir
trouvé une d'injurier l'ancien archiviste. Celui-ci
terrorisé prit un air spirituel : — Si, je sais jouer du
piano, dit-il. » Cottard et Morel s'étaient assis face
à face. « A vous l'honneur, dit Cottard. — Si nous
nous approchions un peu de la table de jeu, dit à
M. de Cambremer M. de Charlus, inquiet de voir le
violoniste avec Cottard. C'est aussi intéressant que
ces questions d'étiquette qui à notre époque ne
signifient plus grand chose. Les seuls rois qui nous
restent, en France du moins, sont les rois des
Jeux de Cartes et il me semble qu'ils viennent à
foison dans la main du jeune virtuose », ajouta-t-il
bientôt, par une admiration pour Morel qui s'éten-
dait jusqu'à sa manière de jouer, pour le flatter
aussi, et enfin pour expliquer le mouvement qu'il
faisait de se pencher sur l'épaule du violoniste.
« Ié coupe », dit en contrefaisant l'accent rasta-
quouère Cottard, dont les enfants s'esclaffèrent
comme faisaient ses élèves et le chef de clinique,
quand le maître, même au lit d'un malade gravement atteint, lançait avec un masque impassible
d'épileptique une de ses coutumières facéties. « Je
ne sais pas trop ce que je dois jouer, dit Morel
en consultant M. de Cambremer. » — « Comme vous
voudrez, vous serez battu de toutes façons, ceci

ou ça, c'est égal. — Égal... Ingalli ? dit le docteur
en coulant vers M. de Cambremer un regard insi-
nuant et bénévole. C'était ce que nous appelons la
véritable diva, c'était le rêve, une Carmen comme on
n'en reverra pas. C'était la femme du rôle. J'aimais
aussi y entendre Ingalli — marié. » Le Marquis se
leva avec cette vulgarité méprisante des gens bien
nés qui ne comprennent pas qu'ils insultent le maître
de maison en ayant l'air de ne pas être certain qu'on
puisse fréquenter ses invités et qui s'excusent sur
l'habitude anglaise pour employer une expression
dédaigneuse : « Quel est ce Monsieur qui joue aux
cartes, qu'est-ce qu'il fait dans la vie, qu'est-ce qu'il
vend ? J'aime assez à savoir avec qui je me trouve
pour ne pas me lier avec n'importe qui. Or je n'ai
pas entendu son nom quand vous m'avez fait
l'honneur de me présenter à lui. » Si M. Verdurin
s'autorisant de ces derniers mots, avait en effet
présenté à ses convives M. de Cambremer, celui-ci
l'eût trouvé fort mauvais. Mais sachant que c'était
le contraire qui avait lieu, il trouvait gracieux
d'avoir l'air bon enfant et modeste sans péril. La
fierté qu'avait M. Verdurin de son intimité avec
Cottard n'avait fait que grandir depuis que le docteur était devenu un professeur illustre. Mais elle ne
s'exprimait plus sous la forme naïve d'autrefois.
Alors, quand Cottard était à peine connu, si on
parlait à M. Verdurin des névralgies faciales de sa
femme : « Il n'y a rien à faire, disait-il, avec l'amour-
propre naïf des gens qui croient que ce qu'ils connaissent est illustre et que tout le monde connaît
le nom du professeur de chant de leur famille. Si,
elle avait un médecin de second ordre on pourrait
chercher un autre traitement, mais quand ce médecin

s'appelle Cottard (nom qu'il prononçait comme si c'eut été Bouchard ou Charcot) il n'y a qu'à tirer l'échelle. » Usant d'un procédé inverse, sachant que M. de Cambremer avait certainement entendu parler du fameux professeur Cottard, M. Verdurin prit un air simplet. « C'est notre médecin de famille, un brave cœur que nous adorons et qui se ferait couper en quatre pour nous ; ce n'est pas un médecin, c'est un ami, je ne pense pas que vous le connaissiez ni que son nom vous dirait quelque chose, en tous cas pour nous, c'est le nom d'un bien bon homme, d'un bien cher ami, Cottard. » Ce nom, murmuré d'un air modeste, trompa M. de Cambremer qui crut qu'ils s'agissait d'un autre. — « Cottard ? vous ne parlez pas du professeur Cottard ? » On entendait précisément la voix dudit professeur qui embarrassé par un coup, disait en tenant ses cartes : « C'est ici que les Athéniens s'atteignirent. — Ah ! si, justement, il est professeur, dit M. Verdurin. — Quoi ! le professeur Cottard ! Vous ne vous trompez pas ! Vous êtes bien sûr que c'est le même ! celui qui demeure rue du Bac ! — Oui, il demeure rue du Bac, 43. Vous le connaissez ? — Mais tout le monde connaît le professeur Cottard. C'est une sommité ! C'est comme si vous me demandiez si je connais Bouffe de St Blaise ou Courtois-Suffit. J'avais bien vu en l'écoutant parler que ce n'était pas un homme ordinaire, c'est pourquoi je me suis permis de vous demander. — Voyons, qu'est-ce qu'il faut jouer, atout, demandait Cottard ? » Puis brusquement, avec une vulgarité qui eût été agaçante même dans une circonstance héroïque, où un soldat veut prêter une expression familière au mépris de la mort, mais qui devenait doublement stupide dans le passe-temps sans danger des cartes, Cottard se décidant à jouer atout, pris un air sombre, « cerveau brûlé », et par allusion à ceux qui risquent leur peau, joua sa carte comme si c'eut été sa vie, en s'écriant : « Après tout, je m'en fiche ! » Ce n'était pas ce qu'il fallait jouer, mais il eut une consolation. Au milieu du salon, dans un large fauteuil, Mᵐᵉ Cottard, cédant à l'effet, irrésistible chez elle, de l'après-dîner, s'était soumise après de vains efforts, au sommeil vaste et léger qui s'emparait d'elle. Elle avait beau se redresser à des instants, pour sourire, soit par moquerie de soi-même, soit par peur de laisser sans réponse quelque parole aimable qu'on lui eût adressée, elle retombait malgré elle, en proie au mal implacable et délicieux. Plutôt que le bruit, ce qui l'éveillait ainsi pour une seconde seulement, c'était le regard (que par tendresse elle voyait même les yeux fermés, et prévoyait, car la même scène se produisait tous les soirs et hantait son sommeil comme l'heure où on aura à se lever), le regard par lequel le Professeur signalait le sommeil de son épouse aux personnes présentes. Il se contentait pour commencer de la regarder et de sourire, car si comme médecin il blâmait ce sommeil d'après le dîner (du moins donnait-il cette raison scientifique pour se fâcher vers la fin, mais il n'est pas sûr qu'elle fût déterminante tant il avait là-dessus de vues variées) comme mari tout puissant et taquin, il était enchanté de se moquer de sa femme, de ne l'éveiller d'abord qu'à moitié, afin qu'elle se rendormit et qu'il eut le plaisir de la réveiller de nouveau.

Maintenant Mᵐᵉ Cottard dormait tout à fait. « Hé bien ! Léontine, tu pionces, lui cria le professeur. — J'écoute ce que dit Mᵐᵉ Swann, mon ami, répondit faiblement Mme Cottard, qui retomba dans sa léthargie. — C'est insensé, s'écria Cottard, tout à l'heure elle nous affirmera qu'elle n'a pas dormi. C'est comme les patients qui se rendent à une consultation et qui prétendent qu'ils ne dorment jamais. — Ils se le figurent peut-être, dit en riant M. de Cambremer. » Mais le Docteur aimait autant à contredire qu'à taquiner et surtout n'admettait pas qu'un profane osât lui parler médecine. « On se ne figure pas qu'on ne dort pas, promulgua-t-il d'un ton dogmatique. — Ah ! répondit en s'inclinant respectueusement le marquis, comme eut fait Cottard jadis — On voit bien, reprit Cottard, que vous n'avez pas comme moi administré jusqu'à deux grammes de trional sans arriver à provoquer la somnescence — En effet, en effet, répondit le marquis en riant d'un air avantageux, je n'ai jamais pris de trional, ni aucune de ces drogues qui bientôt ne font plus d'effet mais vous détraquent l'estomac. Quand on a chassé toute la nuit comme moi dans la forêt de Chantepie, je vous assure qu'on n'a pas besoin de trional pour dormir. — Ce sont les ignorants qui disent cela, répondit le Professeur. Le trional relève parfois d'une façon remarquable le tonus nerveux. Vous parlez de trional, savez-vous seulement ce que c'est ? — Mais... j'ai entendu dire que c'était un médicament pour dormir. — Vous ne répondez pas à ma question, reprit doctoralement le Professeur qui, trois fois par semaine, à la Faculté, était d' « examen ». Je ne vous demande pas si ça fait dormir ou non, mais ce que c'est. Pouvez-vous me dire ce qu'il contient de parties d'amyle et d'éthyle ? — Non, répondit M. de Cambremer embarrassé. Je préfère un bon verre de fine ou même

de Porto 345. — Qui sont dix fois plus toxiques,
interrompit le professeur. — Pour le trional, hasarda
M. de Cambremer, ma femme est abonnée à tout
cela, vous feriez mieux d'en parler avec elle. — Qui
doit en savoir à peu près autant que vous. En tout
cas, si votre femme prend du trional pour dormir,
vous voyez que ma femme n'en a pas besoin. Voyons
Léontine, bouge-toi, tu t'ankyloses, est-ce que je
dors après dîner moi? qu'est-ce que tu feras à soi-
xante ans si tu dors maintenant comme une vieille?
Tu vas prendre de l'embonpoint, tu t'arrêtes la
circulation. Elle ne m'entend même plus. — C'est
mauvais pour la santé ces petits sommes après dîner,
n'est-ce pas, docteur? dit M. de Cambremer pour se
réhabiliter auprès de Cottard. Après avoir bien mangé
il faudrait faire de l'exercice. — Des histoires!
répondit le docteur. On a prélevé une même quantité
de nourriture dans l'estomac d'un chien qui était
resté tranquille, et dans l'estomac d'un chien qui
avait couru, et c'est chez le premier que la digestion
était la plus avancée. — Alors c'est le sommeil qui
coupe la digestion. — Cela dépend s'il s'agit de la
digestion œsophagique, stomacale, intestinale ; inutile de vous donner des explications que vous ne
comprendriez pas puisque vous n'avez pas fait vos
études de médecine. Allons, Léontine, en avant harche,
il est temps de partir. » Ce n'était pas vrai car le
docteur allait seulement continuer sa partie de
cartes, mais il espérait contrarier ainsi de façon plus
brusque le sommeil de la muette à laquelle il adressait sans plus recevoir de réponse les plus savantes
exhortations. Soit qu'une volonté de résistance à
dormir persistât chez Mme Cottard, même dans
l'état de sommeil, soit que le fauteuil ne prêtât

pas d'appui à sa tête, cette dernière fut rejetée mécaniquement de gauche à droite et de bas en haut, dans le vide, comme un objet inerte et Mme Cottard balancée quant au chef, avait tantôt l'air d'écouter de la musique, tantôt d'être entrée dans la dernière phase de l'agonie. Là où les admonestations de plus en plus véhémentes de son mari échouaient, le sentiment de sa propre sottise réussit : « Mon bain est bien comme chaleur, murmura-t-elle, mais les plumes du dictionnaire... s'écria-t-elle en se redressant. Oh ! mon Dieu que je suis sotte. Qu'est-ce que je dis, je pensais à mon chapeau, j'ai dû dire une bêtise, un peu plus j'allais m'assoupir, c'est ce maudit feu. » Tout le monde se mit à rire car il n'y avait pas de feu.

ACHEVÉ D'IMPRIMER
LE 3 AVRIL 1922
PAR F. PAILLART A
ABBEVILLE (SOMME).